U0934528

此爱跨越山海

脱贫攻坚中的央企情怀

中共中国远洋海运集团有限公司党组 编

人民交通出版社股份有限公司
北京

改 变 历 史 的 战 役，

必 然 留 下 震 撼 历 史 的 篇 章。

集团每年召开扶贫援藏工作会

集团党组书记、董事长许立荣（前排右一）看望云南永德一中“中远海运希望班”学生

集团董事、总经理、党组副书记付刚峰（左）为云南临沧中远海运物流公司成立揭牌

集团原总经理、党组副书记万敏（前排中）在西藏昌都考察援藏工作

集团董事、党组副书记王海民（左）代表集团公司向西藏类乌齐捐助资金

集团原董事、党组副书记孙家康（中）考察湖南安化茶苗基地

集团副总经理、总会计师孙云飞（右二）考察湖南沅陵种植项目

集团党组纪检监察组组长刘鸿炜（右二）考察西藏洛隆易地搬迁项目

集团原总会计师孙月英（后排右一）考察云南永德“远航·追梦”项目

集团原副总经理俞曾港（左二）考察云南永德教学楼建设项目

集团总法律顾问、慈善基金会理事长叶红军（右一）在云南永德检查扶贫工作

集团工会主席张善民（后排左三）一行在西藏洛隆考察并代表集团签订援助协议

勇立时代潮头，书写精彩华章。

2020 年，全国脱贫攻坚取得决定性成就之际，为深入总结宣传中远海运集团扶贫援藏工作，描绘波澜壮阔的时代画卷，展示攻坚克难的精神图谱，激发积极向上的昂扬斗志，在集团党组的大力支持下，我们选派系统内部多名文学创作者，深入对口援藏的西藏自治区昌都市洛隆县、类乌齐县，深入定点扶贫的云南省临沧市永德县和湖南省怀化市沅陵县、益阳市安化县，集中实地采访，潜心开展创作，并在此基础上结集出版扶贫援藏报告文学集《此爱跨越山海——脱贫攻坚中的央企情怀》。

参与此次创作的作者，秉承“为时代画像、为时代立传、为时代明德”的创作理念，以不同的视角选择眼底和心中的风景，以多彩的笔墨为读者呈现出一幅幅山乡巨变的图景，一个个有血有肉的人物，一件件平凡而又感人的故事。这些脱贫攻坚的文学作品是一个时代笔与墨、光与影、人与事的实录存真，而它们留给未来的则是关于一个中央企业的责任担当和弥足珍贵的精神财富。

在创作、编辑、出版本书的过程中，得到了五县县委、县政府领导的大力支持，得到五县县委宣传部等部门的大力协助。地方干部群众对采访工作也给予了热情配合。由此也看出，我们的挂职干部通过一点一滴的努力、真心实意的付出，在当地群众的心中留下了美好的印象。

集团工会大力支持并帮助协调了大量工作，中远海运慈善基金会提供了大量数据，集团作协派出了创作人员。历届扶贫援藏干部，特别是仍奋战在一线的挂职干部给予大力配合。创作人员在本职工作十分繁重的情况下，用心用情创作，完成了较高质量的作品。

在这里，对于各方的关心、支持和帮助致以衷心感谢！

中远海运集团还曾于 1995—2002 年承担云南省福贡县的扶贫工作，2002—2010 年承担河北省盐山县、海兴县的扶贫任务，2005—2011 年对口支援新疆维吾尔自治区阿克苏市柯坪县……由于以上定点任务已结束，未纳入此次采访创作，特此说明。

由于时间仓促，力量有限，未能深入历届全体扶贫援藏干部访谈，也未能全面征求各方意见，书中疏漏之处敬请读者谅解。

谨以此书——

致敬脱贫攻坚的伟大战役！

致敬每一名曾经和正在远赴他乡的扶贫援藏干部！

中国远洋海运集团

党组工作部

2020 年 10 月 28 日

山与海的交响

习近平总书记指出，全面建成小康社会、实现第一个百年奋斗目标，最艰巨的任务是脱贫攻坚。打赢脱贫攻坚战，是党中央向全国人民作出的庄严承诺。

中共中国远洋海运集团党组把扶贫援藏工作作为重要的政治任务、义不容辞的政治责任，坚决贯彻落实习近平总书记重要论述和中央决策部署，积极承担扶贫援藏工作任务，投身决战决胜脱贫攻坚的时代洪流，谱写出一曲“山”与“海”的雄壮交响乐。

集团对口援助西藏自治区昌都市洛隆县、类乌齐县，对口帮扶湖南省沅陵县、安化县和云南省永德县，选派优秀干部，加大工作力度，主动对接对口帮扶地区的实际需求，逐年加大资金投入，细化帮扶举措，在基础设施建设、产业扶贫、教育扶贫、消费扶贫、人才扶贫、就业扶贫、生态扶贫、医疗扶贫、党建扶贫等方面做了大量富有成效的工作。寒来暑往、春华秋实。目前，集团对口帮扶的五个县经济社会全面发展，人居环境全面提升，贫困群众收入持续增加，生产条件极大改善，乡村面貌焕然一新，生活质量全面提高，幸福指数大幅提升，已先后全部实现脱贫摘帽。

此外，集团在全国各地的13家直属单位，还结对帮扶了地方党委、政府安排的28个定点扶贫县、乡、村，大力促进贫困地区加快发展，得到了各级地方政府的充分肯定。

微光点点，聚而成炬；累土不辍，丘山崇成。

——决战决胜脱贫攻坚，集聚了“山”与“海”相遇的巨大力量。在这个没有硝烟的战场上，中远海运挂职干部和当地党员干部群众一道，坚守初心、践行使命，在“精”字上下功夫、在“准”字上谋实招，用自己的“辛苦指数”换来群众的“幸福指数”，在风雨洗礼中凝聚起无坚不摧的战斗力。

——决战决胜脱贫攻坚，迸发了“山”与“海”相携的无穷智慧。中远海运挂职干部利用企业优势，不断探索精准扶贫、绿色减贫、根本脱贫的体系、模式和方法，输出战略思维、历史思维、辩证思维、创新思维，将贫困地区自然禀赋转换为发展源泉，从救济型外部输血式扶贫到注重产业开发、志智双扶、上岗就业的内生造血式扶贫。无数滴水穿石，汇聚成奔涌不竭的大江大河，使脱贫攻坚的生态底色更加靓丽。这些成绩的取得，体现了精准，凝聚了智慧。

——决战决胜脱贫攻坚，缔结了“山”与“海”相拥的深厚友谊。从秘境藏东，到风雨潇湘，再到彩云之南，中远海运挂职干部用扶贫援藏的每一寸脚印，丈量贫困与小康之间的距离。在旷日持久的战役中，集团各级党组织和广大干部职工倾心付出，集团工会、慈善基金会的工作人员主动作为，特别是奋战在扶贫一线的挂职干部们扑下身子、扎根乡村，着力为百姓排忧解难，树立了中远海运人敢担当、有作为的良好形象，与当地百姓结下了深厚的感情。

为记录这段不平凡的攻坚征程，集团党组选派系统内部优秀文艺工作者深入洛隆、类乌齐、永德、安化、沅陵五个县进行集中采访，精心创作脱贫攻坚文学作品，形成了《此爱跨越山海——脱贫攻坚中的央企情怀》。这部作品集是中远海运正式出版的第一部由内部员工创作的反映集团扶贫援藏工作的精品力作，真实讲述了扶贫援藏的故事，展现了中国远洋海运集团忠实履行政治责任、经济责任、社会责任的生动实践，是一本激励党员干部职工不忘初心、牢记使命、担当作为的鲜活教材。

掘井九仞未及泉，犹为弃井；胜利在望未全功，仍需努力。脱贫摘帽不是终点，而是新生活、新奋斗的起点。

从全面脱贫走向乡村振兴，从全面小康走向民族复兴，历史的长河奔腾不息。新的长征路上，我们要严格落实习近平总书记关于“摘帽不摘责任、摘帽不摘政策、摘帽不摘帮扶、摘帽不摘监管”的要求，多措并举激发贫困群众内生动力，着力构建稳定脱贫长效机制，扬起力量之帆，见证伟大时代！

是为序。

中国远洋海运集团有限公司

党组书记、董事长

2020年10月17日

目录

西藏·洛隆

COSCO

学习

西藏
洛隆县
孜托镇
天天

最高的山与最远的海之间，有多长的距离？

雪域航程

引　言

在世界上最高的山脉间，静静坐落着一个县城，这就是西藏自治区昌都市洛隆县。“洛隆”，藏语意为“南谷”或“南川”，历史上是茶马古道重镇，进藏官道、商道的必经之地。如今很多人没有去过甚至没有听说过这个地方，但她如同藏东高原的明珠一般，伴随着怒江、澜沧江昼夜奔腾的江水，在离太阳最近的地方，生生不息，熠熠生辉。

世界上最大的航运企业——中国远洋海运集团，依海而兴，向海图强，引领潮流，每天有 1000 多艘巨轮航行在世界各地的深海大洋，有 12 万干部员工在世界各地创造价值、追逐梦想。

洛隆被誉为“藏东粮仓”

最高的山与最远的海之间，有多长的距离？

这段距离，有一些人，他们远渡重洋、跋山涉水、翻山越岭，用脚步丈量过。

这段距离，有一些人，他们心驰神往、身体力行、感悟感动，用双手描绘过。

这段距离，有一些人，他们赤胆忠心、不忘初心、牢记使命，用生命体验过。

他们进行了一场奔赴雪域高原的“接力跑”，从大海到高山，帮助农牧民群众解决急难愁盼问题，让更多的人过上好日子。这场“接力跑”，一跑就是十八年。

十八年山海交响，心手相连、血浓于水。

十八年倾情援助，春华秋实、高原巨变。

十八年雪域航程，初心依然、情怀依旧。

在这个过程中，每一步，都有波涛起伏，激荡礁石，溅起朵朵浪花。如同跳跃的音符，奏响动人的旋律，构成山海交响乐的宏大乐章——

中远海运自 2002 年派出首批援藏干部，对口支援西藏自治区昌都市洛隆县。十八年来，中远海运集团认真贯彻落实中央关于西藏工作的重大决策部署，深入学习贯彻习近平总书记治边稳藏重要战略思想，先后选派 10 批 18 名干部奔赴洛隆，投入资金 2.15 亿元，实施项目 125 项。中远海运在洛隆县投资 4565 万元，发展教育事业，先后建设和改造学校 14 所（含教学点 11 所），为洛隆县的发展作出了积极贡献。2019 年 2 月，经西藏自治区人民政府批准，洛隆县摘掉西藏自治区贫困县的帽子。

十八年来，藏东大地的洛隆发生了天翻地覆的变化。越来越多的农牧民住进了新家，越来越多的人喝上了健康纯净的自来水，越来越多的美丽教室代替了简陋的土坯房，越来越多的农牧民孩子考上大学，越来越多的各族群众过上了好日子……

一批批中远海运集团的援藏干部，在党的援藏政策感召下，带着初心使命，带着对雪域高原的向往，带着对藏族同胞的深厚感情，来到祖国的边疆，用忠诚书写华章，用奉献记录时代，用真情温暖高原，让寂静的大山与国际化的航运央企连接起来，谱写出一曲曲动人的援藏之歌。

洛隆县民间艺术团表演节目

十八年来，改变的是贫困落后的面貌，不变的是一如既往的援助，加深的是血浓于水的情谊，留下的是美丽繁荣的大地。这是心连心的歌唱，这是手牵手的前行，这是肩并肩的奋斗，这是浪潮奔涌、山海相连、沧海桑田的时代记忆……

一、援藏报到

2002 年 7 月的一天，天气晴朗，阳光照耀着北方大地，炽热的空气在蒸腾，城市建筑物的玻璃窗上映射出耀眼的光芒，马路上的沙粒也折射出灼人的光芒。树上的叶子被太阳炙烤得耷拉下了脑袋。没有风，空气如同凝固了一般。郊外田野里一派欣欣向荣的景象，玉米地里搭起了青纱帐，即将收获的小麦如金黄的毛绒毯覆盖着大地。

中远海运集团派出的首批援藏干部张清海、樊华从北京乘飞机到成都，再从成都到昌都邦达机场。在飞机上，他们的思绪在蓝天白云间起伏联翩，既有援藏的神圣使命，又有对青藏高原的向往、神秘的藏东秘境以及能够想象和不能想象的高原反应、艰苦环境、民族习俗、家庭牵挂等。他们对新的工作满怀憧憬，决心积极响应党中央号召，不辜负集团 8 万多人的期望，努力把援藏工作干好。

“盼星星、盼月亮，终于把你们盼来了！”在昌都邦达机场，昌都地区洛隆县县长阿旺亲自到机场迎接张清海、樊华，“你们是第一次到洛隆的援藏干部，我代表洛隆的父老乡亲们欢迎你们！”并献上了洁白的哈达。

邦达机场被称为“世界上离市区最远”“世界上气候最恶劣”的民用机场，海拔 4300 多米，跑道全长 5 公里，是中国跑道最长的民用机场。机场所在地气候恶劣，冬天风速常常达到每秒 30 米以上，每年冬春气温在零下 20 摄氏度以下，机场上的空气密度只有海平面的 50%。

通往洛隆的山路

张清海和樊华一到邦达机场，马上觉得进入了另一个世界。在成都还是艳阳高照、盛夏酷暑。到了这里，觉得有点冷，明显感觉夏天的衣服不适合了，需要穿好秋天的外套才能够御寒。高原稀薄的空气，也让头脑有点发闷。好在眼前县长一行的热情让他们感受到了巨大的温暖。初来乍到的欣喜之情似乎暂时减轻了高原反应。

越野车在邦达草原飞驰。夏天是草原最美的季节，纯净的蓝天、洁白的云朵映衬着绿毯般绵延的草原。有的地方还能看到盛开的粉色的格桑花、黄色的色钦花，小小花朵拥簇在一起，如星星点亮夜空般给草原增添了无穷的生机活力。牦牛悠闲地在草地上啃草，时而摇动一下尾巴，赶走身上的蚊蝇。有的牦牛会大摇大摆、慢条斯理地横穿马路，越野车只好减速让行。

“喂，洛松……听见吗……我在路上，信号不好，请讲！”正在车上准备打盹儿眯一下的阿旺县长被一阵急促的电话铃声惊醒了。打电话的是洛松副县长，手机信号不好，断断续续的。

“县长……报告县长……情况不好，昨天晚上雨很大，有泥石流……县里的 43 座木桥被冲毁了，很多山路也被冲垮了……您和张书记一行暂时在昌都待两天，雨停了，桥、路修好后再回县城吧！”洛隆县到昌都邦达机场的路十分难走，有时要在悬崖峭壁上穿行，有时要经过峡谷“一线天”，有时要在怒江上如羊肠小道般的山路上爬行。当时，外地的货车司机来洛隆时，看到狭窄的山路边万丈悬崖，白天不敢开车走，只好等到晚上夜幕降临、看不见路边的悬崖峭壁，心里的恐惧、压力和紧张缓解一些，再借助车灯照路，摸黑缓慢前行。阿旺县长是提前一天到昌都邦达机场的，他没想到昨晚县里突降大雨。

“有没有人员伤亡？抓紧组织好抗洪救灾工作……”由于手机信

号不好，阿旺县长和洛松副县长的通话时断时续。

张清海、樊华只好在昌都滞留，等待通往洛隆县的道路、桥梁修通后再走。此行他们经过了整整一周时间才到达洛隆。

二、密 集 调 研

“作为第一批援藏干部，你们两位的使命光荣、任务艰巨。要把党的温暖送到洛隆，把中远海运集团的援助送到洛隆，要认真学习党的政策，发扬老西藏精神和援藏精神，工作要求实求效。调查研究是我们党的优良传统，也是做好工作的前提，去了之后，多深入基层的乡镇、村庄和农牧民家里，了解掌握真实的情况，真正为他们排忧解难……希望你们为集团的援藏工作开好头、起好步，展现集团干部职工的良好形象，相信你们会交上满意的答卷！”张清海、樊华记得出发前集团党组领导谈话时的要求和嘱托，决心认真履职尽责，先从调研开始。

援藏期间，张清海任中共昌都地委副秘书长、中共洛隆县委副书记；樊华任昌都地区行署副秘书长、洛隆县委常委、常务副县长。来到洛隆县的第三天，张清海、樊华就向县委、县政府主动提出要了解洛隆县相关情况的具体要求。他俩用了 10 天的时间，听取了 7 个专题汇报，走访了 10 个局委办，与 30 名当地干部进行了交流谈话，短时间里基本上对洛隆县的地理环境、气候条件、自然资源、社会治安状况、经济发展水平、农牧民生产生活状况、政府运作方式、经济发展以及干部队伍情况有了一定了解。为了真实准确掌握洛隆县各乡镇及农牧民群众生产生活条件的第一手资料，为援藏项目的实施做好铺垫，张清海、樊华用了 10 天的时间走遍了 8 个乡镇及 20 多个行政村，与乡镇领导、农牧民群众进行了广泛的交流，收集了大量材料，起草了《关于中远海运首期援藏工作的调研报告》。

有一次在学校调研，中午吃饭的时候，因为没有食堂，学生们有的蹲在地上吃饭，有的到简陋的宿舍里面吃饭，有的倚在教室的土墙下吃饭。特别简单的饭菜，孩子们吃得很香甜。寒风吹来，衣着单薄的孩子们冻得发抖。张清海和樊华看了非常难过。调研过程中，曲折的山路、艰苦的生存环境、淳朴热心的父老乡亲、小孩眼里的憧憬、青年们的梦想、高寒地带干部群众的无私奉献等，令他们受到震撼和感动。

农牧民阿都一家

三、推动工作

“老板，这是300元钱，今天有远方来的客人，你看着做顿好饭吧。”2002年，一位县领导和张清海、樊华下乡回到县城。天色已晚，他找到洛隆县城街道上新开的一家餐馆，准备晚上请张清海、樊华吃饭。

“啊！不好意思……”老板面有难色，似乎要说什么。

“你放心，钱不够了我再给你。”县领导说。

“领导，不是钱不够，是太多了。咱们这里连个买菜的农贸市场都没有，买不到更多的菜，不好做啊……”老板实在为难。

“好的，那能做什么，就做什么吧。”

晚饭后，县领导一直把张清海、樊华送到宿舍才离开。这里虽然条件艰苦，但是干部群众都很热情，让他们感到很温暖。

当时的洛隆县城，只有一条街道，稀稀落落住着一些人家，能称得上店铺的只有几家。这里虽说是县城，却连很多内地的乡镇都比不上。夜幕降临，县城更加寂静，街道上也没有路灯。当时，还有很多野狗出没觅食，晚上野狗的眼睛里发出蓝色的光，像狼一样。张清海和樊华晚上出来都要带着手电筒，还要拿一根棍子驱赶围拢追逐过来的野狗。

经过调研，张清海、樊华发现要做的工作太多了。县里没有干部宿舍、学校没有食堂、很多家庭困难的孩子上不了学……

于是，他们开始了紧张忙碌的工作。

“张书记，快看，快看，我们为学校建立食堂的项目请示集团批了！”有一天，樊华兴奋地把中远海运集团的批复拿给张清海。

“好，太好了！我们马上准备启动，争取尽快让孩子们在温暖的食堂里吃饭，再也不会在外面受冻了。吃饱穿暖不想家，食堂建好逃课乱跑的孩子也会少一些。我们的标准要高，争取建成全区最好的。”张清海看到批复非常高兴，他的脑海里似乎浮现出孩子们在崭新的食堂吃饭时的欢快情景。

2003 年，中远海运集团投资 212 万元建设的县中学多功能餐厅和投资 75 万元建设的县小学多功能餐厅全部竣工。新建的学校餐厅是当时昌都最好的，孩子们终于可以在温暖、宽敞、明亮的餐厅里面吃饭了。两年来，中远海运集团援助的 2000 万元资金共投资 11 个项目，其中基本建设项目 7 个，总投资 1690 万元。为了解决县乡两级党委、政府的出行难问题，集团购置 10 部越野车，提高了工作效率。集团投资 50 万元用于县委、县政府局域网建设，推动信息化发展步伐。为了进一步解放思想、转变观念、加快发展，张清海、樊华组织洛隆的干部到内地大城市和沿海发达地区参观学习培训。通过开拓视野，当地干部受到极大的震动，并能够更快地接受一些发展观念。当年，中远海运集团还开展了“援藏捐款献爱心”活动，广大干部职工一次捐款 360 多万元，献出自己对西藏洛隆人民的一片爱心。

四、学费问题

洛隆的夜来得更晚一些，与内地的时差有两个小时，晚上九点相当于东部地区的晚七点。高原夜幕降临前，天空的晚霞慢慢消融，一种静默降落到高原，降落到人们的心中。此刻，大地是那么的宁静安详，高原的静默似乎让天空的云都凝固了。

斯朗曲扎的哥哥在电线杆厂里忙到很晚，拖着疲惫的身子一步一挪地走到家。一天的重体力活让他感觉身体快散架了，腰还在隐隐作痛。但是，快进家门口的时候，他还是振作了一下精神。家里上有老下有小，年迈的母亲和 8 个弟弟妹妹、3 个孩子都要靠他挣钱养活。他是顶梁柱，生活再困难志气不能消沉，不能把低落的情绪带到家里。

“爸爸回来了！”最小的儿子蹦跳着告诉妈妈。斯郎曲扎的哥哥摸了摸孩子的头，其他的两个孩子眼巴巴地看着爸爸。他们想，也许爸爸这次会带来好吃的。

“曲扎，我知道你马上就要上学了，我在想办法给你借上学的钱，你先不用着急。我今天向厂里的两个朋友借钱了，说下个月工资发了一定还给他们。他们说会帮我找一些的。”晚饭后，哥哥单独跟斯朗曲扎说，他为没有及时帮弟弟凑到上学的费用而感到很惭愧。

“没事的，哥哥。我上学还有几天时间。我也向一个同学借钱了，他说上学前会给我的，他们家里富裕。”

晚上，斯朗曲扎一个人到家外散步，仰望天空，看到一道流星从天河划过，划破了夜空的宁静。为了用知识改变命运，他努力学习，一直是班上的“三好学生”，并以优异的成绩考上了拉萨师范高等专科学校。但收到录取通知书的兴奋很快被上学困难的无助代替。他在想，如果凑不到上学的钱，去哪里打工呢？为什么每一步都这么难？斯朗曲扎掉下了眼泪。

五、希望之光

秋天不知不觉来临了，高原大地的树叶渐渐变黄，青稞地里金色的麦浪不见了，收割后的土地如同劳作了一整年、疲惫不堪的母亲，晒着太阳稍事休息。洛隆八堆漫山遍野的灌木披上了金色的盛装，长得高的树上时不时有落叶飘落，画出优美的曲线在空中旋转飞舞，轻轻落在哗哗流淌的小河里。蓝天更加高远辽阔，空气变得更加纯净。经过一个夏天的忙碌，秋天凉爽的气息迎面而来，曾经的炎热被一扫而空。

洛隆农牧民抢收青稞

快要开学了，暑假宁静的学校即将恢复往日的热闹。

“张书记，现在家庭困难的孩子上学还有很多问题，就是考上西藏班的孩子，虽然有‘三包’，但是很多家庭困难没有生活费。有的孩子因为没钱买车票，假期回不了家；有的考上了大中专，学费生活费没着落。这是个大问题。”樊华提及他和张清海调研以及近期了解到的情况。

“这个问题我最近也一直在想办法。我们可以建立一个制度、一个机制，不仅帮助一两个、两三个孩子，而是要把全部孩子的问题都解决了。不仅要解决今年的问题，而且要解决明年、后年的问题。”张清海把他的初步想法说了出来。

“如能这样，最好了！不是有个希望工程吗，我们也搞个助学工程怎么样？”樊华补充说道。

“是的，我们要建学校，培训教师，还要有个助学工程专门帮助家庭困难的孩子。每年给家庭困难的学生发路费，发生活费，发奖学金、助学金，让他们安安心心、高高兴兴上学去，再不要为没钱上学愁眉苦脸了。平时还要有教课好的老师。”张清海进一步说。

“对头，我们给集团写报告。我找教育局先摸底统计一下，看看今年有多少孩子需要帮助，先把今年的问题解决了。”樊华说。

“好的，我先和集团扶贫办口头汇报一下，和县委书记也商量一下。我们分头行动，看看我们的援藏资金还剩多少。教育优先，今年先安排50万元。如果援藏资金不够，其他的项目暂时不要安排，先把这个问题解决好。”张清海要确保有足够的钱做这个项目。

六、助 学 基 金

“同志们，下面进行第三个议题。为了支持洛隆县教育事业的发展，中远海运集团决定设立一个助学基金，主要是帮助家庭困难的孩子上学，提供奖学金、助学金，包括帮助考上西藏班的学生解决生活费、路费等问题，帮助考上大中专院校的学生解决学费、生活费、路费等问题。同时，每年对优秀的老师进行奖励，帮助困难的老师。首先，我们对中远海运集团表示衷心的感谢！对清海同志、樊华同志表示衷心的感谢！扎西德勒！县委、县政府一直十分重视教育，经过多年持续努力，洛隆的教育成为全市的一面旗帜，但我们的困难很多。这个基金的设立，必将推动全县教育水平再上一个新台阶。另外，这个基金叫什么名字，还请大家议一议。”县委书记戴正明在县委常委（扩大）会上把助学基金作为重要议题来研究。

“叫希望基金吧。国家有个希望工程，我们也叫希望基金。”有人提议。

“我觉得还是起个有特色的名字好。”县长说。

“阳光助学基金。”政法委书记提议。

“太平常了。”宣传部部长不赞成。

“我看，就叫格桑美朵助学基金。格桑美朵在藏语里是幸福花的意思。希望孩子们在这个基金的帮助下，过上幸福的生活。”副县长王战军说。

“这个挺好，老王肚子里面墨水不少啊！”

“我同意。”宣传部部长很认可。

“我也觉得挺好，有高原特色，接地气，农牧民群众听得懂，寓意好。”县长表示赞同。

“大家还有什么意见吗？”县委书记环顾了一下会场。大家都表示同意，没有不同意见。

“好的，那我们就正式命名为‘中远海运 - 格桑美朵’助学基金。下面，就助学基金的管理使用等问题，请清海书记给讲讲。”

“谢谢！格桑美朵助学基金的用途，刚才戴书记已经讲了。现在快开学了，当务之急是把今年家庭困难的学生摸排统计好，资助好，不让一个孩子因家庭困难上不了学。今年是第一次开展，我们一定要做实做细工作，发挥教育局、学校、乡镇村干部等的作用，动员到位，排查到位，发放到位。助学基金的管理制度我们初步制订了一个，请各位领导审议。评选发放全过程要公开透明，接受社会的监督，通过张榜公布等形式公开各个环节”。

“清海书记说得很好。大家对助学基金的管理制度还有什么意见？没有的话，那就会后抓紧时间落实，让娃娃们今年高高兴兴去上学。”县委书记说道。

七、雪 中 送 炭

“是斯朗曲扎家吗？”两名干部和班主任老师站在家门口。

“老师好！村主任好！”斯朗曲扎认识三位中的两位。

“这是县政府的王叔叔，我们三个给你送上学的生活费来了。你符合‘中远海运 - 格桑美朵’助学基金的资助条件。”

中远海运慈善基金会的工作人员在洛隆看望获得资助的学生

“啊，格桑美朵，不就是我放牧的时候看到的草地上的野花吗？”斯朗曲扎有点纳闷。

“呵呵，不，不，不是。是助学基金，就是帮助像你这样品学兼优的好学生的。”班主任解释道。

“啊……明白了。快到家里喝点水吧。”

“不用了。你妈妈和哥哥在家吗？”

“哥哥上班去了，妈妈在放牧。”

“那好，你来签个字，把钱拿好，我们还要去其他同学家呢。”

斯朗曲扎签完字，拿着班主任给他的装满上学费用的一个信封，手有点发抖。他从来没见过这么多的钱，怔怔地站在那里，都忘记说再见了。直到看不见班主任一行的背影，才醒悟过来，兴高采烈地蹦到家里。

“哥哥，不用借钱啦！”

傍晚，绯红的晚霞铺满天空，一时间变成了绚烂的海洋，一朵朵彩霞均匀地排列着，如同波浪，如同鱼鳞。大自然如同神奇的画家，以天空为画板，以高原为支架，绘出了无与伦比的壮美画作；大自然也如同非凡的能工巧匠，在高原上以山为边，以彩霞为线，编织出美丽的锦绣画卷。

斯朗曲扎在党和政府的关怀下，在“中远海运 - 格桑美朵”助学基金的帮助下，再次恢复了信心。他感到理想又变得丰满了，自己变得更加有力量了。风华正茂的少年如同雄鹰展开了羽翼渐丰的翅膀，要在新的学校好好学习，展翅高飞，在拉萨这个自己从未去过的大城市实现梦想……

八、藏 族 女 儿

2004 年 7 月—2006 年 1 月，中远海运第二批援藏干部石庆贺、王居仁接替张清海、樊华开始援藏“接力”。一年半来，他们经手管理、推进落实的项目共 13 个，预算投资 2100 万元。其中，基建项目 7 个，包括县城自来水管网改扩建工程、两所村小学、政府招待所、两栋干部周转房、农贸市场、广电中心综合楼等，总投资 1795 万元；改善乡镇办公设施投资 55 万元；大骨节病搬迁配套资金 20 万元；医务人员培训及干部考察费用 30 万元。随着一批援藏项目的建成并投入使用，洛隆城镇功能得到明显改善，干部群众的生活质量得到进一步提高，援藏所带来的社会效益和经济效益正在逐步显现。

中远海运集团将援藏资金进一步向基层倾斜，直接面向农牧区和农牧民的投资占总投资的50%以上。其中，直接投资100万元修建4条乡村公路及1条水渠，结束了15个行政村、50多个自然村不通公路的历史，受益群众近5000人。面向农牧民子弟设立的100万元“中远海运-格桑美朵”助学基金及投资280万元新建的两所中远海运小学都发挥了巨大的作用。

曾经的洛隆县达龙乡小学

孜托镇小学的学生

发放“中远海运 - 格桑梅朵”助学金

多年后，王居仁回想起援藏的点点滴滴，仍然十分感动、十分珍惜。他始终和洛隆的干部群众保持着联系，自己还默默资助了一个家庭困难的学生。洛隆不仅成为他记忆中的重要组成部分，也成为一种牵挂、一种情愫、一种情结。

有一天，他收到了一封信。

敬爱的王叔叔：

您好！我想写这封信已经很久很久了，一直不知道应不应该写，对我来说这是个很重要的问题。

您和吉阿姨一直关心帮助我，我十分感激。我从小是个孤儿，爸爸妈妈在我脑海中没留下什么印象。我到内地西藏班上初中、高中以来，您一直像爸爸一样关心我，资助我上学，带我到家里过春节，给我买衣服，买学习用品，还经常从很远的地方来到学校看我。是您，给了我无微不至的关心，给了我家的温暖，给了我学习的动力，给了我从未有过的信心。

在和同学们的交往中，他们经常会说爸爸妈妈怎么样，但是我只能说叔叔阿姨怎么样。我希望和其他同学一样能够讲述爸爸妈妈的故事。我希望爸爸妈妈的称呼不再是遥远的传说，也不再是不好意思说出来的缺憾。

在我的心目中，你们给予我的爱，已经和爸爸妈妈一样了。

我有个心愿，我想今后，叫你们“爸爸”“妈妈”好吗？不再叫“叔叔”“阿姨”了。

如果你们同意，我非常高兴。如果不同意，也没关系，我依然爱你们，你们永远是我心中最亲的亲人。

此致

敬礼！

边巴拉姆

2008 年 5 月 6 日

王居仁在收到这封信的时候，已经离开西藏到中远海运集团所属香港公司工作了。夜色中，望着灯火闪烁的东方之珠，他特别感动，心潮久久难以平静……

边巴拉姆是他在援藏期间自愿资助的孩子，也是“中远海运 - 格桑美朵”助学基金的获益者。这么多年来，他一直把边巴拉姆当作自己的孩子一样看待。边巴拉姆特别懂事，很懂得感恩，也特别争气，品学兼优。在生活上她一直很节俭，每次王居仁给的钱从不乱花，也不要钱。每次都是王居仁主动给生活费、给她买东西、不断帮助她的。

王居仁和爱人商量后，不仅认真地给边巴拉姆回信，答应她的请求，满足她的心愿——其实这也是他们的心愿。他还带着爱人专程去看望了边巴拉姆，郑重地认了这个女儿。

阳光的洛隆学生

十八年来，在“中远海运 - 格桑美朵”助学基金帮助洛隆县困难家庭的学生上学的同时，中远海运的历届援藏干部还自愿资助了许许多多的优秀学子，让帮扶充满浓浓的温情，用爱连接高原、大海，阐释汉藏亲情。

九、长 途 感 谢

马高亮是中远海运集团第三批援藏干部，多少年后，他依然记得孩子们在太阳下上课的情景。当时，洛隆很多地方的学校教室是简陋的土坯房，由于冬天教室里面太寒冷，孩子们往往不在教室里上课，借着高原冬日里阳光的温暖，在教室外面上课。有一次，他在调研期间，看到一位老师穿着单薄的衣服，一手拿着课本，一手在空中比划，高原上的阳光，把他的身影留在大地上。老师满腔热情地给孩子们讲课，就像一个大型乐团的指挥家，用手势拨动着孩子们心中的美妙音弦；也像一个勤劳的园丁，似乎要把甘甜的清泉浇灌到茁壮成长的鲜花上。

这个场景，如同雕塑一般凝固在了脑海，也像一幅油画一样刻印在了心田，也许这幅画的名字就叫《阳光下的课堂》。

在洛隆的所见所闻，既让马高亮深深地震撼，也让他深深地感受到使命的光荣、责任的重要。阳光下的孩子们对知识渴望的眼神让他难以忘怀，激励着他努力工作。他想，一定要竭尽所能，为孩子们、为父老乡亲多做点事。

他经常翻山越岭，调研走访，看项目、去学校、进农家。有一次下了小雨，汽车在山路上艰难穿行。在一个转弯处，路变得更狭窄了，前面拐弯处看似有座小桥，实际的情形是桥外侧悬空了，下面则是用树干搭起来的。越野车快经过“小桥”时，前面的车轮刚刚离地，一根支撑的木棍被压断，后面的一个车轮瞬间下沉。司机迅速加足马力，奋力前冲。车轮剧烈飞速旋转，越野车好不容易爬上了“岸”，冲进了前方靠山一侧的沟渠里。

面对危险，幸亏司机师傅经验丰富，操作迅速到位，否则后果不堪设想。待车子熄火后，他们几个人慢慢地从车上下来，站在地上休息了一会。当时谁也没有说话，同行的中远海运集团援藏干部王平给每人点上了一支烟，平时不吸烟的马高亮也静静地把这根烟抽完。

“没事，非常感谢司机师傅，辛苦了！我们继续出发。”过了一会儿，马高亮安慰大家。上车前，他把这段险峻的小路拍了一张照片，收藏了下来。

一年多时间，马高亮和王平以建设、发展洛隆为己任，与洛隆各族干部群众同呼吸、共命运、心连心，勤勤恳恳、兢兢业业，组织实施的项目共 14 个，资金 2200 万元。他们还立足洛隆实际，积极探索，相继制订了《洛隆县对口受援建设项目管理办法》《洛隆县受援工作人才培训管理实施细则》；修改完善了《“中远海运 - 格桑美朵”助学基金会章程》；新成立了洛隆县农牧民特殊困难救济金，制订了《洛隆县农牧民特殊困难救济金管理办法》；制订了《中远海运集团 2008—2010 年援藏项目规划》，建立了中远海运援藏项目库。马高亮自己还资助贫困学生 5 人共 7000 元，为贫困农牧民捐款，支持农田改造，为农牧民脱困提供物质支持。

在一次捐助家庭困难学生的活动中，马高亮逐一审核排查报上来的学生名单。他深知，每个学生的背后都是一个艰难的家庭，对于特别困难的还要加大帮扶力度。其中，小学生扎西是单亲家庭，本人患病，家庭特别困难，一家有 5 个孩子，靠她母亲一个人抚养，她母亲患有严重的大骨节病。

马高亮在进一步和教育局、学校以及乡镇干部了解了扎西的家庭、身体、学习情况后，决定把给他的捐助资金适当增加，以便让他能够看好病，好好学习，给家里也适当补贴一下。他还和卫生局的负责人商量，想办法帮助扎西和他妈妈治病。

虽然是一次捐助活动，但马高亮把工作抓得很仔细，做得很认真。落实下去之后，他又开始忙其他的工作，并准备过段时间去扎西家里看看。

“马书记，有人找您。”有一天，县委办的央金敲门进了他的办公室。后面跟着一位藏族大姐，看上去大约 40 多岁，脸色有点苍白，饱经风雨的脸上刻着皱纹，身体显得很虚弱，看起来比同龄人更苍老。还没等马高亮和她说话，藏族大姐扑通一下跪下来，用藏语说：“感谢共产党，感谢恩人！”

马高亮连忙扶她起来，请她坐下来，给她倒水喝。

在央金的翻译下，马高亮通过和大姐聊天得知，她就是扎西的妈妈，专门从家里走路过来表达感谢的。她身体不好、行动不便，在路上整整走了两天才到达县城。白天走路走不动了，就在路边休息会儿，晚上就在村镇借宿一下。

这一幕，马高亮一生难忘。他联系顺路的车，把藏族大姐送回了家里，后来又帮助她和扎西看病。

挂职结束后，他始终关注着洛隆，想着那里……

十、关键时刻

中远海运集团第四批援藏干部左振永、王文胜在洛隆期间，坚持严格要求自己，迅速融入当地干部群众中，工作特别投入。挂职期间，左振永一心忙于工作，足迹踏遍了每个援藏项目点，却始终没有去过洛隆最好的旅游景区卓玛朗错湖。

2007 年 8 月 10 日，孜托镇古曲村突降暴雨，引发 40 年不遇的山洪和泥石流，堵塞电站引水渠，冲进办公区，导致整个县城和附近村庄停电、停水。

“左书记，您刚来不久，就不要参加了。”县委办公室的小李看到刚到洛隆不久的左振永穿上雨鞋，准备出发，担心左振永有高原反应，身体吃不消，便劝阻他。

“没事，小李，我得去看看。”说着左振永便走出办公室，赶往抗洪现场。

左振永和一起到洛隆县的中远海运援藏干部王文胜不顾严重的头疼、失眠、经常性流鼻血等强烈的高原反应，与干部群众一起蹚着冰凉刺骨的泥水，清理办公区堆积如山的淤泥，搬运引水渠里杂乱重叠的山石。左振永曾经在老家农村干过农活，是一个干活的“好把式”。他拿着铁锹，清理淤泥、搬运山石，不怕脏不怕累，任凭泥巴溅满衣服。一开始还观望的部分干部群众，看到左振永干得很卖力，也拿起了铁锹，加入到劳动队伍中。

后来，左振永发现清理泥石流的工程量很大，不只是清理办公区域一个地方，还有其他区域。他赶快联系工程队，调来挖掘机等大型机械，开足马力，全县动员，全面清理，半天工夫就把泥石流清理干净了。

回去的路上，副县长向左振永竖起了大拇指：“左书记，没想到，你干活是这样的。”

2007 年 10 月 10 日 14:40 分，左振永同志突然发现县机关干部周转房工地冒起滚滚浓烟，他立即向县公安局报警，并火速赶到失火现场，通知电力部门切断电力供应，组织建筑工人灭火自救，为防止火势蔓延赢得了宝贵时间，避免了一场火灾事故的发生。危难时刻，他挺身而出，身先士卒，不顾个人安危，树立了中远海运集团援藏干部的良好形象。

左振永、王文胜经常利用下乡入村到户进行调研的机会，跟农牧民群众拉家常、说贴心话、做朋友，向老党员、老干部、老模范以及广大干部群众宣传党的十七大精神、党的富民政策，把党和政府的温暖送到基层、送到农牧民心中。他们还向企业困难职工耐心细致地解释政策法规，分析他们所面临的问题，在慰问同时，鼓励他们在党的富民政策指引下，振奋精神，努力工作。

糌粑加工

他们继承和发扬“老西藏精神”，视洛隆为故乡，把洛隆人民当亲人，真心实意办实事。他们用出色的工作、高尚的情操、真挚的情感体现“朴朴实实做儿女，认认真真干工作，缺氧不能缺精神，艰苦不能降标准”的援藏干部精神，赢得洛隆县干部群众的信赖和尊敬。在项目推进的基础上，为了增强“造血”功能，2008年他们启动了援藏重点项目——洛隆县糌粑加工厂建设。竣工后的糌粑加工厂年生产能力达40万斤，产值超过120万元，能够直接带动4个乡镇的白青稞产业发展，促进300余户农牧民的增收，形成了一条效益显著的“经济链条”。

十一、工程难题

“左书记，关于建设搬迁小区的工程，现在有些难办。当地一家很大的工程队盯得很紧，正积极准备参与招投标，希望承包整个工程。但是，一家公司承包工程，当地劳动力有限，洛隆五月冰雪消融才能够施工，到十一月就已经大雪纷飞，工程不停工怕难以保证施工质量；停工的话怕拖延时间太长。如何控制好工程进度与质量是当地施工的一大难题。”

有一次，在调研易地搬迁项目期间，王文胜和左振永聊起了即将实施的康沙中远海运新村、加日扎中远海运新村和与之配套的康沙中远海运大道一、二期工程。

“是的，这确实是个问题。为了带动当地就业，我们一方面不从外地找工程队，另一方面，还必须保证工程的质量和进度。这些项目一定要高标准建设，质量上千万不能出问题。”左振永也在想有什么好办法。

他们考察完拟建项目的地址，边走边聊。高原的阳光洒向大地，天是那么蓝、那么高远、那么纯净。大朵的白云缓缓移动，一会儿会遮住阳光，一会儿阳光从云层中出来，更加耀眼。他们考察的地方是康沙镇一块平坦的地方，两边山峦掩映，附近的庄稼地里长满了绿油油的青稞，虽然山上草木不多，但是青稞仍然是那样的蓬勃繁茂，给大地增加了无限的绿意和生机。

“咣当”，王文胜捡起从运输车上掉落到路上的一块瓦片，随手丢到路边的一块石头上。顿时，瓦片碎裂，一分为三。

“唉，有了！有办法了。我们可以化整为零，一分为三，引入竞争机制。谁的工程质量好，是骡子是马，拉出来遛遛，不就知道了。”左振永说。

“啊？”王文胜被左振永说得有点模糊。

“你看，这个易地搬迁工程项目比较大，我们可以平分成三部分对外招标，防止一家垄断。同时，要求三家施工单位同时建设，看哪家建得又好又快，让工程建设在阳光下进行。真正好的施工单位，可以纳入以后工程的合作候选单位名单。”左振永补充。

“此计甚妙！”王文胜赞同道。

于是，通过招投标，不久中远海运康沙镇易地搬迁小区项目开始建设。为了在比拼中胜出，三家施工单位铆足了劲，开始了一场暗中较劲的“大比武”，整体工程你追我赶，干得又好又快。而左振永、王文胜不敢有丝毫马虎懈怠，经常到现场检查监督工程建设情况。邀请的专业监理单位也很给力，整个工程进展顺利，全部如期竣工。

农牧民搬进了新家

左振永在工作总结中写道：

康沙中远海运新村、加日扎中远海运新村和与之配套的康沙中远海运大道一、二期有力地推进了以改善民生为重点的社会主义新农村建设，“整乡推进”的规模效应显现。这个项目是2008年投资额最大，也是援藏干部投入精力最多的援藏项目。为了使农牧民早日搬进新居，我们科学筹划，合理调配资金，将2400多平方米的项目分成3个标段，既保证了质量，又保证了工期。同时也引入竞争机制，进入地区有形建筑市场进行公开招标。从效果上来看，尽管多家施工企业同时施工需要协调的问题多了，但质量和工期有了保障。3家企业同时施工与1家企业施工相比，分散了不能按时完工而影响农牧民如期入住的风险。实践证明，这种科学筹划的做法是成功的，为做好今后援藏项目积累了宝贵的经验。

左振永在洛隆期间，由于特别忙碌，感觉时间过得很快。“时间去哪儿了？”周末的一天，他一个人在办公室进行了总结梳理：截至2007年年底，集团累计投入教育援藏资金1322万元。援藏资金投入让洛隆县2004年成为昌都地区第一个完成“普九”任务的县，为顺利实现“两基”目标和今后教育事业的发展发挥了重要作用。同时，洛隆在全区开创教学点整合先例，投资建设、改造教学点11所，效果十分显著，受到自治区教育厅和地委行署高度评价。

2007年，中远海运拨款10万元启动农牧民特殊困难救济基金，帮助那些因病、因灾返贫的困难群众。设立的干部、医护工作者、兽防员、农技员、技工培训基金正在逐步发挥越来越重要的作用。乡镇和县直机关干部、教师、教育管理人员等陆续前往内地企业参观、高等院校学习。通过培训，干部职工、企事业单位的管理层和员工的思想观念得到进一步解放，工作能力得到进一步提高，干事创业的主动性进一步增强。

电子商务扶贫培训班

经中远海运培训就业的洛隆籍船员

中远海运集团投资新建的周转房极大地改善了干部职工的居住条件，创造了良好的留人环境，使广大乡镇干部安心扎根基层，服务最广大的农牧民群众。即将竣工的县敬老院为鳏寡孤独社会弱势群体提供有力的扶助。援藏资金注入到以安居工程建设为突破口的新农村建设，农牧民说出了心里话，“以前是毛主席让我们农奴得到解放，分到土地和牛羊；现在是中央的政策又让我们住进了新房。”

在左振永离开洛隆时，他把所有的援藏工程项目资料分门别类存档。自己的工作笔记、总结等也写了几大本，并装订成册。在昌都邦达机场安检处，安检员姑娘发现他带了一大箱工作笔记，好奇地问：“别人离开西藏都会带点土特产，你带这么多的本子干嘛？”

“这不是本子，是我的援藏工作成果。”左振永说。

“工作成果？哈哈，谢谢你啊，扎西德勒！”安检员似乎明白了。

十二、拆 迁 问 题

中远海运第五批援藏干部祝孝福 2009—2010 年在洛隆县挂职，与王珂同志搭档。援藏工作虽然艰苦，甚至危险，但能为朴实善良的藏族同胞做一点有意义的事情，他感到非常充实，非常有意义。其中关于拆迁的事他记忆犹新。

洛隆县环城公路是 2009 年重点援建工程。祝孝福刚到洛隆不久，就启动环城路的施工工作。在勘察施工线路的过程中，施工队报告：根据设计，为确保行车安全，保证道路合理的宽度、弯度和坡度，需要拆掉一户藏族居民家的后院。否则，就要修改设计，大幅增加施工难度和成本。

“拆迁”这个敏感的词汇让祝孝福一下子紧张了起来，脑海中马上浮现出“拆迁补偿”“谈判”“纠纷”“钉子户”等字眼。援藏工程都是精打细算，工程预算承担不了额外的拆迁补偿，如调整设计更需要大幅追加预算，落实难度极大。西藏一年中可以施工的时间比内地短很多，要保证工期需要尽快动工，耽误不起。要是协商不畅，引发纠纷，也会给援藏项目留下阴影。带着这些担心，他马上安排技术人员一方面测算修改设计所需增加的成本和延长的工期，另一方面了解按当地的情况，拆迁补偿所需的费用。

第二天，测算结果还没出来。他们在巡查施工线路时，一位面容慈祥、和善的藏族大妈走到他们跟前，简单问候之后，说了一大段藏语。

祝孝福听不懂说些什么，他最怕藏族大妈要的拆迁补偿款过高，一下子特别紧张。

旁边的藏族干部翻译道：“上级派你们来给我们修路，我们非常感谢。听说路要经过我们家后门，需要拆一部分我们的后院，没有关系，请你们派人来告诉我们要拆到哪里，我们可以自己拆……”

听完翻译，祝孝福又是惊喜，又是感动。

揪心的难题迎刃而解，藏族百姓的善意和对援藏工作的支持，让他充满信心，无比踏实。面对这份善良和支持，还有什么理由不把每一项事关百姓的工作踏踏实实做好呢？祝孝福想。

环城路施工非常顺利，如期通车。同设计图略有不同的是，从那位藏族大妈的后门到环城公路多了一段小小的连接道。

虽然当时没有智能手机，藏族大妈没有留下照片，但她和善可亲的笑容依然清晰地留在祝孝福的记忆中。

十三、自 来 水 厂

洛隆县无动力供水工程（自来水厂）是中远海运集团援建的重点工程，是西藏首个由县政府建设的自来水厂。

祝孝福去西藏之前，以为西藏的水都是纯净的天然矿泉水。到洛隆后，一进宿舍，他就发现洗手间里摆着两个大水桶。一问才知，大水桶有两个用途：一是每天定时供水，而且经常停水，需多储备日常用水；二是储备的水要经过一段时间，等泥沙沉淀以后再用。细看之下，桶底沉淀的黑泥似乎在提醒人们重新认识水对于生活的重要性。

当时他们洗完澡后，用手指轻轻一划，身上会有一条泥道。只能尽量喝矿泉水，当时的“自来水”达不到饮用标准，重金属超标，而且由于高海拔原因，烧开的水也就 80 摄氏度左右。在洛隆要时刻注意储水，否则如果错过供水时间，或者停水，就得去“借水”。

有个同事家停水好几天，后来得知其他家没停水，找人一检查，发现他家的水管被一只青蛙堵住了。就这样，水的问题成为祝孝福心头的一个结。

洛隆县当时的“自来水”就是在山坡上修个蓄水池，在流经县城的小河道边修个泵站，每天直接从河道里往蓄水池抽水。蓄水池容量有限，所以每天只能定点供水。县里电力没有保障，停电即停水。而且水源流经居民区，已有较多生活污水排入河中。基于这样的供水条件，才会有那么多关于水的故事、水的期盼。

2009 年年初，祝孝福与王珂经过反复讨论，认为改善供水条件既是民生工程，也是市政基础设施工程，对全县人民的生活生产意义十分重大。于是他们开展了深入的调研，了解到当地干部职工对清洁有保障的供水非常期待，是大家长期以来的梦想。但县里有两点担心，一是投资大，将超过当时一年的援藏资金；二是目前的蓄水池、泵站等供水设施已获得援藏资金的数次投入，如筹建真正意义上的自来水厂，意味着现在建设的设施将要废弃。

经过调研和论证，初步方案是在高处水源地建水厂，铺设管道连接到县城，实现无动力供水。水源经鉴定达到直接饮用标准。经过反复研究，最终他们认为，自来水项目虽然投资较大，但后期维护成本小，收益时间长，成本分摊到未来多年是可以接受的，于是决定给集团写申请立项报告，没想到很快就得到集团的支持和批准。

由于任期原因，他们做完项目的前期工作就回集团了。后来他们非常欣慰地了解到，接任的同事严格按照设计标准认真落实施工建设，卓玛朗错湖清冽甘甜的湖水成为自来水的水源地，无动力供水工程顺利完工并成为援藏标杆项目，洛隆县干部群众终于用上了干净的自来水。

有一次，在中远海运韩国公司工作的祝孝福在首尔做了一个梦，梦见再次回到了洛隆，痛痛快快地喝了一口甘甜的洛隆自来水。

十四、家 庭 变 故

次仁措姆的暑假在略显焦急的等待中度过。她一直是班上的优秀学生，自从上学以来，考试总是名列前三名，从来没有考过第四名及以下的名次。这次高考没有发挥好，考得不理想，她不知道能不能考上。如果考上，能上哪所学校，心里也一点没底。她一直盼望着大学录取通知书的到来。

终于有了消息，录取通知书到学校了！

她从洛隆坐汽车翻山越岭到昌都的学校，花了两天时间把通知书拿到了家里。

中国青年政治学院——是的，她被提前录取了！

次仁措姆在家里沉浸在兴奋中，她高兴地在屋子里转来转去，把录取通知书打开左看右看，从第一个字看到最后一个字，甚至连录取通知书上面的花纹都反复端详。

“放到哪里好呢？对，应该放在桌子的正中央，这样爸爸妈妈回来一眼就能看得到。”她暗自寻思。

或者先藏起来，给他们一个惊喜？她和自己对话，想了好几个方案。

次仁措姆有一个幸福的家，他的爸爸在银行工作，家里条件比较好。从小，爸爸妈妈很重视她的教育，她自己也很努力，一直是爸爸妈妈的骄傲。前两天，爸爸妈妈自驾车去拉萨了，他们回来一旦知道自己考上北京的大学了，一定会非常高兴。

但是，次仁措姆等了很久，爸爸妈妈还是没有回家。

她又等了很久，很久，很久。

最终，她等来了一个不幸的消息：爸爸妈妈出车祸了。

瞬间，天塌了……

次仁措姆不愿回忆那段时间，她自己也不知道是怎么过来的。

快开学的一天，县委办公室的西拉姆阿姨领着她见了中远海运集团第六批援藏干部、中共昌都地委副秘书长、中共洛隆县委副书记的张进。热情善良的西拉姆抹着眼泪说了次仁措姆的有关情况。

“孩子上学的事就交给您了，扎西德勒！”

“西拉姆阿姨您放心，有我在，有中远海运集团在，一定能帮助次仁措姆读完大学。”

“好的，有您这句话我就放心了。我相信您，相信中远海运。这么多年来，你们做了很多好事。”

“次仁，别担心，这是2000元钱，你先拿着，买去北京的火车票，再买点学习用品。有什么困难，就跟我说，这是我的电话。”张进从口袋里拿出前两天刚从银行取出来的工资，并给了自己的名片。张进一向很节俭，但是在资助藏族学生方面出手很大方，这是他资助的第三个孩子。

“你好好去上学，到学校后，一定要给我打电话或写信，我以后到北京了去看你。”张进嘱咐道。

次仁措姆在“中远海运－格桑美朵”助学基金的帮助下，在张进个人的热情帮助下，顺利入学。

十五、援藏大哥

“辛苦了，半年多，瘦了不少，多保重身体啊！”2011年年初，中远海运集团组织部的领导见到张进，觉得他变化很大。张进是中远海运集团第六批援藏干部领队。按照工作安排，他汇报了近期的工作情况。

“感谢你，做了那么多的工作。还有什么需要组织帮助的吗？”

“我没有任何需要帮助的，洛隆那边条件比较艰苦，我身在其位就要努力工作，在洛隆一天就要为洛隆县的发展做点贡献，不辜负集团的期望。”他朴实的话语里带着北方人的直爽。张进为人热情、乐于助人，关心群众疾苦，干工作脚踏实地，被洛隆的干部同事称为“援藏大哥”。

初到洛隆的张进，和许多内地来的援藏干部一样，首先面对的是高原反应的剧烈考验。到洛隆没几天，张进就因水土不服引发强烈的高原反应，持续高烧一直不退。张进的爱人朱颖是一名医生，她很清楚，在高原高烧不退意味着什么，严重时可能引发肺水肿的致命危险。那段时间，她天天下班就守着电话，日日盼着电话那头传来张进好转恢复的消息，但她却不知道此时的张进正以顽强的毅力，承受着高烧，坚持半天打吊针，半天上班。为了不让爱人担心，每一次打电话时，他都说吃得饱、睡得香，身体已经恢复。有时在刚爬完楼梯呼吸困难时接到家里电话，他都要先挂掉，待呼吸平稳后再回个电话去报平安。慢慢适应了环境，张进开始马不停蹄地投入到更多的工作中。

70岁的桑登曲珍，是一名居住在硕督敬老院的孤寡老人。2010年，张进第一次来到他居住的敬老院房屋时，被眼前的一幕惊呆了。极其简陋的土房里随处堆放着破旧的杂物，脏乱的床上散发着阵阵异味，房屋的一角堆放着牲畜的饲草，另一角还正在从屋顶上滴着雨水。整个屋子里没有一件能称之为家具的物件，行动不便的老人双眼闪烁着泪光，在昏暗的光线中喃喃自语。这一幕深深刺痛了张进的心。

敬老院的管理员向张进解释，这些土房已经有近30年的历史，早已破旧不堪，房屋少，需要照料的孤寡老人多，有些老人几个人挤住在一间房。张进心里再也不能平静，回到县里的第一时间，他请来了县民政局局长，从援藏资金中为硕督镇社会福利院的项目列支了专项资金。在一个月的时间里，他督促相关单位完成了项目前期招投标和放线工作。四个月的时间里，原旧址上新建起了一座崭新的框架房屋。同时，他又配套了援藏资金 20 万元，为这些孤寡老人购置了家具、衣物和被褥。

当张进再次踏进崭新美观的福利院时，精神大有好转的桑登曲珍老人紧紧握住了张进的手，不停地用藏语说着“珠故！珠故！”（“珠故”藏语为活菩萨）。

中远海运援建的洛隆县科教文化中心

张进把改善民生放在了心头上。由中远海运投资 50 万元的硕督镇社会福利院、投资 180 万元的多加通中远海运新村、投资 300 万元的农牧民培训中心和投资 118 万元的教育硬件设施改善项目陆续实施。29 名孤寡老人改善了养老环境，15 户贫困家庭住上了干净整洁的房屋，9 所学校的硬件设施得到了改善，近 3000 名农牧民子女有了技能培训的场所。

在援藏重心不断下沉的过程中，基层农牧民成为最大的受益者。

马利镇夏玉村贫困户它巴和八宿村罗旦是两位孤寡老人，这两户是张进的对口扶贫联系户。两个村子相隔较远，每次张进下乡、出差，都会特意前去看望他们。被子、衣物、米面、清油，他像是熟悉自己家一样，知道老人什么时候缺什么，需要带什么。老人也早已把他当作了自己的亲生儿子，时时刻刻对张进牵肠挂肚，逢人便说他在县里有个汉族儿子叫“张进”。

当年十二岁已读初一的拉巴次仁，是俄西乡的一名贫困学生，家里劳动力少，父母没有文化，只能靠家里种的一点青稞勉强维持生计。虽然西藏的学校都实施三包政策（包学费、包伙食、包住宿），但久病在床的爷爷和年纪尚小的妹妹都需要人照顾，生活的重担，早已无形中压在了他稚嫩的双肩上。懂事的拉巴次仁不止一次对父母表示，要辍学回家帮忙打理农活。

当学校把这一情况告诉给张进时，他立刻跑到了孩子的家里，当着孩子父母的面，把小拉巴收作成自己的干儿子，他劝慰孩子的父母，有任何困难都可以找他，但是决不能让拉巴次仁辍学。他深深地知道，只有教育才能让这个贫困的家庭现状彻底改变。

从此，张进每逢下乡都要为拉巴的家人送去一些生活必需品或是留下一些现金；每次到学校，都要给拉巴买套衣服、送些文具，再捎上一些零食和零用钱，鼓励他一定要认真学习，为家人争口气。懂事的拉巴没有让张进失望，2011 年，他以全县第三的优异成绩考上了绍兴西藏中学。张进又为拉巴准备了一整套崭新的生活学习用具，并托人向他父母转交了前往内地的交通费用。

像拉巴次仁这样被张进资助的孩子还有很多、很多。每次到北京，张进都会去大学看望资助的孩子，一逢寒暑假就定时寄去回家的往返路费，还积极联系身边的团体对洛隆的贫困学生进行长期资助。次仁措姆在给张进的感谢信中说道："滴水之恩涌泉相报，虽然我不能为书记做什么，但是今后我会像书记一样去帮助更多需要帮助的人。"让爱传递下去，正是张进所期盼的，孩子的话让他感到了莫大的欣慰。

张进除了认真做援藏"规定动作"外，还搞了很多"自选动作"。2011 年 6 月，他通过认识的人积极动员身边的力量捐款捐物，先后为洛隆捐赠了几十批物资共计 180 余箱衣物、260 余套文具，并及时分发至洛隆部分艰苦地区的学校。

"这只是开始，我身后还有无数双支撑的手，我不是在孤军奋战。"承载着中远海运人爱心的涓涓细流，在张进的疏导下，汇聚成奔涌的江河，跨越万水千山，奔向洛隆。张进的善举，不但缓解了洛隆贫困家庭的生活困难，拉近了洛隆各族人民与中远海运的距离，也使洛隆的贫困家庭深切感受到了祖国大家庭的温暖。

"张进，是一名尽职负责的好领导。"时任洛隆县委副书记、县长泽仁俊美说到张进，表达出由衷的称赞。

十六、学习挫折

次仁措姆来到中国青年政治学院上学后，发现一切都很难适应。

首先，自己心情很不好，难以从巨大的悲痛中解脱出来。其次，对大城市的环境还不适应，有一次她在天桥上望着宽阔道路上拥挤不堪的车水马龙，铺天盖地的轰鸣喧嚣声笼罩四周，似乎一下子迷失了自己。再次，班里只有她一个藏族学生，毕竟自己一直在西藏读书，学习基础与其他同学相比有较大的差距，和她同宿舍的都是“学霸”，有一个女孩还是四川省的高考文科状元。最痛苦的是英语，因为基础薄弱，英语外教上课的时候，她如同听天书一般迷茫难懂。考试从来没有掉出过前三名的她，大学第一学期期末考试，只考了 46 名，对一直学习成绩优异的她来说，简直是奇耻大辱。

那段时间，她沉默寡言，心事重重，经常晚上想家，怀念父母，半夜醒来后发现早已泪流满面、湿透枕巾。整个人似乎缺少了支撑，慢慢消沉了下来，甚至好像得了自闭症。

张进的家在北京，他在出差和回家的时候多次看望次仁措姆，并把她介绍给了中远海运集团总部的李耿玉。当时，李耿玉、张克敌等成立了一个爱心志愿者小组，帮助藏族的学生。家在北京的李耿玉主动把帮助次仁措姆的任务承担了下来，经常请次仁吃饭、聊天，带她到北京的景点玩。他们给了次仁措姆无微不至的关心。

“次仁措姆，你是非常优秀的，坚强一点，一定能够变得更好，相信自己！”李耿玉经常鼓励她。

就这样，次仁措姆在大家的关心下，慢慢地适应了新环境。慢慢地，她觉得北京和西藏一样，也有很多关心她的人，给她温暖、给她力量，她并不孤单。

同一个宿舍的四个姐妹，虽然来自祖国的天南海北，但都很优秀、都很努力、都很团结。她们相互帮助，努力学习，积极向上。她们的宿舍被称为“学霸宿舍”。

慢慢地，她重新捡起了曾经丢失的信心，重新点燃了希望的火苗，重新鼓起了奋斗的勇气。

慢慢地，她的脸上出现了久违的微笑，露出了洁白的牙齿。她的微笑很纯粹、很阳光、很甜美。

次仁措姆不仅得到了大家的帮助，她也开始热心地帮助其他同学。

慢慢地，她走出了人生的低谷。

她开始像高中一样努力，甚至比以往更加努力，全身心投入学习，开始了艰难而充实的追赶之路。

宿舍的其他三位姐妹都立志考研，这也给次仁措姆营造了很好的学习氛围。“四朵金花”志同道合，早出晚归，甚至周末和节假日也在学习。

在第二年的考试中，次仁措姆的成绩一下子迈进了班级前 10 名。她还递交了入党申请书，成为入党积极分子。

“今天，我们以无记名投票的方式，推荐入党人选。”

大三的一天，辅导员组织全班投票。学院的入党程序非常严格，必须根据学习成绩、老师评价、学生投票、组织推荐决定。

“请现场检票，进行统计。”

次仁措姆作为其中的一名候选人，虽说她做了选不上的思想准备，但随着工作程序的环环推进，她心里还是有点紧张。

“现在，我宣布，票数最高的是：次仁措姆！”

那一刻，次仁措姆流下了激动的泪水。

十七、胶 鞋 县 长

中远海运第六批援藏干部叶勇 2010 年 8 月和张进一起进藏，当时的洛隆正是雨季。由于没有自来水，一赶上下雨天，河水更加浑浊，饮用需要沉淀更长的时间。

叶勇任昌都地区行署副秘书长，洛隆县委常委、政府副县长。他暗下决心，一定要让洛隆人民喝上洁净的水。

“洛隆县城无动力供水项目由集团投资 2100 余万元援建，是集团对口支援洛隆县近十年来投资额最大、惠及面最广的项目。经过前期的准备，今年要开工建设了，我们争取把这个项目建设好，让大家喝上纯净的水，结束洛隆县没有清洁自来水的历史。”张进和叶勇一起商议。

“张书记，您工作忙，在政策对接、协调、县委支持等方面多费心，工程施工我多盯着点。”叶勇主动肩负起了督导建设自来水厂的重任。

说干就干！很快，自来水厂于 9 月份破土动工了。从那天起，叶勇整颗心都扑在了水厂建设上面。为了不影响其他工作，他经常在下班后步行 2 公里去工地检查工程质量和进度。在水厂建设期间，他先后 100 余次深入工地检查指导工作，了解工程进度，督查工程质量。由于过度劳累，有时会有高原性高血压，导致头晕难受，这些他从来都是默默忍受着，但第二天在工地上依旧可以看到他熟悉的身影。有时一天一两次甚至三次往返于工地和县城之间，累了，他就席地而坐小憩一下。有很多次到深夜12点才回到家里，这时街上的饭馆都已经打烊了，没办法，他只好方便面充饥，此时心里还在想着水厂的事。由于不规律饮食，他落下了严重胃病，但他依旧执着这份事业。

中远海运援建洛隆县自来水厂改扩建工程开工

前期建设时，有4公里不通公路的管道埋置工程，他要求合格一段，检查一段，然后再进行下一段。为了不耽误群众春耕，他白天顶着烈日行走在灌木丛中，任凭汗水把衣服浸湿，夜里就用手电筒照明逐段逐段进行检查验收，有好几次差点发生意外。为此，他特意买了一双胶鞋，有人戏称他为“胶鞋县长”。

由于督促到位，管道回填后，通过提升1.5倍水压的方式进行检验，上万个接头处没有一个漏点。尤其是在后期设备安装过程中，专业性强、技术含量高，叶勇更是随时守候在工地上，对管道对接的每一个细节都不放过。

大型设备到厂后，由于机体庞大，无法装卸，他多方协调，做了大量工作，亲自审定方案。在调试安装的3天里，他一直坚守在现场，用自己的行动鼓舞着大家。现场所有施工人员都被他的敬业精神所感动，都暗暗加把劲。很快，实现了洛隆县最大机组、主体最重设备一次性调装成功。

耐心细致的叶勇在水厂建设中出了不少金点子。在自来水项目设计方案中，没有设计旁通管道。在他的建议下，通过对自来水引水渠进行改进，修建了旁通管道，确保在设备出问题的情况下仍可以保证全县24小时安全供水。通过他的提议，简化了水质优化设备及操作程序，不仅保证了供水质量，同时节约投资100多万元。

叶勇还提议在取水口设立防护网，此举旨在保护村民人身安全及水源洁净。在自来水厂建设期间，为了增加农牧民收入，他和工程承包商商量，不带技术含量的事情尽量让农牧民来做，只此一块劳务输出就增加当地农牧民收入达40余万元。当看到农牧民拿着票子满脸洋溢着丰收的喜悦时，他也乐了。

在建设水厂时占用了夏果村少量耕地，有些标段工程进度缓慢影响到当地村民春耕春播。叶勇知道此事后，主动提出赔偿事宜，让国土局核算赔偿金，对被占用耕地的 36 户共补偿 215178.30 元。此项工作得到老百姓的一致好评，赢得了信誉，解除了矛盾隐患，对后期项目顺利实施打下了良好基础。

叶勇在工程建设中严把质量关，可谓铁面无私。有人说："你一个援藏干部管那么多干吗！"他说："不行，这是援藏项目，我代表的不是个人，这是国家的钱，这个工程也是国家的，工程不合格的地方必须返工。"为此他得罪了不少人，但他无怨无悔。

"好清澈的水呀！"——经过将近一年的努力，水厂于 2011 年 5 月 27 日起实现县城 24 小时供水。当洛隆县的群众喝上期盼已久的纯净自来水时，激动地不知道说什么好。

十八、接续奋斗

2012 年 4 月初，中远海运集团第七批援藏干部张克敌、丁乾坤来到昌都地区洛隆县，接替张进、叶勇开展援藏工作。

"这是项目交接表，我给您讲讲。"交接过程中，张进、叶勇详细地给张克敌、丁乾坤讲解了已经完成的项目、正在建的项目、已经投入的资金和剩余资金等。在表格上，每一项都记录得清清楚楚、明明白白。

"这是所有的援藏工作档案。您看，都是分门别类的，中央政策、集团文件、县委县政府文件、援藏工作制度等。"档案盒里，历年的援藏工作文件整体排列，便于查阅。通过这些文件，能够清晰了解集团援助洛隆以来的工作。

“还有电子版的文件，我全部存入了办公电脑，您也看看，了解一下。”

“全部的文件、资料、物品等看一下，检查检查，然后在交接单上签个字。”

交接程序简单便捷，为继任者的工作带来了便利。

“你们在干什么啊，签什么东西？”一位其他企业的援藏干部看到张克敌、丁乾坤刚来就签什么，好奇地问。

“这个好！我们还没有，我们也制定一套，交接的时候，就很清楚了。”援藏干部觉得这是个好办法。

一年多来，张克敌、丁乾坤按照援藏“十二五”规划总体要求，结合受援县实际，参与实施和完成计划内项目 7 个，计划外项目 2 个，共涉及援藏资金 2400 万元，主要向受援县急需、国家没有投资、县财政无法解决资金的项目倾斜。

完成的援藏项目有：

做好县城无动力供水工程项目的收尾工作。县城无动力供水工程项目位于孜托镇夏果村卓玛朗错河至县城，主要是将取水口延伸至县城上游 12 公里的卓玛朗错河的相关工程。工程的顺利完工并投入使用，在很大程度上改善了县城供水不足的现状，提高居民饮用水安全和饮用水卫生标准，提高居民的生活质量。

继续推进“中远海运 - 格桑美朵”助学基金项目。对该项目的管理办法和实施细则进行了细化、修改和完善，将项目方向调整为只向低保户的困难学生发放助学金，为鼓励新考入高中的学生，发放部分路费。

这样调整既满足了贫困学生上学的需求，也激励当地初中生继续学习和考学。该项目已完成了 2012 年度的申请、审核、公示和发放工作，总共有 43 名民办代课教师、312 名学生受益。

接力做好农牧民技能培训中心项目。该项目是 2012 年的重点援藏项目，项目的计划、设计、预算和前期施工工作由第六批援藏工作小组完成。该项目主要是为了提高农牧民致富能力开展培训工作，包括农牧业知识、种植业和养殖业知识技能、手工业培训等，还包括为农牧民服务的一站式服务中心（大厅）。

加强村基层党组织建设的投入。项目内容包括自然村的办公用房、工作人员生活用房、自然村的村民活动广场及村委会办公配套设备等。2013 年 3 月开始施工，2013 年 7 月竣工并投入使用。

推进县卫生服务中心信息化建设项目。进一步加强县人民医院管理水平和医疗水平，提高广大农牧民生命健康服务水平，提升管理水平，为病人创造一个全方位、方便快捷、全新的医疗服务平台，为县人民医院争创二甲医院打下坚实基础。

探索开展县扶贫济困基金项目。根据自治区、昌都地区和洛隆县关于进一步关心困难农牧民群众的要求，经援藏小组与县委、县政府沟通协商，决定拿出部分援藏资金设立洛隆县扶贫济困基金，用于帮扶困难农牧民群众。援藏小组制定了严格的基金使用制度和办法，确保基金全部用于困难农牧民群众的生产生活，保障困难群众能够维持基本的生活保障。

改扩建农牧产品交易中心项目。该项目于 2013 年 3 月施工建设，2013 年 10 月竣工。该项目的建成并投入使用，为全县农牧产品及高原特色土特产流通和交易提供了良好的场所。

积极支持新农村小城镇建设。配合县委、县政府的总体部署，从援藏资金中划拨部分资金，支持新农村小城镇建设，为洛隆县城镇化进程添砖加瓦，造福群众百姓。同时，配合县民政关于修建敬老院的规划，从援藏资金中划拨部分资金，支持乡镇敬老院的修建项目，为孤寡老人送去党和政府的温暖。

十九、回 到 西 藏

“共产党好！党的政策好！以前做梦都没有想过这辈子还能住上这么好的房子，感谢共产党！扎西德勒！”五保老人代表西拉姆激动地说。

2008 年 8 月，36 名洛隆县五保老人喜迁新居，入住洛隆示范敬老院。洛隆示范敬老院是中远海运集团援建的重点项目，包括住房、餐厅、活动室、办公室、多用途房，布局合理，设施完善，为老人颐养天年创造了温暖舒适的生活环境。集团先后投资 180 万元新建了洛隆县敬老院和硕督镇社会福利院，实现了全县孤寡老人、五保户老有所居、老有所养、老有所乐。

在老人们老有所养时，“中远海运 - 格桑美朵”助学基金资助过的孩子也陆续大学毕业，开始走上工作岗位。

“樊叔叔，我今年毕业，准备回西藏工作，前段时间我通过了中国农业银行西藏自治区分行的考试，现在他们打电话要我到成都参加面试，您看我还要不要参加？”

在大连理工大学读书的阿旺曲扎给中远海运第一批援藏干部樊华

打电话。

阿旺曲扎是“中远海运 - 格桑美朵”助学基金获得者，也是樊华自愿资助上学的孩子。多年来，樊华一直帮助他，给他邮寄生活费，买学习用品、衣服等，经常去学校看他，带他到家里过假期。

“好事！你去参加，我支持你。你什么时候去，我给你订飞机票，银行卡号没变吧，我再给你转点钱。”

当天，樊华就帮阿旺曲扎订好了大连往返成都的飞机票，还给他转了 3000 元钱，用于找工作打印简历、外出车费、吃饭住宿等。

阿旺曲扎说，当时如果没有樊叔叔的支持，他就不去面试了。

阿旺曲扎顺利通过了面试，后来分配到了中国农业银行洛隆县支行工作，目前已成为银行的业务骨干。

正当阿旺曲扎忙于找工作的时候，斯朗曲扎已成为洛隆县中亦乡小学的一名优秀藏语老师。

“回想过去，爱的暖流在我心头涌动。在我最无助的时候，是党和政府，是中远海运集团送来了关怀与援助，解决了我的困难，使我在艰难的求学路上重拾信心，更让我真切地感受到了党的关怀和社会主义大家庭的阳光、甘露和温暖。”斯朗曲扎如是说。他经常给学校的孩子们讲“中远海运 - 格桑美朵”助学基金帮自己上学的故事，勉励他们好好学习。

边巴拉姆参加了西藏自治区的公务员考试被录取后，被分配到察雅县蔡周乡工作。由于工作出色，最近他被任命为巴日乡拉麦村的党支部书记，成为大学生村官。

次仁措姆大学毕业时，参加了西藏自治区的公务员考试，成绩优异，录取到洛隆县委机要局工作，近期调到县委办公室工作。

二十、见证脱贫

徐步是中远海运集团第八批、第九批援藏干部，也是唯一连续两次援藏的干部，他在西藏待了整整 6 年。

徐步和他的名字形成鲜明的对比。援藏期间，他的“步伐”并不“徐徐”，而是步履“匆匆”，正如他的微信名一样，他是高原“步行者”。

一路风尘仆仆，一路默默无闻，一路情怀依旧，一路硕果累累……他和他的战友李奕钊、张登波、余贵兵等，在藏东大地默默坚守，勇毅前行，参与推动和切身见证了洛隆的“脱贫摘帽历史进程”。

“首先很感谢你报名支援西藏建设，同时，今年政策变了，援藏由原来的一年半，变成了三年，你的小孩还小，家里有没有困难，高原条件比较艰苦，身体是否吃得消，这些困难都要想好啊。现在还有点时间，还可以再考虑一下，组织都理解你。当然，如果决定去了，我们也会大力支持帮助。”徐步报名去援藏时，集团组织部的领导和徐步深入谈话，出于关心他，还是给他很大的选择余地。

“谢谢部长关心！我已经和家里商量好了，一定努力克服困难，坚决做好援藏工作。”徐步决心已定。

“到西藏有什么困难告知，多多保重！”部长站起来紧紧握了握徐步的手。

徐步到西藏不久，就按照昌都市的专项工作安排，驻村入户开展工作。他和司机被安排到一位叫次仁的藏族阿伯家里。

徐步和他们同吃同住，每次他和司机去集市上买很多的菜，自己和司机下厨做饭，饭做好后请次仁一家吃饭。

徐步老家在连云港的农村，经历过艰苦的日子。在西藏老乡家里过得很习惯，他还帮助老人看病，请电工维修家里老旧的电线电路，解决生活困难，甚至端茶倒水打扫卫生。忙完一天的行政工作，回家还要做家务，徐步忙得不亦乐乎，走的时候，还给藏族阿伯交上生活费。藏族阿伯很喜欢这个驻村干部，当徐步住在家里的时候，他刻满皱纹的脸上甚至多了笑容。

徐步在工作上很认真，他经常深入项目现场，早出晚归，披星戴月，克服高原反应，奔走于乡镇、村庄、项目现场。

他和中远海运集团援藏干部李奕钊、张登波、余贵兵等一起，把党的温暖送到农牧民群众最需要的地方。2016—2018 年中远海运集团投入 4770 万元（含计划外 1170 万元）援藏资金，实施完成援藏项目 28 个。如：投入 2700 万元，建成了洛隆县硕督、康沙、八里和类乌齐县协塘、扎西贡五个易地扶贫搬迁安置点，将生存条件恶劣的农牧民搬迁过来，极大地改善了他们的居住条件，提高了生活水平。投入 600 万元，建设洛隆县小学新校区附属工程项目，改善了学校的硬件设施。投入 340 万元，用于“中远海运 - 格桑美朵”助学基金。投入 165 万元，组织 5 批次近 200 名洛隆县、类乌齐县机关和乡镇干部人才赴中远海运集团党校、青岛远洋船员职业学院、井冈山学习培训。投入 500 万元，在洛隆县俄西乡和类乌齐县甲桑卡乡、伊日乡、卡玛多乡、岗色乡实施安全饮水工程，彻底解决了 2000 多名农牧民的饮水安全问题。投入 125 万元，用于对洛隆县和类乌齐县的贫困户、残疾人士、孤寡老人、困难干部职工开展生活救助。

中远海运援建洛隆县小学体育场揭牌

徐步既注重落实好大项目，也注重做好小细节。从一个个温暖的水杯、一份份奖助学金、一幢幢拔地而起的新房子、一条条畅通的新道路、一个个旧貌换新颜的新校舍，这些都令他找到人生的最大意义。看着孩子们灿烂的笑容，藏族父老乡亲皱纹舒展的微笑，他觉得援藏工作只有一个字“值”。

看着一个个援藏项目落实，洛隆县、昌都市发生日新月异的巨大变化，徐步百感交集、激动不已。他想起自己通过努力学习，从苏北农村到首都北京，见证了从乡村到城市的巨变，感受到祖国日新月异的脉搏。经历过贫困、艰苦的生活，在藏东的土地上，为消除贫困奔走，他深知脱贫的意义、小康的美好。在党的领导下，在这方美丽神奇的土地上将历史性消除绝对贫困，这是多么了不起的历史成就！

“眼看着胜利就在前方，眼看着黎明即将迎来曙光。我应该留下来，见证这一历史时刻。我希望听见洛隆宣告脱贫的宣言。”徐步在日记中写道。

“徐步同志，辛苦了！不容易！马上就要光荣完成三年援藏任务，欢迎回来。”集团扶贫办张主任见到来述职的徐步。

“主任，我还有个请求，希望再援藏三年。”徐步说出了自己的心愿。

“啊……你不是开玩笑吧？”张主任似乎没有听清楚徐步刚才所说的话。

“张主任，我是认真考虑过的，也和家里商量过了。”

经过组织慎重考虑，同意了徐步的请求。

接下来的三年，徐步任职昌都市政府副秘书长。他继续撸起袖子加油干，只争朝夕，不负韶华。

2019 年 2 月，经西藏自治区人民政府批准，洛隆县摘掉贫困县的帽子。当洛隆宣布脱贫的那一刻，徐步激动地哭了，平时隐藏的眼泪不自觉地涌出……

“徐步同志在雪域高原坚守，不辱使命，履职尽责，无私奉献，在完成第一个援藏任期后，主动申请，又完成了第二个任期的援藏任务。他在西藏整整坚守 6 年时间，这种精神令人感动，值得我们学习。”中远海运集团党组书记、董事长许立荣在集团大会上给予高度评价。

二十一、为 我 骄 傲

西藏流传这样一句话，“阿里远、那曲高、昌都险”。昌都至洛隆道路十分险峻，有人形容昌都—洛隆省道 303 线是“路如朽绳，命似秋叶”。每年 7—8 月，洛隆进入雨季，滑坡、塌方、泥石流经常发生，从 10 月开始就进入冬天。

2013 年 10 月 20 日下午，天气阴暗，中远海运集团第八批援藏干部，时任西藏昌都市政府副秘书长，洛隆县委常委、县人民政府副县长的李奕钊和同事从昌都返回洛隆县城，路上在翻越海拔 4771 米的磨坡拉山垭口时突遇暴雪。

由于积雪厚、能见度低，车行驶、行驶着就滑出路基。雪越下越大，此时，路基和路标已经看不见了。李奕钊当时估算了一下，下山后就能到达最近的布宿村。

再难也得下山，如果被困在山上，后果不堪设想。

李奕钊马上进行了分工，他沿着路基外面向前走，以此为参照，让其他两名同事走在路中间，使车辆开着大灯，跟着他们的模糊身影向前行驶。以这样的方式前行，后面的车辆纷纷跟在他们的车后面，艰难下山。

在正常情况下，从磨坡拉山垭口到县城只需 3 个小时就可到达，那天他们中午出发，直到第二天 1 点才回到洛隆县城。

第二天，他又出差去了马利镇调研。他和援藏领队徐步来到洛隆县马利镇久修小学。这所学校共有 175 名小学生，其中 22 名学生是孤儿，其余的大部分属于低保家庭或困难家庭。最令人难过的是进入 10 月初，学校所在地的海拔在 4100 米，白天气温已在零度左右，冬天气温最低会到零下 20 多摄氏度。看到孩子们穿着单薄的衣服，冻得红红的脸蛋，李奕钊看在眼里、急在心上。

正好过几天要去原单位昆明中远海运物流，李奕钊马上联络，帮助捐款捐物。公司举行了“物流洛隆共助学、雪域高原献爱心”的助学捐款捐物活动，公司员工积极主动献爱心，为马利镇久修小学 175 名小学生每人购买了全套羽绒服、羽绒裤、雪地靴和各类学习用品等共计价值 5 万余元物品，为在高原严寒冬天上课的小学生送上了爱心和温暖。

在捐赠现场，学生代表激动地说：“感谢远在内地的叔叔阿姨，感谢他们给我捐赠的羽绒服和学习用品，我决心在今后的学习生活中，立志成才，用优异的成绩回报社会。”

“李副县长，你没事吧？”有几次在调研的路上，李奕钊因高原反应、长时间劳累身体虚脱，让一起的同志很是担心。

“没事，我们走慢一些。”他强忍着高原反应坚持。

“缺氧不缺精神，艰苦不怕吃苦”的精神激励着李奕钊，他经常奔赴在建的援藏项目现场和各乡镇调研、推动工作，足迹遍布洛隆县山山水水。有几次因高原反应而身体虚脱，随行受援办干部劝他好好休息后再下乡，由他们代替去调研工作。

“谢谢！农牧民群众生活困难很多，要做的工作还很多，我怎么好意思休息？来西藏如果连路都不敢走，连下乡都不敢，就不好开展工作。”李奕钊说着，又准备出发。他总是“闲不住”，在办公室里“坐不住”。

三年以来，李奕钊与援藏工作组代表集团为洛隆县投入援藏资金3600万元。截至2016年6月，共计完成新建（含续建）和在建援藏项目共18个，包括：洛隆县农畜产品综合交易中心项目、扶贫济困基金项目、洛隆县康沙镇康沙村、孜托镇扎日扎村、硕督镇硕督村新农村建设示范点项目、“中远海运-格桑美朵”助学基金项目、洛隆县干部人才培训项目、洛隆县第二小学新建教学辅助用房、学生宿舍、食堂及附属体育场设施项目（1~3期）、洛隆县卫生医疗改善项目、基层组织建设等。

洛隆县农畜产品交易中心

这些援助项目的落地建成，为推进洛隆县经济社会快速发展注入了新的动力。看到一个个援藏项目由规划变成了现实，他感到莫大的欣慰。

“洛隆人民是热情纯朴的，我在这里体验到了雪域高原的民俗风情，感受到了藏族同胞急需改变生活现状的渴望和坚韧毅力，我深感使命崇高、责任艰巨。洛隆，既然我来了，就一定坚持，哪怕用生命去诠释援藏的意义。”夜深人静，李奕钊在日记本上写下这样的话。

“爸爸，你为什么离开家，去很远很远的西藏工作？”有一次，他在收拾行李准备返回西藏工作的时候，儿子问他。

李奕钊难以言对，心里流出了眼泪。他对家人十分悔疚，在孩子最需要父亲的时候，却远走他乡。

“宝宝，爸爸在西藏做有意义的工作……我相信未来你一定会为我骄傲。”

二十二、不 忘 初 心

“我们要认真学习贯彻习近平总书记治边稳藏重要战略思想，认真贯彻落实中央关于西藏工作的重大决策部署，进一步提高政治站位，履行央企责任，坚定信心再接再厉，加大援藏工作力度，为建设社会主义现代化新西藏积极贡献力量。”集团党组书记、董事长许立荣在集团扶贫援藏工作会上强调。

2016 年以来，改革重组后的中远海运集团以崭新的姿态意气风发驶向新征程，集团经营船队综合运力排名世界第一。干散货船队、油轮船队、杂货特种船队的运力等六个方面均居世界第一。改革重组极大地激发了企业的发展动力，集团各项事业蒸蒸日上。集团的蓬勃发展和对援藏工作的大力支持，让援藏干部倍感振奋，他们的干劲更足了。2018 年，集团投入的援藏资金比 2017 年增加 47%，充分体现了中远海运集团助力洛隆脱贫攻坚的政治担当。

2019 年 4 月下旬，洛隆还在过冬，大家已在急切地倾听春天的脚步。县卫健委的小会议室里人气很旺，他们在热闹地讨论着什么。

张登波是中远海运集团第九批援藏干部，在洛隆任职县委常委、常务副县长，今天他过来参会的目的主要是了解调研两个基金的运行情况。

张登波在县里分管医疗卫生，他到任的第一项工作就从医疗卫生状况调研开始。通过调研发现，全县卫生系统每千人有职业医师 0.6 人，不到全国千人医师（助理医师）配备目标的 1/4，不足全区配备目标的 1/3；每千人有职业护士 0.4 人，不足全国每千人注册护士的 1/8，不到全区配备目标的 1/6。专业技术力量不足，县域内手术治疗根本无法开展，孕产妇和新生儿生命安全更是无法保障。2016 年，洛隆县孕产妇死亡率、婴幼儿死亡率都远远高出上级下达的目标要求。专业技术人才不足已经成为制约全县医疗卫生事业发展的“瓶颈”。在他的推动下，2018 年，“中远海运 - 色钦美朵”基金正式设立，中远海运集团每年安排援藏资金 100 万元，主要用于现有人员的培训培养，同时加大引进力度，加大对优秀医护人才的奖励力度，确保优秀人才留得住、进得来。

“色钦美朵基金的设立，极大地激发了县、乡、村医疗卫生专业技术人才队伍自我提高、自我完善的积极性，全县卫生系统医护人员努力学习、报考资质的自觉性明显增强，身边的同事和朋友们讨论的话题，不再是去哪里玩、去哪里耍，而是讨论考取资质准备得怎么样了，考试准备得怎么样了。”洛隆县人民医院胃镜检查室医生贡觉次巴说。

针对经济落后、群众收入水平普遍偏低的状况，他申请中远海运集团于 2017 年设立了“中远海运 - 岗拉美朵”医疗救助基金，主要用于因家中出现特、重、大、急病患者的洛隆籍农牧民群众，入院前期经费不足时的借支，帮助群众及时入院接受治疗。基金正式运行以来，累计借款群众达 70 多人次，借款资金 150 多万元，扩大了医疗服务覆盖面和保障能力，减轻了贫困群众疾病救治的经济压力，有效遏制了因病致贫、返贫的发生。

中远海运集团在援藏初期，就设立了“中远海运 - 格桑美朵”助学基金，十多年来，累计帮助 7000 多人次师生，圆了许许多多家庭困难孩子的大学梦，受到洛隆干部群众的高度评价。新设的这两个医疗基金，一个面向困难群众负责兜底保障，一个面向医护人才短缺着眼提升服务。

格桑美朵、岗拉美朵、色钦美朵，被当地人们称为“吉祥花”“幸福花”。茫茫高原，生态脆弱，很多地方薄薄的一层土壤下面，就是砂石，草木难以生长，这三种花生命顽强而美丽，给洛隆群众带来无限的希望。

张登波走出会议室，一阵寒风扑来。他清醒地认识到，群众关心的问题和困难实际上还有很多，各项任务依旧很重，但是洛隆 5 万群众脱贫致富的春天即将到来。

张登波的老家在鲁西平原的聊城，他上学时就听了模范共产党员、优秀领导干部孔繁森的事迹。孔繁森精神始终激励他学习成长，雪域高原是他心驰神往的精神高地。他援藏前，担任中远海运集团一家陆上单位的党委书记。当时儿子正在报名参加青海果洛州的支教活动，开学刚上高中；父母已 70 多岁；妻子是现役军人，正处于是否转业、往哪儿转以及怎么转的关键时期。

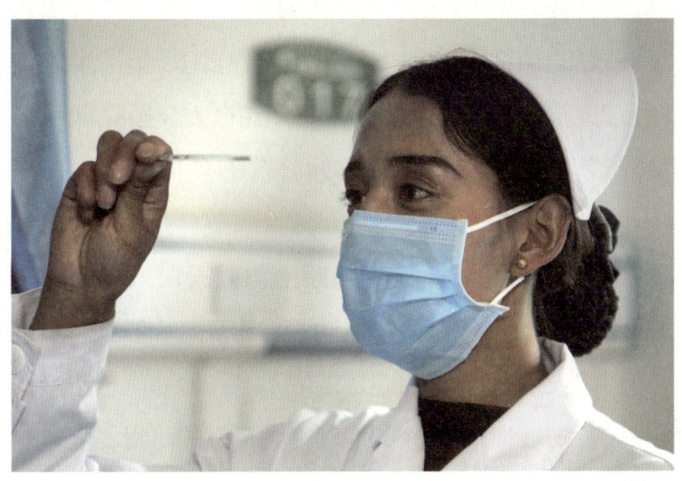

洛隆县人民医院护士

“中远海运 - 岗拉美朵”医疗救助基金启动仪式

他来到洛隆后，很快被周边干部身上体现出的“老西藏精神”“援藏精神”所感动。他深受教育，迅速调整了身心，坚定信心，甩开膀子、撸起袖子加油干。很快他把“海员优势”“党务干部”的优势转化为推动工作的优势，以良好的精神状态奋力开展工作。2016 年下半年，张登波全面承接并跟踪完成了第七批援藏干部既定的 7 个援藏项目，还引进了“浪花 · 心愿”结对助学新项目。他分管的多项工作也在昌都市名列前茅。

斗转星移，白驹过隙。2019 年，望着高原上与蓝天白云相互辉映的皑皑白雪，张登波百感交集。三年过去了，他即将离开这片热土。虽然高原反应依旧难受，但真正要离开时，他还是依依不舍。他非常感谢这次宝贵的援藏锻炼机会，在雪域高原，他深刻地感受到奉献的可贵、坚守的意义、大局的重要，心灵得到了洗礼，思想得到了升华，能力得到了提升。

“在这三年时间里，正值洛隆与全国人民一道进入小康的关键阶段，脱贫攻坚的任务极其繁重，我作为其中的一分子而感到无上光荣。无论是在西藏，还是离开西藏，我都会做一粒随海风飞行的种子，无论落到哪里，就在哪里生根发芽、开花结果，有所收获，终归是要对得起‘共产党员’这个光荣称号，永不忘记入党宣誓时的那颗初心。”座谈会上张登波吐露心声。离别时，戴上洛隆县的干部和乡亲们赠送的洁白哈达，紧紧握住他们的手，张登波泪流不止，哽咽无语。

二十三、抗 疫 前 线

“好的，我马上回来报到！”2020 年正月初四，正在浙江绍兴老家过年的集团第十批援藏干部胡桅接到来自洛隆县的电话。当时全国的疫情防控工作十分严峻，洛隆县也全面加强疫情防控，胡桅作为分管医疗卫生工作的县委常委、常务副县长，需要尽快回到工作岗位。其实胡桅早在大年初一就做好了赶回洛隆的准备，并曾给县委主要领导打电话请示，县领导觉得他难得回家过年，让他等候通知。如今接到电话，胡桅迅速订好机票，日夜兼程赶回洛隆。

在接下来的日子里，胡桅全身心投入疫情防控工作，深入医院、社区、乡镇、学校等督导检查工作，确保把各项防控措施做得实之又实、细之又细；慰问医护人员和值班干部，及时协调解决疫情防控过程中存在的问题，所有进出洛隆县的人员他都要逐一审批签字。

“那段时间压力很大，加上工作量大，体重减少了 10 斤。”胡桅说。虽然面临巨大考验，但他全力以赴，确保疫情防控万无一失，不辜负全县人民的期望。

当地干部开玩笑说胡桅打破了“三个纪录”：一是“晒得黑”，这个来自江南的汉子到洛隆后经常四处调研走访推动工作，一年下来，肤色与藏族同胞很接近；二是“走得远”，胡桅几乎跑遍了洛隆县的乡镇村庄，还经常深入到村卫生室检查工作，包括很多当地干部都没有去过的海拔 4000 多米的新荣乡克多村、白托村卫生室；三是“来得早”，援藏干部有统一的 60 天假期，但因抗击新冠肺炎疫情需要，他是第一个正月初六就报到上班，在县里过藏历新年的援藏干部，创造了又一个“小纪录”。

在防抗疫情的同时，胡桅的日程安排得满满的，他负责的项目和工作一项项在落实。为保障全县易地搬迁居民生活用水供给，加快工业园区发展步伐，集团投入资金 1320 万元，用于饮用水应急供水工程项目建设，解决易地搬迁居民饮水需求。该项目已于 2019 年年底完成，并投入运行，可为古曲、加日扎、新老洛隆县城、工业园区、易地搬迁安置点、教育新区等处居民每年提供 483.9 万立方米饮用水，可解决 26524 人口的饮水问题，极大地缓解洛隆县水厂供水不足现象，保障居民生活用水供给。

在“中远海运 - 色钦美朵”基金支持下，2019 年 10 月，3 名县乡医护人员赴北京大学人民医院进修学习；2019 年 12 月，12 名县乡医护人员赴泉州学习。同时，2019 年共有 208 名乡村医护人员进行信息化系统操作、基本医疗、健康扶贫等培训；2019 年投入资金 100 万元，培训安排 223 人次，表彰获得国家级和自治区级荣誉或资质的医护人员 9 人次，促进了医护队伍的良性发展。

为持续巩固脱贫攻坚成效，洛隆县马利镇夏玉村易地扶贫搬迁项目由中远海运集团出资 600 万元，投入安置房建设。目前，安置点项目已完工，建成安置房 17 栋，建筑面积 4043.64 平方米，安置贫困户 32 户 164 人次（含建档立卡户 16 户 88 人次），极大地改善了当地农牧民群众的居住环境与生活条件。

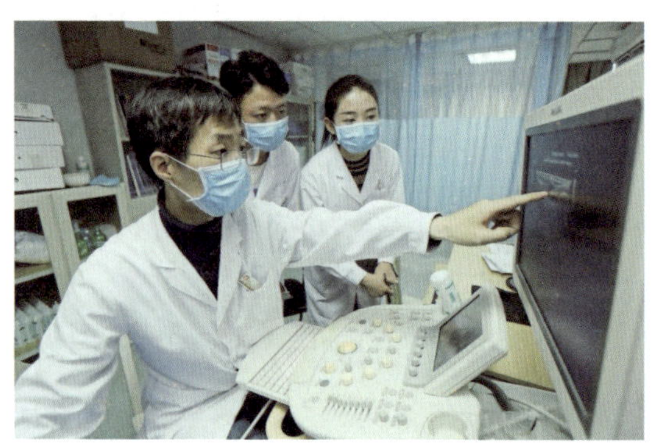

“中远海运 - 色钦美朵”医护人才培训

二十四、知行洛隆

2020年7月，在中远海运集团援藏18周年之际，集团派出了一个宣传小组，采访报道援藏工作。

第一批援藏干部樊华应邀参加，重走援藏路，讲述援藏故事。得到这个消息，樊华激动得三天三夜没有睡好，连续好几天，头脑里像放电影一样演绎着一幕幕雪域高原的难忘故事。

“这就是洛隆县糌粑厂生产的饼干，没想到已经成了航空品牌。”在成都飞往昌都的飞机上，樊华惊喜地看到中远海运集团援建项目的产品。

“嗯，挺好吃的！”同行的小马品尝后称赞。

“这个厂原来是一个很小的厂，濒临倒闭。作为扶持当地产业的一个重点项目，集团给予大力支持。目前该厂已经是自治区的重点扶贫企业了。”樊华介绍。

当采访组跋山涉水来到洛隆县城时，同行的小马看着樊华目不转睛地望着车窗外，便问：“樊总，变化大吗？”

“变化太大了，以前县城就一条街，这些路、这些建筑以前都没有……”

“中远海运集团18年来援助洛隆的工作，用一个词来形容就是‘雪中送炭’。”洛隆县委书记吴剑这样评价，“18年来，洛隆与中远海运集团结下的深厚友谊说也说不完……”县委书记吴剑热情接待了中远海运宣传小组一行。吴剑书记到洛隆工作已有8年，见证了中远海运集团援助洛隆带来的巨大变化。“今年中远海运集团参与援建的县应急水源发挥了重要作用。”吴剑书记在交流中谈到了疫情期间县城的供水工作，他对集团的援建项目了如指掌，也对项目实施后的效果有着深切的体会。

“中远海运集团的干部经常来到农牧民群众中，老百姓有什么困难、有什么需要，他们就帮助解决什么问题。”洛隆县原副县长嘎松扎西曾与多位中远海运集团的援藏干部共事，他觉得中远海运的援藏干部“不一样”，普遍工作实、作风好、效率高、要求严，给他留下了深刻的印象。说起中远海运，老人反复竖起大拇指。

中远海运援建的洛隆县洛宗公司系列产品

今天的洛隆县城

“我这一路过来，走得最好的路、住得最好的房子、看得最好的学校都是中远海运援建的。”西藏自治区一位领导在视察洛隆时，曾这样评价中远海运集团的援藏工作。

“阿旺，你现在工作很好，我看了很放心，到该找个好对象的时候了。”樊华对阿旺曲扎说，他始终关心着阿旺曲扎的成长进步。阿旺曲扎这次觉得挺遗憾，樊叔叔不远万里来到洛隆，正在老家休假的他赶回县城看望樊华，但是由于樊华日程紧张，他没机会请樊叔叔吃饭。

这次樊华也见到了几位“中远海运 - 格桑美朵”助学基金帮助的孩子。“中远海运 - 格桑美朵”助学基金设立以来，已经资助洛隆县贫困师生 8125 人次，发放助学金、奖学金、民办和贫困教师补贴金额达 940 万元，有效提高了农牧民群众送子女入学的积极性，极大调动了广大教师安心教育、奉献教育的事业心和责任感。目前，“中远海运 - 格桑美朵”助学基金已成为洛隆、类乌齐在昌都市乃至西藏自治区教育的一张“名片”。这些受益的学生很多都已经走上工作岗位，在各行各业努力工作，彻底摆脱了贫困的代际传递。“中远海运 - 格桑美朵”助学基金还获评第十一届“中华慈善奖”慈善项目。“中远海运 - 格桑美朵”助学基金帮助的优秀学子，成为洛隆大地的新希望。

“《新华字典》398 本、笔记本 285 本、衣服 267 件、书包 106 个。”次仁措姆近期特别忙碌，业余时间也闲不下来。她组建了一个名叫“知行洛隆”的爱心志愿小组。参与这个小组的大部分是曾经的“中远海运 - 格桑美朵”助学基金帮助过、现在已经在洛隆工作的青年人，还有“西部计划”的毕业生等。他们会组织开展一些小活动，把从全国各地募集到的爱心物品，分发给洛隆家庭困难的学子们，让爱传递。

“这就是格桑花！”

在离开洛隆的路上，樊华指着一片花丛说，大家放眼望去，阳光下，红色的、粉色的、白色的格桑美朵相互辉映、蓬勃向上、漫山遍野，装点雪域高原，带来无限希望……

本文作者：**吴彦红**

研究生毕业于中国科学技术大学工商管理专业。现就职于中国远洋海运集团党组工作部。专注于写作，先后在《飞天》《诗选刊》《人民文学》等刊物发表作品，是中国远洋海运作家协会会员。

西藏·类乌齐

五心教育
1 孝心献给父母
2 忠心献给祖国
3 爱心献给社会
4 诚心献给他人
5 信 给自己

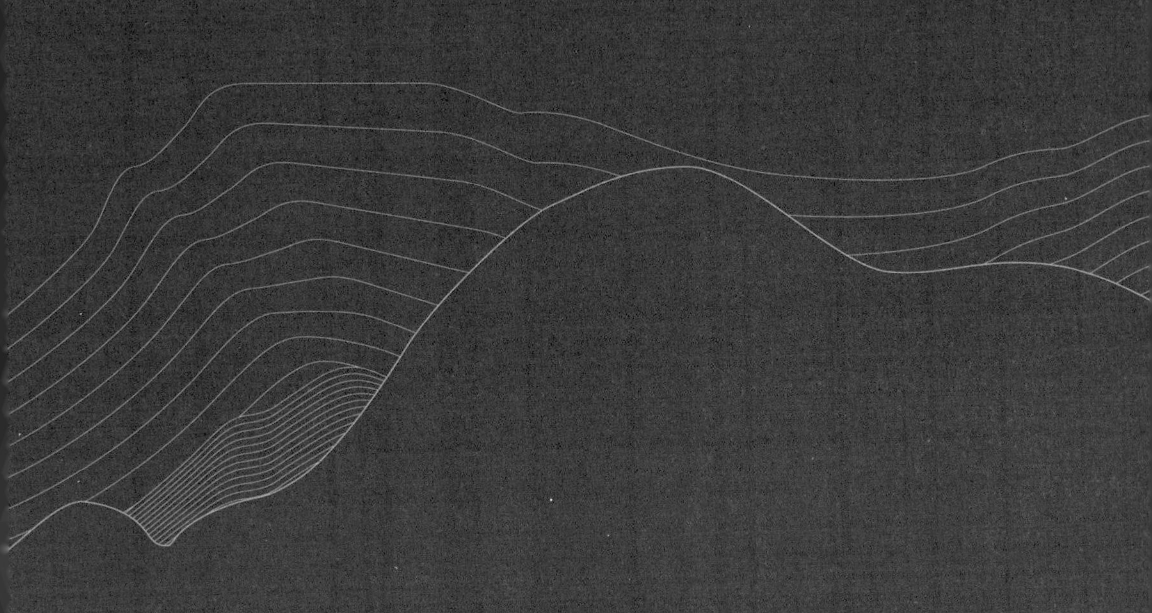

有一种关怀，情深意切；有一种嘱托，厚重如山。

比山更高的丰碑

一、赞　歌

草原山野上苍茫无际的阳光
剥蚀了岁月
起伏皱褶里的大地山川
流淌着生命不息的渴望

从沿海之滨来到昂曲河旁
与寂寞和冰雪相伴
带着使命嘱托与使命
诉说心中的情愫与守望

温暖的海风吹走藏东高寒
甘霖雨露绘出新的画卷
有一种经历让人无愧向往
有一种情怀让人终生难忘

没有比高原更浩瀚的山梁
没有比海洋更深沉的情感
每一片细语的格桑花瓣
都是一曲讴歌奉献的篇章

类乌齐到处开满野花

二、从洛隆到类乌齐

有一种关怀，情深意切；有一种嘱托，厚重如山。

在西藏的历史坐标中，2015 年 8 月 24 日，这个夏天注定分外闪亮：晴朗的北京城，习近平总书记主持召开中央第六次西藏工作座谈会。

阳春布德泽，万物生光辉。

从此，高原在奋进！西藏各族人民有了高扬的旗帜、坚定的自信，340 多万高原儿女始终感恩，披荆斩棘、一往无前，高原大地始终激荡着感恩奋进的激昂乐章。

从此，雪域在巨变！全国人民遵照“加强民族团结、建设美丽西藏”的重要指示，以巨大的支持和务实的举措，为西藏腾飞无私奉献。

在藏东大地上，山川神奇秀美，雪域巍峨耸立，中远海运已经在洛隆对口援助了 14 年。而正是在这个夏天，中远海运再出发、再担责，在西藏自治区援藏格局调整的要求和统一安排下，类乌齐县成为中国远洋海运集团又一个对口援助县，中远海运也因此成为一座比大山更高的丰碑。

三、闪亮地刺痛

类乌齐，这个朴素的名字，就让人想象得到它的高山峡谷、山岳纵横，因为它在藏语里，就是“大山”的意思。

类乌齐并不寂寞，地处念青唐古拉山余脉伯舒拉岭西部，唐古拉山余脉他念他翁山东端，静静地伸展着5000多平方公里的地形，吉曲、柴曲和格曲河自西北向东南流淌。一颗藏东明珠，静谧而安详，在奔腾不息的河流边，在青翠宁静的草甸里，在五颜六色的花海中，在直插云端的雪山上，闪亮着。

然而，闪亮又刺痛人心的，还有类乌齐的贫困。

类乌齐当地群众

类乌齐老人

类乌齐海拔 3500 米至 5258 米，地势高耸，岭谷落差悬殊，沟壑纵横，路况险峻，雪灾霜冻常有出现，自然环境恶劣，经济发展滞后，基础设施薄弱。农牧民冬季的生产生活用水也常常得不到保障，大骨节病仍时有发生，医疗卫生资源匮乏，地方教育发展水平较低，公共文化设施薄弱。就在第六次西藏工作会召开的 2015 年，类乌齐县还是国家级贫困县之一，全县共有建档立卡贫困户 3761 户 16834 人，贫困发生率高达 32.6%。这就意味着，全县三分之一的人口还在贫困之中，这是一个多么刺痛人心的数字啊！

四、初到类乌齐

2016 年 8 月，正是青岛炎热的夏季，却是类乌齐最美的季节。飞机在成都转机。到达昌都邦达机场时，天空高远，清凉的风吹在余贵兵的脸上，仿佛闻到了白云的味道。

车窗外，山峰峻秀，森林茂密，山坡上，野花烂漫，沿海地区早已开败的油菜花，此时正随处开放；湖泊、河流、峡谷、湿地，如诗如画，真不愧“西藏小瑞士”，绝不输江南早春色。

然而，余贵兵根本无法欣赏这世外桃源美景，高原反应正像有力的铁箍，扎得他头痛欲裂。他双目赤红，嘴唇发紫，仿佛车辆每晃动一次，都要把疼痛摇晃一次。当初向组织保证会克服困难完成任务时，他没有料到要克服的第一个困难竟是高原反应。

他想起了习近平总书记在西藏工作会上给援藏干部的寄语，在高原上工作，最稀缺的是氧气，最宝贵的是精神。他顿时精神百倍。他知道，这是一时之苦，自己年轻，一定能很快消除高原反应，适应高原气候。

在类乌齐的第一晚，他就在缺氧头疼与精神亢奋中度过！

而无论是余贵兵，还是第二任扶贫干部董建华，这样的经历都是共同的，他们将在缺氧中度过三年，将在类乌齐奋斗三年。

五、真正的考验

很快任命就下来了，县委常委、常务副县长，这是多么令人羡慕的职务，但是，余贵兵却有些坐不住了。

从青岛到类乌齐，除了到中远海运集团报到，没有培训，没有人交接教学，更没有指导手册，甚至连一个熟悉情况的人都没有，县里没有人可以告诉他怎么扶贫了。此外，因为没有预算，没有资金投入，他在将来的几个月里，都只能“空想”，颇有些尴尬。而比他早一个月到的第八批重庆援藏干部，其开展的扶贫项目正如火如荼地进行着。

好在，此前在洛隆县扶贫挂职的集团同事徐步留任昌都市政府副秘书长并兼中远海运第九批援藏工作组领队，还有洛隆新任扶贫干部张登波。虽然与他们邻县，但由于交通条件受限，三人难于见面，余贵兵便经常给他们打电话，了解洛隆扶贫做法。

余贵兵去了一趟宣传部部长的办公室，抱回来一大摞书。他知道，要做好扶贫工作，一定要认真学习。从此，无论在办公室还是在宿舍楼，都能见到他勤学苦读的身影。他学习党的十八大以来习近平总书记关于扶贫的系列讲话，特别是“治国必治边、治边先稳藏”的重要战略思想和“加强民族团结、建设美丽西藏”的具体要求，掌握藏区民族宗教政策。

“进藏干什么？在藏做什么？离藏留什么？”这是他常常思考的问题，必须摸清群众所思所盼，找准援藏切入点。余贵兵在接下来的日子里，没有坐在办公室，而是更多地俯下身，沉基层，拜访群众。很快，他便走遍了类乌齐全县两镇八乡，他用他的眼睛去发现类乌齐的需求。

经过与徐步、张登波的不断沟通，余贵兵把援藏干部管理、援藏项目管理、援藏资金管理等一系列管理制度建立起来了。再经过与县里有关部门沟通协商与认真研究，他编制完成了中远海运集团“十三五”援藏项目规划，包括易地扶贫搬迁安置点建设、教育、医疗、干部人才培训、基层组织建设、困难帮扶等 6 个方面，同时制定了 2017—2019 年的项目计划，中远海运集团在类乌齐的援助从此有了蓝图！

六、第一个项目

在类乌齐北部距县城 105 公里的地方，有一扇“昌都北大门”——长毛岭乡，而它到青藏边界有着同样的距离，960 平方公里的土地上，生活着不足 8000 人，几乎都是牧民。美丽的协塘村，水光山色，却贫穷落后。

村里来了一位年轻人，他的肤色白净，戴着一副眼镜，穿着夹克衫，显然他不是本地人，他就是县委常委、常务副县长余贵兵。

他看见次仁永吉从山上空手归来，一棵虫草也没有挖到。这个可怜的姑娘，从小失去了父亲，母亲又重病在身，无法放牧。她白天上山挖虫草，晚上便跟家人挤在半山坡上的矮墙里，一排树枝也无法挡住吹来的风。她家是远近闻名的贫困户。

他的眉头紧锁，几乎再也无法直视村民们弯着腰，屈在低矮潮湿黑暗的泥房里。他感觉被草根与泥土压抑、埋到胸前，无法透气，这“一方水土养不了一方人”了。他暗下决心，一定要改变村里的住宿环境，一定要改善次仁永吉的生活条件。

2016 年年底，上海，中远海运集团公司的会议室里，扶贫办正召开扶贫项目讨论会。余贵兵坚定地说：“类乌齐的第一个扶贫项目，应当是协塘村的易地搬迁项目！”余贵兵侃侃而谈。显然，参加会议的领导们被余贵兵充满深情的介绍点燃了同情之心，也震惊于村民们住房条件的落后。就这样，中远海运援建类乌齐的第一个项目——长毛岭乡协塘村易地搬迁项目就这样确定了！

当春暖花开的时候，一切都像草地上盛开的花朵，准时而来！余贵兵严格按照“六靠”“五方便、两避让”的选址要求，通过实地走访、召开大会等形式，广泛地向易地搬迁户告示意见和建议，又统一签订了意向协议书和承诺书。余贵兵知道自己并没有基建项目管理的能力，因此，他毫不犹豫地把项目给了县有关部门来实施。公开招标、监理、施工，一切都按部就班地开展起来，而中远海运投入的 600 万元，已经是当年度最大的一个援建项目。

两年后，一排排安置房矗立在阳光下，白色的墙面与白云相互映照着，喇嘛红洋溢在每一个人的脸上，鲜艳的“中远海运”字体，在安置村里与红旗一样鲜艳。

次仁永吉兴高采烈地向我们介绍着她的新家，120 平方米的两层楼房，一楼是宽敞的院子，二楼的阳光房里，种了许多的花，花团锦簇下的客厅，摆上了各式水果。墙上挂着五位领导人合一的画像，还有习近平总书记接见藏族代表的照片。次仁永吉骄傲地说：“连家具都是配置好的，只需要带上自己的衣服就可以入住了！感谢党和政府，感谢中远海运集团，让我们住上了新房，这是我一辈子都不敢想的事情，现在都实现了！”而她的母亲，虽听不懂客人们的提问，但她的脸上闪着光，笑着不断地点头，那是一种发自内心、一种无须用语言就表现出来的幸福感和满足感。

类乌齐易地搬迁项目

中远海运协塘新村项目

类乌齐达日通洒咧营地

和她们一起搬入协塘村易地搬迁安置点的，还有来自长毛岭乡全乡的 49 户贫困户 250 人。他们再也无须弯着腰屈在低矮潮湿黑暗的泥房里，再也无须在冬天里忍受刺骨的寒风吹入屋里。

次仁永吉给客人们端上酥油茶，告诉客人：“我已经在牛肉厂上班了！”原来，在易地扶贫搬迁时，余贵兵牢记“搬得出、稳得住、能发展、可致富”的目标，还和搬迁对象精准对接，签订搬迁协议的同时，还签订了就业协议，让这些易地搬迁的贫困户住得起、住得好，让贫困户精准入住、精准脱贫。

当我与余贵兵聊起这个项目时，他已回到青岛，他在电话里沉默了一会儿，说：“我实现了自己的诺言，改变了村里的住宿环境，改善了次仁永吉和像她一样许多人的生活条件。我无怨无悔！”他说这些话的时候，中远海运集团已经在类乌齐援藏 3 年了，不仅在协塘村，还在桑多镇扎西贡村、桑多新区新建了两个扶贫安置点，实际投入 1800 多万元，改善了当地 100 多户农牧民的生活生产条件，也改变了村容村貌。中远海运援建的安置点，也成为类乌齐村（居）示范点。

七、最美的格桑美朵

当穿着藏袍、戴着美丽头饰的桑阿曲珍坐在我的对面时，我感觉就是一朵最美的格桑花开在我的面前，我能看到一朵花的幸福！

她是类乌齐一小四年 2 班的同学，她的爸爸罗卜次仁文化低，没有固定的收入，母亲有病，长期需要吃药维持。父亲曾经拉着她的手，悲伤地说："孩子，你还是别上学了，回来干活吧！"懂事的桑阿曲珍知道父亲的艰难，但她非常渴望上学。

正是这个时候，中远海运集团在洛隆成功建立的"中远海运 - 格桑美朵"助学基金也开始在类乌齐实施，根据学生就读学段和表现情况等具体标准，向受助学生发放数额不等的助学金，解决品学兼优但家庭贫困的学生继续学业的燃眉之急。

桑阿曲珍因为学习成绩优异，自然成为格桑美朵资助的学生。她获得了每年 1000 元的资助，再也不用再担心失学了，而她学习的积极性也更高了。

她在《感谢信》写道："中远海运集团的帮助，让我们感受到了来自社会大家庭的温暖。你们一直努力用一颗炽热的爱心为我们添加了绚丽的色彩。你们强烈的社会责任感和无私奉献的精神，必定会在我们身上生根发芽，并且在我们的身上延续发扬。我们会奋发向上，不辜负你们的殷切期望，以优异的成绩来回报社会！回报祖国！"虽然信件是打印出来的，但是，桑阿曲珍仍然抑制不住自己感恩的心情，用笔在信末恭敬地写下了"扎西德勒"四个字。这是一个藏族儿童对恩人的感谢，也是对祖国的祝福！

宗珠桑布比桑阿曲珍更幸运！

宗珠桑布的父母体弱多病，他从小就寄养在亲戚家，到了上学年龄，他只字未识。小学毕业时也非常勉强，他因为语文基础差，经常都只是考 60 多分，数学也只有 70 多分，比别的同学差不少。他自己也老想起爸爸的话，自己都长成小伙子了，读书有什么用呢？还是回去放羊更自由！

正是因为格桑美朵的资助，宗珠桑布下定决心，一定要以优异的成绩毕业，才能对得住中远海运集团的资助。在老师和同学的帮助下，宗珠桑布的学习成绩已经大幅提高。相反，对于那些曾经和他一样，有着退学想法的同学，他不但说服他们，还以自身受资助的实例说服他们的父母，连老师都特别感谢他。曾经，老师们总要在开学之初到处找学生，让他们回到学校读书，而如今，宗珠桑布似乎成了学校最得力的助手，家长们都愿意把孩子送到学校来了。

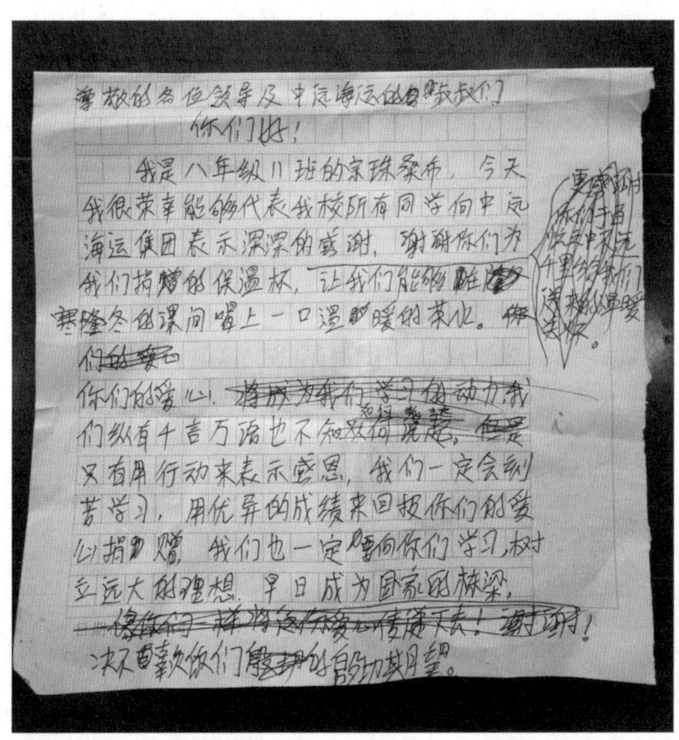

尊敬的各位领导及中远海运的叔叔们！

你们好！

我是八年级11班的宗珠桑布，今天我很荣幸能够代表我校所有同学向中远海运集团表示深深的感谢，谢谢你们为我们捐赠的保温杯，让我们能够在寒冬的课间喝上一口温暖的茶水。更感谢你们千里迢迢从中远给我们送来的温暖关怀。

你们的爱心，我们纵有千言万语也不知如何表达，只有用行动来表示感恩，我们一定会刻苦学习，用优异的成绩来回报你们的爱心捐赠，我们也一定会向你们学习，树立远大的理想，早日成为国家的栋梁，决不辜负你们的殷切期望。

小学生写给中远海运叔叔阿姨的信

宗珠桑布已经读八年级了，他坐在我的对面，似乎并没有很执着的职业规划，毕竟就业对于他来说还为时尚早。他说 2020 年的疫情太可怕了，那么多人失去了性命，他要成为一名医生，为更多的人治病，为各族群众带来健康，挽救生命。他又说自己喜欢电脑，将来要做网络主播，将来要成为 500 强。

他感恩地写道：“你们的爱心，我们纵有千言万语也不知如何表达，只有用行动来表示感恩。我们一定会刻苦学习，用优异的成绩来回报你们的爱心捐赠。我们也一定要向你们学习，树立远大的理想，早日成为国家的栋梁，决不辜负你们的殷切期望。”

不只是这些藏族儿童要感谢“格桑美朵”，我的内心也充满了感激：我们的教育援助，不只是资助孩子完成学业、考出好成绩，更重要的是它像一个太阳，温暖着雪域高原贫困学子追求学业的前进、追求生活的美好、追求正义的前程。他们在资助中受教育，完善自己的性格与品德，这才是教育资助的更广阔的社会意义。

八、共同的名字

一个胖胖脸的小男孩在乡党委书记昂旺曲珍的带领下走进了会议室。小男孩有些紧张，我便要他坐到我的身边来。

我把右手搭在他的肩上，伸直了腰板：“看看我们俩谁高！”

他也转头看着我，见我直挺挺地，便也伸直了腰，试着与我比高。我哈哈大笑。

“你叫什么名字？”

“白玛仁青。”他在我的请求下，在我的笔记本上写下这四个字。

“这个名字藏语是什么意思？”

“是宝贵莲花的名字。”

“好名字！借给我用一下，可以吗？”

“当然可以。”

“好！现在开始，我就是大白玛仁青，你就是小白玛仁青！”

“你是大白，我是小白！”

“小白在班上成绩怎样？看看我们俩谁好？”

“我第二，你呢？”

“哈哈，我可是第一哦！”

“那我下次一定和你一样，做到第一！”

“好！我们就这样约定啊！”

这个和我愉快聊天的孩子，是伊日乡五年级的学生，我想把采访变成一次开心聊天。

“我和你除了名字，还有一样共有的东西，你知道是什么吗？你仔细看看！”

他有点不相信，但还是闪着他明亮的双眼开始在我身边搜寻起来。“书包，这个书包！和我的一样，是‘远航·追梦’书包！”因为我曾经受集团委派，到另一个贫困县——湖南省安化县扶贫挂职，集团向对口扶贫的五个县捐赠的书包，都是在安化县统一定制的。自从到安化扶贫，无论走到哪里，我都背着这个带着我们集团教育扶贫特色的“远航·追梦”书包。

“还有什么是格桑美朵项目给你的东西？”

“还有热水杯！”

他说的热水杯，就是类乌齐格桑美朵项目，为了解决学生冬天喝冷水容易生病的难题，特意给伊日乡小学 343 位学生和老师配备的。

“水杯好用吗？”

“太好用了！不用花钱，还能喝上热水了。”

“以前用什么喝水？”

“以前不喝水。”

“哪些人都有水杯啊？”

“同学都有。”

“你爸爸妈妈有没有？”

“没有！他们可羡慕我了！”

“我也羡慕你呢！你在班上做班干部吗？”

“我做劳动委员。你以前做什么？”

“我做班长哦！要不要跟我一样？”

“要！”

“那你得认真学习了。等你做了班长，告诉我，好不好？”

“好！”

“长大了想干什么？”

“我想当特警。”

“为什么呢？”

“特警，富有正义感，能保护老百姓，能保家卫国，是最帅的人！”

“那你可要锻炼好身体啊！”我捏了捏他的手臂。

“我很强壮的！”他握着拳头，竖起自己的手臂，好像要展示自己的肌肉一样，在场的人都笑了起来。

“你果然很帅！还有哪些人你觉得很帅啊？”

他偏着头想了一下：“你们最帅！做好事，帮助别人的人最帅！”这是一句我完全没有料到的回答，也是出自一个纯真少年最朴实的回答，也是最令我感动的回答。

中远海运集团自 2018 年成立“中远海运 - 格桑美朵”助学基金以来，资助了贫困师生，涉及了类乌齐县 15 所学校，受益人达 670 多人，投入资金 692000 元。它解决了一些贫困师生在生活中存在的实际问题，让教有所依、学有所依成为现实。更重要的是，格桑美朵，就像一朵善良、幸福之花，在每一位受益人心中开放，温暖了人心的底色，爱浇灌雪域格桑，这应是中远海运教育援助达到的更深层的意义。

我要和白玛仁青告别了，我拿出手机，为我们有着共同名字的人而合影，我们拉钩，相约再见！

九、共同的胜利

如果 3 年只是时间长河里的一瞬，那这一瞬就是中远海运集团在类乌齐最闪亮的时刻。一份完整的项目表，让人看到一个中远海运集团公司的社会担当，看到中远海运人牢记使命，不畏艰险，不忘初心，继续前行，以实际行动践行援藏誓言，以高度的责任心投入到类乌齐经济社会发展的潮流中。

2017 年援藏资金共计 650 万元，建设长毛岭易地扶贫搬迁项目，开展县中青年干部培训班，对基层党组织开展帮扶。

2018 年援藏资金共 1080 万元，建设桑多镇扎西贡村易地扶贫搬迁项目 600 万元，类乌齐安全饮水工程 300 万元，实施“中远海运 - 格桑美朵”助学基金项目 70 万元，教育帮扶项目 30 万元，人才培训 40 万元，民生济困 40 万元。

2019 年援藏资金共 1300 万元，类乌齐扶贫开发区安置点工程建设 600 万元，自来水厂管网工程 560 万元，“中远海运 - 格桑美朵”助学基金项目 70 万元，青年干部人才培训 40 万元，以及其他民生项目 30 万元。

……

然而，我们看到的，也只是计划内的援藏资金与项目，更多地是来自像雪山一样的高远、像白云一样无处不在的爱心。

中远海运基金会追加资金；

中远海运各单位捐款；

中远海运员工捐款；

扶贫干部亲朋捐款；

……

正如类乌齐县委常委、宣传部部长阿春所讲的一样：“感谢中远海运集团对类乌齐的帮助。中远海运集团切实按照党中央、国务院的有关要求和总体部署，整合资源、强化责任、加大力度、协调配合，从人力、物力、财力等多方面、多角度、宽领域、全方位开展扶贫开发工作，积极主动为类乌齐人民群众解决实际困难，让类乌齐在短期内就在经济社会发展、民生、教育和许多的方面都发生了翻天覆地的变化。中远海运集团为类乌齐的发展做出了巨大贡献。感谢中远海运！”

2017 年 10 月，类乌齐县贫困发生率降至 0.57%，类乌齐脱贫摘帽！

这是中远海运与类乌齐人民共同的胜利之果！

十、历史的担当

全面建成小康社会，一个不能少；共同富裕路上，一个不能掉队。打赢扶贫攻坚战，企业扶贫彰显巨大潜力。作为中央企业，承担着西藏类乌齐、洛隆，湖南省安化、沅陵县，云南省永德县共五个县的对口扶贫任务。

党组书记、董事长许立荣曾经动情地说："2002 年以来，中远海运根据党中央、国务院的要求，对口援助西藏自治区昌都市洛隆县，在全球经济下行、自身发展任务重的压力下，坚持把洛隆的事作为自己份内的事，加大对口援助力度、拓宽援助领域、完善援助机制，竭力帮助藏区加快发展，增进群众福祉，让这个远在藏东雪域高原的内陆县城感受到了中远海运的气息。"

"对口援藏，一切作用力最终要实现在当地人民群众身上。民生，是中远海运援藏工作的重中之重。"在谈及对口援藏工作时许立荣如是说。

"我们从 2002 年开始对口援藏工作，16 载光阴（至 2018 年），却足以让洛隆县与中远海运集团彼此铭记和牵挂。在实际工作中我们将输血和造血结合起来，不仅要给予直接援助，还要把目光聚焦在形成洛隆自我发展能力的方向上，加大对口援助力度、拓宽援助领域、完善援助机制，竭力帮助洛隆加快发展，增进群众福祉。”

十八年间，中远海运集团先后选派了 9 批 18 名干部赴洛隆、类乌齐开展援助工作，投入援藏资金 1.967 亿元，实施援藏项目 111 个，为推进洛隆、类乌齐跨越式发展、长治久安和全面建成小康社会作出了巨大的贡献。

面对众多的对口支援项目，如何在当前公司经营困难的情况下确保扶贫攻坚任务顺利完成，成为摆在中远海运面前的一个重要课题。经过缜密的调查和研究，集团党组提出充分发挥中远海运慈善基金会的作用，将所有扶贫援藏及社会公益工作纳入基金会平台进行资金的配置及管理，充分整合公益资金，发挥整体优势，确保扶贫援藏项目的资金投入。

作为非公募、非营利性慈善基金会，中远海运慈善基金会担负了中远海运扶贫开发资金平台的重要作用，多年来打造了“远航·家园”“远航·追梦”“远航·自强”等具有行业特色的“远航”系列品牌项目，累计捐资超过 5 亿元，多次获得“中华慈善奖”“慈善透明卓越组织”等荣誉，获得了社会的普遍认可，为企业最大化履行社会责任发挥了突出作用。

正是由于“远航·家园”项目的帮扶，洛隆、类乌齐两县的大骨节病防治工作成效明显，为精准脱贫提供健康支持，有效抑制因病致贫、因病返贫的发生，提升全县农牧民群众健康意识，密切了政府和人民群众的血肉联系。

未来，中远海运慈善基金会将自管项目进一步向对口援助单位倾斜，通过实地考察和对接，把每一笔钱花在刀刃上，着力解决基础设施及民生方面的问题。

作为中国航运业的龙头企业，中远海运拥有世界第一的商船船队和船员队伍，为践行"海洋强国"战略、"一带一路"倡议、装备制造"走出去"战略等，发挥着重要的作用。

集团援藏干部牢记集团党组重托，顺应洛隆发展需要，把西藏当作第二故乡，与受援地区人民同呼吸、共命运、心连心，克服了高寒缺氧、语言不通、水土不服、交通艰险、基础设施薄弱等诸多困难，积极适应、快速融入、主动作为，和当地干部群众一道抢抓机遇、攻坚克难、真抓实干，共同推动了洛隆、类乌齐的改革、发展和稳定，做了大量卓有成效的工作。

2016 年 12 月 28 日，由中远海运物流规划的拉萨—宁波"西藏号"集装箱班列正式首发。70 只集装箱、1890 吨卓玛泉天然饮用水，纵穿西藏、青海、甘肃、陕西、河南、安徽、浙江等地，行驶 4500 公里于 6 天后抵达目的地，为西藏充分融入国家"一带一路"和"南亚陆路大通道"建设打开了大门。无论是洛隆县还是中远海运新增加对口支援的类乌齐县，乃至整个西藏自治区，都有望实现跨越式发展。正如中远海运原董事、总经理、党组副书记万敏在国务院国资委"央企助力、富民兴藏"活动上提出的那样："中远海运将加强与地方的交流，优化体制机制，动员和凝聚全集团力量共同参与，并带动全社会一起为西藏的经济和社会发展贡献力量，与西藏人民携手并进，共同享受幸福、美好的新生活。"

正是在中远海运集团的帮助下，2018 年 11 月，洛隆县脱贫摘帽了；2019 年 4 月，安化县脱贫摘帽了；2020 年 2 月，沅陵县脱贫摘帽了；2020 年 5 月，永德县脱贫摘帽了！

十一、心中有灯，脚下有路

自 2012 年起，中远海运集团相继派出 82 名挂职干部，远赴脱贫攻坚主战场，他们和贫困地区的乡亲一起，攀越高原、扎根山村，用热血青春书写“脱贫答卷”，不破楼兰终不还。

余贵兵，作为中远海运物流青岛公司航务部总经理助理，成为中远海运集团派出类乌齐的第一个干部，从 2016 年 8 月到 2019 年 7 月，他在类乌齐整整干了 3 年。

或许是因为同是扶贫干部，他愿意更多地向我敞开心扉。

他曾跟我讲过一个故事：一位盲人提着一盏灯在漆黑的路上行走，当不解的路人问他明明看不见，为啥提盏灯时，他说：这灯是为了照亮别人，同时保护自己。手中的灯在我心里，脚下才会有路。

初来乍到，他就开始了下乡调研工作：

我记忆最深刻的是一个户主叫布迪的贫困家庭。第一次去布迪家的时候，是在一个夏天，伊日乡虽然已是山花烂漫，但山里的气温还是比较低，寒意凛然。布迪家在河边的一处半坡上，是一个低矮的藏式石头房子。我刚踏进屋里，几乎什么都看不见，屋内光线昏暗，除了门就只有一个很小的朝南的窗户，好一会儿，才看清楚屋里大概的情况。

沿着墙壁半圈藏床，中间一个当地传统的柴火炉，靠墙角陈列着简单的炊具和生活用品。我坐下和布迪以及村支部书记罗布聊天，了解家庭情况，突然有几个小脑袋从门边探了出来，好奇地朝屋里瞅。我猜应该是布迪的孩子们吧，便让布迪把孩子们都叫过来。孩子们怯生生地走进来后，布迪给我介绍了孩子们的情况，这是我第一次见到阿牛。

布迪有5个孩子，阿牛排行老二，初中毕业正好放假在家。她略显局促，羞涩地和弟弟妹妹们坐在藏床上，我问一句她答一句。虽然只是很平常的问答，但我能感觉到她语气中的紧张。我与孩子们聊了些学校、学习的情况，她们慢慢放松了下来。我告诉她们要继续好好学习，考上大学，走出大山去看看外面的世界，学成归来可以像村支书罗布大哥哥一样，有更大的能力选择自己的生活，照顾自己的家庭，更好地为家乡、为社会服务。也许阿牛并没有全部听懂和理解我说的话，但她闪亮的眼睛仿佛刚刚打开了一扇心灵的窗户，看到了外面不一样的风景，神情略显兴奋。由于还要去其他帮扶户家，所以我再次跟布迪叮嘱了无论如何都必须支持孩子上学，有任何困难可以随时找我，之后就离开了。

之后不久，村支书罗布就捎来了布迪的话，说阿牛好像生病了，却不肯详细告诉家人，有些影响这段时间的学习，希望我能帮助她。于是我再次家访时带上重庆援藏医疗队的专家一起去的。但这一次，我们没有看到孩子们。布迪说孩子们都在上学，他说不清楚病情。由于没看到患者，同行的医生专家也不好判定情况，只好留下联系电话，让阿牛在放假的时候直接到县医院去找她。

又过了些时日，有一天，我接到阿牛发来的微信，她说她已经去找过医生了，医生带她做了检查，还给她开药吃了，现在症状已经明显缓解了，说是很感谢我和周医生。我感觉挺欣慰的，便继续鼓励她，一定要相信科学，保重身体，努力学习，有需要随时联系我，阿牛回复了几个奋斗的表情。自那以后，阿牛会在周末可以使用手机时，主动给我发信息问好，我也经常鼓励她。我给阿牛的生日红包祝福，也让她开心了很多。在交流中我能很明显地感觉到她变得越来越自信、开朗了。

快上高三时，我给阿牛建议，一定要在高考报名前，去公安局户籍科改一个名字，上大学时才不会让自己因为名字而自卑。阿牛这个名字其实不是正经名字，是家里人随口叫的小名，家里孩子多，上学的时候就直接用了这个小名。她也好像忽然醒悟了似的，不想用这个随意而来的名字，不想她未来的人生太随意。她现在叫自己“斯郎曲珍”，是“阳光灿烂”的意思。她说她希望将来能考上内地的大学，毕业后能回到类乌齐工作，做一个像我一样能帮助别人的人。

之后多次家访中，都没有看到阿牛，但是布迪谈起阿牛时的高兴和自豪之情溢于言表，说阿牛读书越来越努力，也越来越开朗，经常反过来教导爸爸妈妈，说服家里人改变原来的陈规陋习。回家后也是以身作则，教育弟弟妹妹要好好学习。我和阿牛的微信交流也依然继续着，从最初的好好读书到后面的时事新闻，还会聊聊人生观、价值观、世界观。我叮嘱她要感谢生长在这样一个好的时代，国家有这样好的政策，广阔天地大有作为，只要自己努力，树立目标，就有无限的空间去实现自己的价值。阿牛从最开始的懵懂无知，慢慢有自己的思考和见解，我能感觉到她的变化。

四月的一天，阿牛给我发了个信息来，说是她嫂子要生小孩，之前的两个孩子都是在家里生的，第二个孩子因打卦结果不能去医院，耽误了时间，孩子生下来的时候就夭折了。这次嫂子生孩子，她态度很明确地和哥哥商量，不去找活佛打卦了，而是直接去县医院。目前孩子已经很顺利出生，母子平安。她说，受我的影响和她在家里的宣传，哥哥接受了她的建议。言语中还有些小小的俏皮和得意。

今年六月份，阿牛就要参加高考了，这个当初无比羞涩、沉默寡言的小孩，已经成长为一个自信自强、目标明确的大姑娘了。她像一棵刚刚绽放枝芽的小苗，正努力地想要长成一棵大树。看着她的成长，我更坚定了自己去做这些事的决心，虽然它是那么的微不足道。

在我 3 年的工作中，我不断将自己在企业经营管理中积累的经验、理念、思路、方法与干部群众分享，欣喜地看着他们的成长与进步。我告诉自己，要做一个心中有灯、脚下有路的人。我心里的灯照亮需要我的方向，我脚下的路通向需要我的地方。3 年来，我在多次驻乡下村过程中，积极地发现问题、解决问题。解决了部分乡镇老百姓没有干净饮用水的问题；解决了全县在校学生无保温杯喝热水和酥油茶的问题；解决了部分基层干部办公设备不足的问题；还与重庆援藏医疗队的医生们合作，到边远乡村为出行困难的贫困百姓在家门口接受援藏专家的诊治。

我心中的灯，照亮我自己的路，历经山河，犹觉人间值得；我心中的灯，照亮了别人的路，虽筚路蓝缕，仍雄心万丈。

当余贵兵跟我讲完他的故事，还有他的这些心得体会时，我深深地感受到这是一个有血有肉的青年，他用平凡书写了伟大，用坚韧创造了辉煌，但他却与我没有距离感，总在我的身旁！

十二、时刻准备着

董建华是中远海运集团派驻类乌齐的第二批扶贫干部。当我第一次见到他时，我感觉他仿佛就是曾经的我!

对于信奉藏传佛教的人来说，西藏是虔诚之地，他们越过五彩经幡，转动手中经筒，念诵六字真言，叩长头匍匐在山路；而对于我来说，援藏是一个神奇的词语，似乎只要一念及这个词，就会从我心底迸发出一种神圣的使命感。我知道援藏意味着艰苦，意味着困难，意味着身体受损，意味着可能失去生命，但也意味着平凡的自己将与国家战略联系在一起。所以，对于援藏，我时刻准备着。

这是他在来到类乌齐时的想法。

他和余贵兵一样吃苦耐劳外，也一样的健谈。

青藏高原是个寒冷的地方，它的寒冷不只来源于它极低的温度、贫困的生活还有骨子里曾经受到的奴役。温暖和关爱是这片高原最需要的东西。我觉得所有能体现温暖和关爱的项目都是很好的援藏项目。比如我下乡看望个人结对帮扶对象时发现，当地群众冬衣匮乏，贫困群众甚至连换洗的衣物都没有，尤其是小孩子，冬季也只有秋装裹身。内地的家庭却有着许多闲置衣物无处处置的困扰。我想到如果能把这些闲置的冬衣用到当地来，一定是一个多方受益的事情。我便利用集团成员单位扶贫日捐款，购买了一些扶贫物资发放给贫困家庭，顺便把这些衣服也派发了。

3年的援藏生活的确会苍老我们的面容，削弱我们的体能，但那些苦难和艰辛终将过去，留下的只是它带给我的成长和收获。我感谢生在这个伟大的时代，感谢集团和组织、各级领导对我的信任、给予我这样的锻炼机会，感谢家人和本地干部群众的支持。离别是为了更好的重逢，历练是为了更大的贡献。在未来的工作中，我将继续以饱满的热情、昂扬的斗志、援藏的志气、同舟共济的精神，全力以赴，作出自己应有的贡献。

他以实际行动履行着自己的承诺，奔波在类乌齐大地上。

他见到我的时候，虽然我们第一次见，却感觉无比的亲切，或许此时我是曾经和他一样的扶贫干部，或许是和集团工会的人一起到来，他说仿佛见到了娘家人！

一路上，我们欣赏着沿途的风光，而他要么在打电话谈工作，要么就困得极易睡着。

他带我去看扶贫项目，风吹乱了他的头发，他捋了捋自己的头发，我突然发现，比初到类乌齐时的照片上的他，头发稀薄了许多。他苦笑着说，每天都掉不少头发，感觉自己的记忆力都好像差了！

这一刻，我才知道，我从邦达机场出来时的头痛可以很快消失，而他却要经受着长期的慢性高原反应，这远比我在湖南安化扶贫时困难得多，辛苦得多！或许，这是对自己身体一生的伤害，更是对类乌齐这片大地的付出！

我们的车跨越了数不清的山头，经历了几处山体滑坡，才到达董建华的基层联系点——伊日乡。伊日乡党委书记昂旺曲珍热情地接待了我们。

我喜欢这样的基层干部，因为她的话和她的性格一样朴实，她跟我讲述着董建华在伊日乡的扶贫故事。

2019 年 3 月，他第一次到乡里来，本可以在这次历时一个月的下乡时段中慢慢地开展工作，但他顾不得休息，甚至连美丽的伊日风景都未来得及看，就开始下村，与村“两委”班子成员、驻村工作队及村民进行座谈、交流，深入了解驻村工作开展情况和当地的村情民风及存在的困难和问题。

他发现乡政府通往县城的唯一一座桥梁的桥身已有裂缝，护栏损害严重，过桥十分危险。他立即有了来类乌齐的第一个后备项目——修桥。一年后，中远海运投资 70 万元修建的伊日新桥便落成了。

乡政府对面的伊日天然温泉生意越来越火爆，类乌齐县及周边县、甚至青海的藏族同胞都愿意来温泉休闲。但周边的棚户区只有几户百姓自建的房屋，房屋都是老旧的土木结构房。得知情况之后，他也是第一时间申请房屋改造资金，对棚户区进行改造。2019 年，中远海运集团投资 200 多万元，修建了 11 户新商铺，整体面貌焕然一新，整个街道美观了很多，老百姓吃饭、购物也方便了很多。

在乡里，他多次召开脱贫攻坚普查工作安排部署会，带头落实上级相关工作要求。他对自己的要求很严格，在工作中以身作则、精益求精，总是在第一时间下村入户，工作在一线，访贫问苦，调研情况。他深入到贫困户家中，调研走访“两不愁三保障”“三率一度”，入户看底数是否清楚，穷根是否找准，目标是否明确，对策是否精准，帮扶是否到位。他亲自走访了解危房户家中的情况，查看危房改造进度，不定期地对五个行政村的建档立卡资料、各项工作指标数据等基础性材料及基本数据以及各项工作中的印证材料、集体经济产业、规划项目、转移就业、资金落实、精准识别、控辍保学等工作开展情况进行检查督导。

他在伊日乡的亚中村有2户帮扶户。每次进行帮扶的时候，他都是和帮扶对象促膝长谈，详细询问他们的家庭情况、生活状况和身体情况，帮助贫困户理清发展思路，叮嘱他们在农忙时期注意休息，在生活上如遇到困难，可及时与他联系。需要给予帮助解决的，他会力所能及地予以帮助解决，并鼓励贫困户坚定信心、克服困难，争取早日走上脱贫致富之路。

2020年4月24日，伊日乡小学举行了“中远海运集运帮扶物资捐赠仪式”。他利用集团同事捐赠的款项，买了790斤牦牛肉、300箱矿泉水、30件饼干等爱心物资，为乡村学校和农牧民送去了关心、关怀，也为伊日乡教育事业奉献了一份力量。

伊日乡有着天然的区位优势、丰富的生态旅游资源。为了大力宣传旅游产业，2020年6月25日，他在“类乌齐县·中远海运文化旅游宣传推广周”活动中，利用互联网等形式大力宣传推介伊日温泉、大峡谷等自然生态旅游资源，大大提高了伊日乡旅游产业、特色产品的知名度，增加了群众和集体经济收入。当天在伊日大峡谷举行的“快乐健康行·美丽伊日游”百人健步走活动，为水堤村10户民宿增收2万元，使该村搭上了“旅游＋扶贫”的快车。

微光点点，聚而成炬；累土不辍，丘山崇成。无数次滴水穿石，汇聚成奔涌不竭的大江大河，中远海运顺历史担当。秘境藏东、风雨潇湘、彩云之南，八千里路云和月，一道沧海春与秋。扶贫干部用扶贫援藏的每一寸脚印，丈量贫困与小康之间的距离，为之奋斗！

类乌齐伊日峡谷

十三、更加光辉灿烂

弹指一挥间，雪域巨变。当历史的指针摆向此时此刻，西藏各族干部群众更加深刻地认识到：西藏经济社会每一项事业的发展进步，无不凝结着习近平总书记和党中央的巨大关怀，无不是各族人民、中华儿女共同扶贫的结果。

试看今日之西藏，岁月静好、山河安澜，欣欣向荣、稳定和谐，各族人民同心同德，开拓进取，不断为“西藏发展稳定生态正处于历史最好时期”这一恢宏论断丰富着新的内涵，不断为新时代党的治藏方略的成功实践标注着新的方位，不断以向着全面小康昂扬奋进的实干业绩诠释着感恩、忠诚与担当。

大江东流去，慷慨歌未央。站在全面建成小康社会决胜在望的历史节点，祖国正以崭新的姿态，奋力谱写新时代中华民族伟大复兴中国梦的美丽篇章。

巍峨耸立的皑皑雪山，俯瞰着雪域高原的欣欣向荣；奔腾不息的雅鲁藏布江水，涌动着奋勇向前的勃勃生机。

实践充分证明，只有坚定不移地坚持中国共产党领导，坚持社会主义制度，坚持民族区域自治制度，全面贯彻新时代党的治藏方略，才能焕发感恩奋进的磅礴力量，才能指引前行的铿锵脚步，西藏、祖国的明天也才会更加光辉灿烂。

本文作者：**蔡华建**

毕业于中山大学与华南理工大学，现任中国远洋海运集团所属中远海运特运公司广州远洋宾馆纪委书记、工会主席。曾受集团委派挂职湖南省安化县，任安化县委常委、安化县人民政府副县长。为广东省作家协会会员、广州市评论家协会会员、广东省青年产业工人作家协会会员、广东散文诗学会理事，中国远洋海运作家协会秘书长，曾任某杂志专栏作者，作品散见于多个报纸刊物，并入选多部文选。出版个人文集《守护精神的家园》《家园回望月满山》。

云南·永德

HEAT
32

声母
b p m f d t n l g k h j q x
zh ch sh r z c s y w
单韵母
a o e i u ü
复韵母

永德县第十一届人民代表大会第四次会议

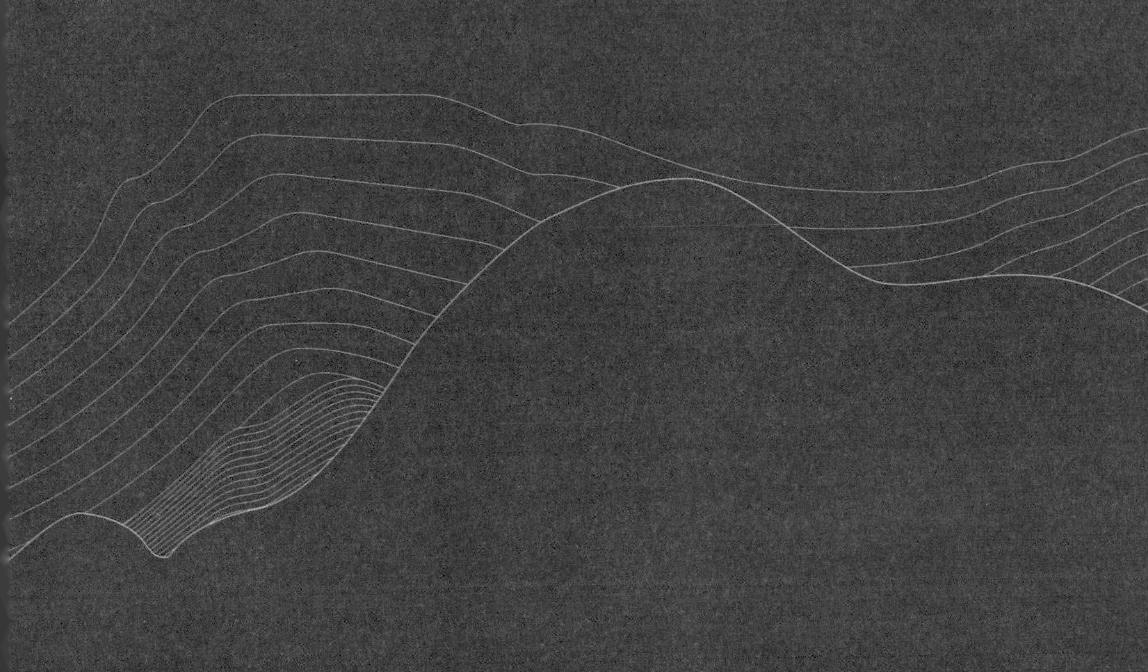

光阴流逝，正如这升腾的人间烟火。

如果大山召唤我

如果远方呼喊我
我就走向远方
如果大山召唤我
我就走向大山
——节选自汪国真《山高路远》

上海到昆明 3980 公里，飞行 4 个小时；

昆明到临沧 226 公里，飞行 1 个小时；

临沧到永德 190 公里，车行 4 个小时。

清晨出发，入夜到达，这是从上海到永德的一个单程，也是中国远洋海运集团从 2006 年起，13 批 29 名扶贫干部奔赴的远方。

一

位于云南省西南边陲的永德县，万木百草，茵茵萌发。

距今 10000 多年前的旧石器时代，这片红土地上就有了人类活动的印记。古老的民族繁衍至今气息犹存，悠远的茶马古道上依稀听得见驼铃回响。

雪山涵养，沧浪滋润，生息绵延不绝，如同这进山的 1118 道弯，曲折地延伸着、盘旋着。多少年多少代，无论富贵和贫穷，无论饥荒与丰年，人们的生活就像日出日落，成了自然现象，归于沧海桑田。

大山，亘古不变地守护着这方家园。

重峦叠嶂，岚烟缭绕。山口的云，舒展着、流动着，把山托得更高，把天衬得更蓝，这山巅，这云端，传递着山里人的呼唤。

最美人间 4 月天。

十四年前的 4 月，“中远海”流进了“永德山”。

2006 年 4 月 3 日，中远海运龚亮、高伟燔启程，作为集团定点帮扶永德的第一批挂职干部，远赴云岭之南。

从临沧机场到永德的路程，是心理落差不断悬殊的过程。一路上，龚亮、高伟燔经历了从六车道、四车道、两车道，再到水泥路、土路、徒步的“画风突变”。道路越走越小，越走越弯，前一刻还在陶醉着山野的返璞归真，下一刻已在盘山路上被晃得分不清东西南北。

“从市里到县里再到镇里、村里，每下一层级，道路设施水平要回退 10 年。”高伟燔对当年的路况记忆犹新。

龚亮、高伟燔挂职永德县县长助理。县政府办公楼建于 1959 年，办公室用房异常紧张。原来的计算机房辟出一半，两人共用，正式上班。

在还没有安排工作的几天里，两人专心致志研究起了永德的数据。

永德县境内山高谷深，县域地处北热带与南亚热带交汇的老别山区，交通闭塞，基础设施滞后。县辖区面积 3208 平方公里，山地面积为 95% 以上，坝区面积不足 5%，这个典型的山区农业县有着极差的农业生产条件。

2005 年末，全县工农业总产值 9.48 亿元，人均工农业总产值 2831 元，是国内人均 GDP 的五分之一。高伟燔是广东人，他大致一算，永德县人均工农业总产值是广州的二十四分之一。作为云南省 73 个国家级贫困县之一，永德当时的贫困人口达到 10.96 万人。

20 世纪 80 年代的永德老县城

4 月 10 日，龚亮和高伟燔开始全县考察。

永康镇是他们经过的第一站。

勐广自然村小教点只开设了 1 个班，3 年招一次，学生年龄相差最大 3 岁。学校只有 1 名老师、1 间教室，学生到四年级后就前往完小读书。

大山乡税完村小教点有两个班、两个老师，其中一个班有一半一年级和一半二年级的学生，另一个班是一半三年级、一半四年级的学生，学校把这种“双拼式”班级称为“复式班”。由于小教点生源少，办学规模小，一名老师负责所有科目。

到乌木龙乡小学的时候，刚好是学生午饭时间。寄宿小学生自带锅碗和柴米油盐，每个学生用两块砖头、两条钢筋支起“小灶台”，自己动手烧饭。整个厨房烟雾缭绕，“简直就是野炊！”两人满眼辛酸。几乎没有菜，小一点的学生饭都煮不熟，教室和宿舍更是破烂不堪，看不到一张完好的桌椅。

“必须先从改善孩子的学习生活条件做起！”龚亮和高伟燔共同商议，决定在帮助建设村完小上做点事情。完小规模比较大，老师能够分专业，教学质量好一些，教学仪器利用率也更高。但两人又想到，完小要囊括多个自然村，各自然村分散错落，集中在一个完小，许多学生上学至少要花一个小时。所以，完小还必须建学生宿舍。

一个多月里，龚亮和高伟燔考察了 11 所乡镇中学、乡镇中心和村级完小。

明信坝完小是典型的危房。校长满脸忧愁：“18 年了，总是担心瓦片掉下来砸到学生，心一直悬着，没有一天是踏实的。”经过仔细比对，结合县教育局的意见，两人选定明信坝完小作为集团援助项目，随即编写了第一期《援滇简报》，并附上考察报告和援建方案，报到了集团。

挂职干部深入大山乡麻栎寨完小调研

援建前的崇岗乡蒿子坝完小

7 个月后的 12 月 18 日，中远海运捐建的明信坝完小竣工并投入使用，405.47 平方米的教学楼和 35 平方米的食堂拔地而起，崭新的厕所、操场、围栏、校内道路等一应俱全。新的教学楼成了村里的“地标”建筑，也成了村民出来赶集必定参观的景点。

按照惯例，出资帮扶企业一般会对捐建的学校冠名，这是通常做法，也合情合理。但在一次招商引资的会议上，高伟燔隐隐地感觉到当地百姓的不自信。“企业的冠名给村民打下永久的帮扶烙印，会让他们缺乏自信”，高伟燔把他的想法反馈给集团，集团作出不冠名的决定，让明信坝小学保留原名。校长深受感动，激动地说：“中远海运给了我们设施的援助，更给了我们自尊和自信！”

当年，临沧市委书记考察时对中远海运扶贫给了三个字：“最实惠。”市人大常委会主任给的评价也是三个字：“最实在。”几年以后，云南省扶贫办向集团送来一面锦旗，上面还是三个大字“最真诚”。

二

龚亮和高伟燔挂职永德一年的工作中，贯穿了一位游子的桑梓之情。

集团在台湾有一位合作伙伴，名叫徐定心。徐先生的母亲是地地道道的永德人，但早年离开故土、远赴他乡。母亲临终前，嘱托徐定心：“人是故乡好，月是故乡明，有能力了，一定要为家乡做点事。”这件事一直深埋在徐定心的心里，但他身在台湾，和家乡亲人来往不多，为家乡做事成了一个美好的心愿。

一次偶然的机会，徐先生了解到中远海运集团对口帮扶云南永德，并在自己的家乡派驻了干部时，向集团提出了自己的想法，希望永德挂职干部帮助他在家乡建造一所当地最好的小学，并提出出资 40 万元的预算。

刚到永德不久的龚亮和高伟熇，经过深入了解，得知徐先生有一个表姐住在县城。经过协助，姐弟通了电话，还找到了其祖屋、祖坟和部分珍贵的老照片，包括徐先生母亲 15 岁时的照片。徐定心对两位挂职干部感激万分，加深了信任。

徐先生的祖居在亚练乡忙回自然村，村子里现有 40 户人家，有一个小教点，小孩在村里读到二年级，三年级以后就转移到大沟边忙回完小。经过县教育局、亚练乡和两位挂职干部共同考察，根据徐定心的意见，县里决定对大沟边忙回完小、忙回组小教点、龙塘组小教点三处学校进行整体改造。

高伟熇心里记着徐先生一开始的心愿：建一所当地最好的学校。在实地考察中他算了一笔工程账，40 万元只够建造一栋教学楼，并不能达到临沧市最好的完全小学的水平，需要告诉徐先生，他计划用 40 万元建造最好的完小是做不到的。请徐先生追加费用？高伟熇实在不好意思张口。

两人一合计，做了一个 40 万元预算的详细方案，包含规模、材料单价、人工、运费等各项费用，精确到每一分钱，对于运费等成本比其他省份更高的情况也做了详细说明。同时，还附上了“建临沧最好小学”的详细方案，但这个方案的总费用高达 123 万元。

事实证明，高伟熇他们的顾虑，显然是多余了。对于一个一心回报家乡的游子来说，钱数也许没那么重要。

徐先生在收到邮件后，当即选用 123 万元方案，并认为方案翔实可信。追加费用随后到位。

学校建设立即启动。2007 年，临沧一流的忙回村完小落成。落成典礼那天，龚亮和高伟燔已经离开永德。

五年后，徐先生回到老家看望师生，询问学生和老师还有什么需要帮助的，师生告诉他，学校条件已经最好，不需要再帮助了。徐先生十分满意，流下了热泪，并再拿出 5 万元作为奖学金。

永德一年，龚亮和高伟燔编了 18 期《援滇简报》，其中的工作条条目目，件件桩桩，看起来琐碎平淡，但为中远海运其后的永德扶贫工作打下了基础、奠定了基石。

永德的日子过于短暂。一年时光，转瞬即逝。临走前的一刻，高伟燔忽然想起，一年前，出发的时候，时任集团总裁李克麟对派驻人员的“附加条件”。

——永德县城德党镇距中缅边界省级口岸南伞 103 公里，历来是滇缅往来的重要通道，也是中缅贩毒通道。2005 年前后，缉毒工作严峻，缉毒警察经常在与毒贩的战斗中受伤、牺牲。中远海运首次定点永德，情况错综复杂，扶贫干部必须确保安全。因此，李克麟要求，派驻干部不允许抽烟，以免不小心通过抽烟沾上毒品。

集团的点滴关爱、工作的点滴付出，足以抚平离别的忧伤。龚亮、高伟燔之后，永德，这个铁打的营盘，十几年里迎来了一批又一批中远海运人，他们有着不一样的面孔，但却奔着一样的目标，顺着一样的足迹不断前行。

“高大姐”是一茬茬扶贫干部的朋友。

中远海运挂职干部走进永德的时候，也是高大姐的茶厂开始创业的时候。县里条件差，宿舍远，周末没饭吃，龚亮、高伟燔遇到了高大姐，几杯永德茶，几句暖心话，然后就一起搭伙做起了饭。“他们是来帮助我们建设家乡的，就是我的亲人，我希望给他们更多的照顾。”高大姐对中远海运人心怀感恩。

每到周末，高大姐就喜欢约上扶贫干部“开小灶”。扶贫干部遇到烦心事儿，也喜欢走到高大姐的茶店里坐一会，喝茶聊天。高大姐给扶贫干部们带来了家人的温暖，扶贫干部给高大姐带来了外面的世界。这十几年里，高大姐经营的“永德茶叶有限责任公司”做大了。中远海运第一批干部挂职的时候，年收入几十万元，现在生意越做越红火，年销售已经突破了千万元。

与中远海运结缘的“高大姐”

永德流传着一首歌，《离不开你》。

德化永昭、厚德载物，抚今追昔、离不开你！

这方热土的脱贫发展离不开你，离不开干部拥抱群众的鱼水情深，离不开“援永力量”的风雨同舟，离不开一线攻坚的勠力同心，离不开携手共建的真情永续。

一起走过千山万水、千家万户、千辛万苦，这山这水想对你说：离不开你……

——喝一碗高度的米酒，唱一曲《离不开你》，这段“援永”深情总是让人饱含热泪。

三

2019 年 9 月，中远海运集团工会办公室高级专员刘建强受集团委派，作为第十三批扶贫干部来到永德，挂职永德县委副书记。

2020 年是全面建成小康社会目标的实现之年，也是全面打赢脱贫攻坚战的收官之年。要完成这两大目标任务，脱贫攻坚的最后堡垒必须攻克。刘建强为期两年的挂职正好赶上了这场只能成功、不许失败的硬仗。

胸怀集团的扶贫初心，肩负脱贫的神圣使命，传承一批批前任的坚定足迹，刘建强倍感压力。

彼时，永德县决战决胜脱贫攻坚的冲锋号已经吹响。

2019 年 3 月 2 日，元宵刚过，惊蛰将至，永德县千人誓师、尽锐出战。

永德县委书记宋正垠在誓师大会上的讲话如春雷回响——

“永德这顶穷帽子必须甩掉，干部不争气这顶帽子也必须甩掉。干部腰杆要直起来、精气神要提起来，永德一定要闯出来！”

铮铮誓言、切切嘱托，催生了全县上下春种秋收的希望，唤醒了千军万马背水一战的斗志，也点燃了刘建强内心“不破楼兰终不还”的熊熊烈火。

要带领人民打赢战争，先要读懂人民。永德人民的血管里自古以来流淌着不屈的热血。

永德大雪山东南麓的滇缅铁路忙蚌大桥旧址上一片荒芜，现存的7个古桥墩，成为滇缅铁路最后的历史遗迹。1937年，全民族抗战爆发。1938年，华中华南大部沦陷，东南沿海逐渐被侵华日军封锁。因此，当时的国民政府决定增开滇缅铁路，以适应抗战军运的需求，其中布线永德县境70公里。1938年12月，工程宣告开工，历时4年，全线曾征调民夫30余万人，打通便道，路基初成。1942年5月，缅甸失守，工程被迫全线停工。滇缅铁路虽然结果未成，但这段悲壮的史诗，永远铭刻于历史的丰碑。

走村入户的途中，刘建强经过位于永德、施甸、昌宁3县结合部的勐波罗河链子桥。桥下江水湍急，桥上锈迹斑斑。在这里，他了解了永德人民在1943年到1946年抗日支前中，无数百姓通过这座“英雄之桥”，承担怒江沿线军需供给，400多人因此死难的悲壮故事。

永德是国家集中连片特困区贫困县，临沧市所辖的8个区县中7个均已摘帽，唯独只剩下永德这块难啃的硬骨头。但永德是一个有血性的地方，抛头颅洒热血的战争时期敢于舍身忘死，脱贫攻坚的新时代战争中，必无坚不摧！刘建强通过短时间的工作接触，真切地看到了永德干部的苦干实干，看到了永德人民的坚韧不拔。

脱贫攻坚，从何处入手？曾经全程参与了全国总工会“面对面、心贴心、实打实”活动的刘建强决定从与百姓乡亲拉近距离做起。

刘建强跑遍了县里10个乡镇的村村寨寨，深入田间地头、学校企业，和老百姓一起劳动、一起吃住。

永德山路盘旋迂回，大多自然村道路还没有硬化，遇到下雨天，车开不上去，刘建强经常要步行几公里的路才能到达目的地。

想了解真情况、真问题，调研就不能走“套路”。刘建强小时候在农村长大，农村的情况和百姓的心思，他是有一些了解的。他走村串户的时候，一般不提前跟乡镇打招呼，也不需要人陪同，一是考虑干部们都有自己的工作要忙，二是许多村民见到乡镇干部也不愿讲更多的话。要听“掏心窝子”的话，就不能摆“阵势”。去的时间也有讲究，白天往往乡亲们在地里忙，晚上大家就闲下来了，刘建强很多时候就晚上去召集村民开诸葛亮会议。

2019 年 10 月，刘建强到县里时间不久，驱车两个多小时到挂钩的勐板乡大旧寨自然村走访。此时太阳已落山，村民从地里收工回来，做饭吃饭、洗洗漱漱都收拾好了，已是晚上八点半。大家听说有个新的挂职县委副书记晚上来，都集中到了理事长家的院子里。全村每家每户都来人了，男女老少挤满了院子。

刘建强将村里准备给他发言的椅子让给老人和抱孩子的妇女，自己一边找个马扎在院子中间坐下，一边招呼大家往前坐坐。说了几遍，大家还是离得远远的，哪怕挨着羊棚猪圈，闻着难闻的味道。刘建强看在眼里，意识到，村民这是来“听会”的，不是来“聊天”的。他立即改变方式，和大家聊起了“家长里短”，先让大家参与进来，让大家愿意张口说话。等到气氛上来了，刘建强慢慢聊起了国家为什么要搞脱贫攻坚，党带领干部群众是怎么干的，为什么这样干，还有哪些困难和需要大家共同努力的地方。由历史形势到国家政策现状解读，由市县政策到村里的现状分析，直到关系到身边的最直接的问题，大家聊得话题越来越多，也越来越有兴趣。老人、年轻人、抱孩子的年轻媳妇都抢着发言，有的反映村里的道路、饮用水、种养殖、活动广场、路灯等关系大家的问题，也有的提出了自己家里的住房补贴、孩子上学、土地贴补等各种困惑。

不知不觉间，分散着的村民构成的“圈子”越来越小，都不由自主地集中到刘建强身边，陌生感消除了，亲切感产生了，话就说不完了。刘建强不断引导大家，哪些是村里需要努力解决的，哪些是要通过下一步国家项目推进的，哪些是需要外界的帮扶实现的……纯朴的村民里三层外三层，大家对寨子的美好生活充满期待。

夜深了，漆黑的大山深处只有小院里还灯火通明、笑声朗朗。大家拉着刘建强的手，有的请他下回再来，有的让他到自己家里去住。刘建强答应乡亲们，以后还会经常来看大家，乡亲们却久久不愿离去。

盘旋大山漆黑的夜路行车两个多小时，到宿舍已凌晨两点。随行的县委办的同志对刘建强说：“工作这么多年，从来也没见过这种场面，您为什么能这么快就和群众打成一片？”刘建强说，没有什么诀窍，只要心里装着他们，与他们平等对话，他们就会理解我们，拥护我们。

贴近百姓生活，才能把握住他们的痛点难点。有了扎扎实实的群众工作，刘建强接下来的工作才能“对症下药”。正是问计于民，才取消了乡镇干部建议帮建办公室计划，改为援建路灯解决夜晚行路难的山寨照明工程；正是问需于民，才在勐板乡、小勐统镇结合部援建了梨树完小项目，解决了两个边远乡镇孩子的读书问题；正是这样跟百姓讲清修路的难处和计划安排，百姓从此才不再抱怨政府，一起发力。

刘建强说："百姓是善解人意的，关键看我们的干部怎么对待他们；群众是有智慧的，关键看我们的干部如何将工作思路根植于群众之中，把群众的智慧和力量调动起来。"

四

作为贫困县的掌门人，县委书记宋正垠、县长杨世年率领班子"五加二""白加黑"日夜奔波，统筹全盘，精准施力，给脱贫攻坚以政策导向、发展方向和前行动力。

永德干部群众紧紧围绕高质量脱贫摘帽目标，把"12345"脱贫密码按在永德大地上，成立了科学的指挥体系，组建了村级攻坚队、自然村突击组，选派驻村工作队员，依法依纪选派1701名"自然村村主任"奔赴村组一线……各级干部群众群策群力，坚守阵地，掀起了打赢脱贫攻坚战的热潮。

刘建强与永德人民一道摆脱贫困的信心和决心更加坚定。

"脱贫攻坚就是一场真正的战斗！"刘建强语气坚定。

首先是严密布阵——

县里成立了组织架构，设立了总指挥部。往下，乡镇、行政村层层设立指挥部。行政村下面一般包含十几个自然村，行政村有两委班子，自然村有村党小组长，层层攻坚。

全县各局办，几乎所有干部下放各村，副科级干部挂职自然村村主任，一下去就是三年。

市里各部门约三分之一的干部挂职到乡镇或行政村，还派了第一书记。

各自然村下设理事会，理事长和副理事长在有威信、善管理的村民中选举产生，带头制订村规民约。

理事会下设“同心联”，设“联长”，结对子，先进带后进。

一个自然村大概有七八十户，很分散。各局办再对应一个村，多重线条绑住。

县里、乡里还在各村派驻了工作队员。

市里形成督察组，深入到村里。

省里的派驻干部也分布在各村。

……

一张无形的脱贫攻坚网，覆盖着永德大地。

然后是精准射击——

围绕“两不愁三保障”和贫困户有安全住房、有安全饮水、有基本农田、有增收产业、至少一人有技能资质证书、有基本社会保障、家里有余粮、手头有余钱等“八个有”，首先要摸清建档立卡户到底有多少。打工收入、种地收入、土地补偿收入、种养殖收入等加在一起，全家收入到底有多少？再算支出：看病、孩子上学、生活消费，除以家里人数，最低 3750 元指标，低于这个标准就列为建档立卡户。达到 5000 元的，刘建强把他们称为“边缘户”。因为一不小心就会滑下来，他得重点跟踪。

2015 年 11 月 27—28 日，中央扶贫开发工作会议在北京召开。11 月 29 日，《中共中央国务院关于打赢脱贫攻坚战的决定》发布。2015 年，永德县 116 个行政村里贫困村占到 99 个，深度贫困村 27 个。

“致贫的原因千差万别、千变万化，打赢脱贫攻坚战，首先要识别清楚，从根子上找原因，然后再谈怎么打”，刘建强善于用企业管理思维考虑问题。

对于那些有能力就业、创业的贫困户，我们要帮助他们，为他们联系打工，为他们找工作。要壮大产业，给他们创造更多的务工机会。对于一些自己创业又没有资本，需要小额贷款的，各部门要帮助出政策。但那些岁数大的、残疾的，就必须实施兜底政策。

“总之，就是想办法，托起来，不让一个人掉队。”刘建强说。

曾经的全国总工会工作的经历，让刘建强对群众工作的理解分外深刻。“民心是最大的政治，要把民心扶起来、拢起来、聚起来。民心齐，泰山移！”

这一次，是他和群众拥抱得最紧的一次。

“脚踩入土地，手拉紧群众，一步一步脱贫，在泥土的芬芳中，你会看见乡亲们的眼神，那种眼巴巴希望生活变好一点的眼神，像极了我们面朝黄土背朝天的父母的眼神。我们怎么忍心把它变成失望？”县委书记宋正垠的话时刻在耳畔回响，刘建强在永德的沃土厚植自我，在脱贫的熔炉高温淬炼，他相信，只有深深扎根，才能枝繁叶茂。

群众的热情被调动起来了，永德每天都在发生着新变化。道路通了，街道干净了，房子漂亮了，生活有保障了……人们对生活的盼头写在了脸上。

如果说脱贫攻坚是一场没有硝烟的战斗，那么农村党支部就是这场战争中的一个个战斗堡垒。作为县委副书记，刘建强将加强党的建设贯穿到扶贫的各领域全过程。

2020 年 7 月 1 日，刘建强到县委挂钩的小勐统镇垭口村上党课。垭口村是深度贫困村，村里 30 多名党员中，一半以上是近七八十岁的老党员。龙竹棚二组字文俊 74 岁，春花场三组罗正明 76 岁，大石井下组李增位 77 岁，杨增相、祁绍恩……几乎都是 20 世纪四五十年代出生的老党员。他们生活不富裕，衣服很陈旧，但很多党员坚持佩戴着党徽。他们饱经岁月，满脸沧桑，但党性信仰执着。刘建强为之动容，一边为村里年轻党员后继乏人而忧虑，一边为推动老党员的精神传承而满怀自信。

刘建强联想到了中远海运集团“支部建在船上”的党建优良传统。集团 1000 多艘船舶能够平安远航，坚强的船舶支部建设是“压舱石”，可否探索搭建扶贫对口基层单位的党建共建，这样既可以增强农村党组织的发展后劲，又可以丰富企业党建的工作内容，促进政府基层党建和企业党建互联共建。

刘建强的想法很快形成了方案——建立对口帮扶县与央企党建“支部 + 支部”创新机制，通过“共商一个发展规划、共建一个活动阵地、共住一间特色民宿、共谋一个特色产品、共培一批能工巧匠”开展结对共建，加强企业党组织与农村党组织之间的联系，帮助农村党组织理清工作思路，做实产业发展，构建“共建、共治、共享”的党建共建创新格局。

带着方案，刘建强与集团党组工作部对接协调，得到集团的高度认可。在集团党工部的大力支持下，中远海运集运、中远海运散运和中远海运物流三家主要驻滇基层单位开始与永德大雪山乡、德党镇和永康镇三个乡镇的三个行政村对接，试点工作顺利推进。目前，支部共建像雨后春笋一样在不断深入探索中茁壮成长。

脱贫攻坚不相信神话，不相信借口，不相信同情，不相信眼泪。村组一线没有“神笔马良”，只有“愚公移山”。下足绣花功夫，砖一个一个砌，终将玉汝于成。

紧随党中央的“脉动”，在脱贫攻坚主战场上砥砺奋进的永德，有效补齐和解决“两不愁三保障”短板弱项，实现了 4 个贫困乡、99 个贫困村、14051 户 55376 名贫困人口全部退出，贫困发生率由 17.24% 下降为零。在接受国家第三方专项评估和国家脱贫攻坚普查时，永德交出了“零漏评、零错退、零举证”高质量脱贫的优异答卷。

2020 年 5 月 16 日，云南省人民政府对外发布通知 ，正式批准永德县等 31 个县（市、区）退出贫困县序列。

五

高山云雾出好茶。

每年的春季，永德的茶山满目青翠，尽显生机。

在很多永德百姓的心中，茶是生活的信仰，而那些扎根千年的古老茶树，更是值得敬畏的图腾。

大约 1 亿年前，地球由侏罗纪时代走向白垩纪时代，地球植被从以裸子植物为主导，转而开始出现更高级的被子植物，其中一族的山茶目不断衍化，走向成熟兴盛。

此后，彝族、佤族、布朗族、德昂族、拉祜族的祖先在这片土地上与茶为伴、繁衍生息，时至千百年之后的今天，种茶、饮茶之风依然盛行。加上独特的气候、地形和土壤，造就了永德大叶种茶的醇厚与隽永，也让永德成为全国重点产茶大县、普洱茶主产区和“中国名茶之乡”。同时，因为古茶树资源极其丰富，永德县也被称为“世界茶文化博物馆”和“世界茶树演化变异中心”。

永德的脱贫，不能和茶脱了关系。

中远海运历任扶贫干部都会思考这样的问题：如何让穿透千年的茶香依旧流淌在永德这片土地上？

2017 年 9 月，中远海运莫韦嶙、兰岳来到永德，分别挂职永德县委副书记和县人民政府副县长。

“永德的茶资源十分丰富，把茶产业作为一个靶子，精准射击，让群众把‘绿叶子变成钞票子’，这是实现脱贫致富的重要途径。”莫韦嶙、兰岳的想法和县里不谋而合。

永德县对茶产业的规划初步成型，蓝图已经铺展：到 2022 年，全县有机茶园认证面积达 6 万亩，绿色认证茶园达 22 万亩，雨林认证茶园达 0.8 万亩；到 2035 年，全县有机认证茶园达 16 万亩，雨林认证茶园达 1.6 万亩，实现全县茶园全部绿色有机化。根本路径在于做优基地、做强龙头、做响品牌、做实园区、做出文化。

为了落实这一规划，莫韦嶙和兰岳寻根问茶，走遍了永德的山山水水。

莫韦嶙写出了《关于永德县茶产业精准扶贫的实践与思考》的研究报告，提出了打造茶产业链、构建全方位茶产业扶贫体系的顶层设计和具体举措。他认为，精准扶贫系统工程的打造，根本在于以发展产业的方式，实现从“输血”到“造血”的转变，提高贫困地区自我发展能力，保证脱贫效果的可持续性，而茶产业则是实现永德真脱贫、不返贫的千秋大计。

曾经，作为统筹永德茶产业和具体负责集团帮扶项目的领导，挂职副县长郭庆东、秦松和当地茶业公司精心设计打造了以扶贫日数字命名的“10·17 牵手号”普洱茶，并通过集团工会，发动集团员工购买。至今已购买 106462 饼“10·17 牵手号”，金额达 2000 余万元，从中提取扶贫款 252 万元，拨付 10 个乡镇 116 个村用于脱贫攻坚工作。

这种依赖集团的“快消”方式很快见了效益，茶农看到了致富的希望。但是，赚得的钱最终又回到传统的生产方式上，茶叶的价格依然卖得很低。而且集团仅仅是个企业，长远来看，形成不了长期销售的良性机制，扶贫还是落不到实处。

授人以鱼不如授人以渔，靠“消费扶贫”，无论做得多好，肯定托不起永德茶产业的天。莫韦嶙和兰岳意识到，只有建立产、供、销一条龙的永动机制，才能让茶产业的发展如大海浪潮奔流不息。

莫韦嶙和兰岳，一人来自珠三角，一人来自长三角，过去对普洱茶的了解几乎为零。从不懂茶到认识茶，从种茶到卖茶，不断调查、学习、摸索，费尽了心机。

渐渐的，在他们心中，萌生出第一张“路线图”——

由中远海运集团投资建设茶厂，采取“帮扶企业 + 龙头茶企 + 村党支部 + 合作社 + 茶农”的运营模式，茶厂归村集体所有，由村集体委托给当地龙头茶企经营，签订合同，产权独立，经营权独立。后续，通过消费扶贫和科技培训帮助茶企扩大销路、提升品质。

每年茶企按固定和浮动两个 5% 模式同时给村集体分红，一是固定部分的 5%，每年按建厂资金的 5% 分红；二是浮动部分的 5%，每年按在本村所收茶叶市场价的 5% 进行分红。村党支部和茶叶合作社负责组织茶农进行茶园科学管护、交售合格鲜叶，负责年度分红资金的发放。分红资金主要用于村集体经济、帮扶贫困户和奖励茶农。

放马场茶厂

垭口茶厂

忙见田茶厂

为保障《委托经营合同》顺利履约，在每个村成立由乡镇包村领导、村干部、集团扶贫干部、茶企代表和茶农代表组成的监督委员会，负责监督茶企的日常运营，审核年度分红资金和分配方案。

这张“路线图”得到集团高度认可。

2019 年 4 月，集团捐建的永德班卡乡放马场村茶厂正式揭牌营业。

5 月，小勐统镇垭口村茶厂投产。

10 月，德党镇忙见田茶厂建成投产。

总投资 530 万元的三个茶厂的陆续建成，标志着中远海运在永德“捐建茶厂 + 科技培训 + 消费扶贫”的茶产业链帮扶体系基本形成。覆盖茶园面积 12565 亩，受惠人口 1914 户 7891 人，建档立卡贫困户 421 户 1592 人。

其中，忙见田茶厂建筑面积 2203 平方米，建成晒青茶、普洱熟茶、工夫红茶 3 条标准化、自动化、清洁化加工生产线，实现农残快速检测，产品全过程可追溯。当年生产晒青毛茶原料 60 吨、普洱熟茶 100 吨、工夫红茶 10 吨，实现产值 1140 万元，利润 125.4 万元，实现税收 70.68 万元。租赁企业与合作社合作，保证了优先收购村里贫困户采摘的鲜茶叶，公司当年将租金和分红上缴村委会，用于贫困户分红、村集体经济壮大和全村公益事业的发展。茶厂的运转拉动周边农村闲置劳动力实现了家门口就业，20 多个贫困户变成产业工人，年人均收入达到 3 万元，稳稳当当脱贫。

继“10·17 牵手号”茶饼后，中远海运扶贫干部又和忙见田茶厂共同开发出象征着中远海运和永德友谊长存的“海德号”盒装茶，包括生普、熟普、红茶多个品种，落实集团“消费扶贫”的重大举措。

当地老百姓把这些为集团专门打造的茶称作“初心茶”。

中远海运援建三家茶厂捐赠仪式

COSCO
海德号

海德號
海德號
云南中源茶业有限公司出品

海德号
生茶
We are ready
海德号
生茶
We are ready
海德号
生茶
We are ready

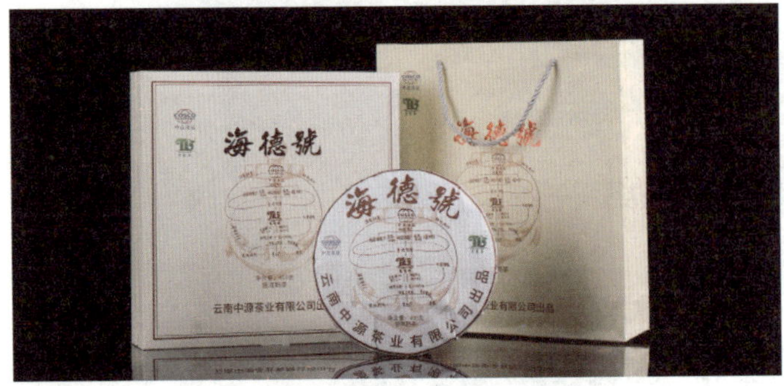

“海德号”扶贫茶

六

2019 年 7 月，永德县春茶采摘杀青收储完毕，进入了雨季。

掠过 1020 亩连绵起伏的茶树，“中远海运忙见田茶厂”的标牌清晰可见。

妇女们正在采摘茶叶。

忙见田村大地组的李如芹一大早就来了，今年，她感觉劲头特别足。

老婆婆长期卧病在床，几年前，老公出车祸去世了，家里有两个孩子，大的读小学四年级，小的还抱在手上。日子一度难以为继。当时家里有三四亩茶园，五六十年的茶树，一年卖几百块钱。除此之外，还通过种玉米、养猪、养鸡，挣个小几千块钱，给婆婆看病买药都不够。

如今不一样了，有了茶厂“引路”，感觉自己被带动了起来，同样还是四亩茶园，收益却翻了几番。

忙见田村党总支书记罗江在村里干了 10 几年了，亲身体验了茶厂建成后，村集体收入和农户收入的巨大变化。

以前行政村集体经济归零，一片空白，现在每年超过 10 万固定收入，为村民修路、挖沟，再也不用缩手缩脚了。

以前小商小贩来村里收鲜叶，每斤出价 1 到 3 块钱，现在普通的每斤也要 4 到 5 元，好的可达 9 元，木瓜寨的春茶达到了每斤 12 元！

大地组组长周浩然说，政策好了，大家明显有积极性了，到茶厂上班，每个月有了 2000 元到 3000 元的稳定收入。

建茶厂是莫韦嶙和兰岳的第一步棋。

提高技术，生产高质量的产品，是他们推进产业扶贫的第二步。

尽管永德茶产业资源丰富，但茶叶的生产从茶园到茶桌都沿袭着传统原始的生产方式，所以产值不高、品质不高，茶农一年四季忙碌，却只能赚点辛苦钱。要改变这种面貌，唯有从茶农培训做起。

为了把培训抓好，莫韦嶙和兰岳找到了原云南省副省长、省政协副主席、云南省茶叶流通协会会长，有着高级农艺师职称的陈勋儒。老领导二话没说，马上协调云南省茶叶流通协会出动专家全程协助永德搞培训，并通过协会多方筹集到10万元，拨付到永德用于茶农培训。

在陈勋儒的协调下，云南省茶叶流通协会与中远海运集团分别于2018年、2019年举办了两届“永海杯”茶艺大赛，帮助永德培养茶艺师队伍。

茶叶种植技术现场培训

2019 年 7 月 15 日，永德杧果节期间，云南茶叶流通协会派出的两位专家徐亚和和方可同时在永德开课，会议室里挤满了茶农。徐亚和是一位与普洱茶打交道长达 30 年之久的资深专家、茶界名人。被永德大力发展茶产业的创业激情所感染，这位“大师级”的专家亲自上阵，为粗布土衣的茶农讲授剪枝、营养管理，甚至亲自在大铁锅前演示起了炒茶技术。

5 月份被中组部选派到永德县德党镇忙见田村挂职第一书记的常雷刚刚对接完忙见田茶厂的基础建设，又转战到茶农培训的现场，“大师”徐亚和就是他请过来的。

7 月 17 日，茶农马武惠到永德茶叶评审会现场看热闹。“我原本是地道的农民，但现在是放马场茶厂的技术工人！”她自豪地向专家介绍。马武惠两次参加了中远海运和云南省茶叶流通协会举办的培训班，知道了怎样种茶、采茶和加工茶。现在有了茶厂，她自己又参与到生产线的管理中，觉得一切都不一样了。原来自己卖出去的毛茶才 4.5 元一斤，经过加工，现在卖到了 18 元左右，“像做梦一样”。

德党镇钻山洞村佤族村民李永和，四次参加了培训班。他说，家里有茶树 20 多亩，有老树，有大小树，通过培训，学习掌握了种植、管理和初制加工。培训前，干茶卖 10 多元，培训后晓得如何做茶了，零售价格上升到 100 多元，一年卖十几吨，年收入 20 多万元。

从永康镇送吐村嫁到忙肺村的李泽雨，家有茶园 50 亩。他联合其他茶农成立了茶叶合作社，共有茶农 600 户。李泽雨参加了培训之后，对茶有了更系统、更深入地了解，合作社茶叶的产量和质量不断提高，经济效益提升了一倍。

莫韦嶙感叹地说：“我们把精准扶贫的重心放到搞茶叶的科技培

训上，这条路走对了。”

2020 年 3 月，中远海运“永德茶业千人培训计划”启动，整个计划包括从茶叶种植、管护、采摘、制作、冲泡、销售等全产业链培训，在 10 个乡镇培训了 2000 余名茶农和茶企管理人员。

一场新时代的知识洪流席卷着永德大地。

核桃、茶叶综合技能培训班

2019 年 9 月，即将结束任期的莫韦嶙和兰岳再次来到曾经无数次攀越的离县城十多公里的鸣凤山，这里的茶园达 10000 亩。

两年时光，莫韦嶙已然是茶业专家，古树和大树一目了然，“一芽两叶、三叶”的茶经滔滔不绝，如何保持水土、营养管理的种植方法也是烂熟于心。

兰岳说：“尽管马上就要离开，但我们为永德茶产业发展的工作会一直延续下去。”

“以建设生态茶园为目标，以中低产茶园改造为抓手，加大人、物、财投入力度，不断做大、做强、做精茶叶产业，实现茶叶产业由传统产业向生态化、规范化、专业化方向发展，永德的未来会更美好！”莫韦嶙充满深情。

七

赴任永德县委副书记近一年的刘建强，对永德的发展提出三点建议：

一是加大产业帮扶。他相信，产业最能管根本、管长远。

二是加强合作社管理。“双社三绑”机制的建立为助推产业帮扶提供了路径，但也存在重建轻管、运行质量不高、管理不够规范等诸多问题。

三是做好乡村规划改造，留住乡愁。

按照临沧产业上“一县一业”、农产品上“一村一品”的规划，永德将坚果作为核心产业和主打品牌，依托县“扶贫产业园”，将 56.85 万亩澳洲坚果、24.19 万亩茶园、108.94 万亩核桃、5 万亩杧果等整合到国家项目扶贫及中远海运挂钩帮扶，逐步推进“规划种植、科学管理、加工销售”，下连乡、镇、村，加大“双社三绑”长效机制。

2019 年 10 月，刘建强向县委提交了一份调研报告，标题是《在聚焦产业帮扶上谋思路，助力永德核桃走出大山去》，为永德县核桃产业发展出谋划策。

报告开头，刘建强提出，习近平总书记指出，“发展产业是实现脱贫的根本之策”，如何将总书记关于产业扶贫的重要论述和要求贯彻落实到永德的工作实践中，是重中之重。

在形成这份报告之前，刘建强紧密围绕永德产业布局和老百姓增收的迫切需求，做了系统调研和对比分析，最终在永德几十种重要产业中锁定了核桃产业。

永德县核桃栽培历史悠久，据 2019 年核桃古树普查统计，全县上百年的古核桃树达到 3971 棵。“九五”期间，县里依托以工代赈、绿色工程等项目支撑，开始小规模发展，完成了核桃种植 20.5 万亩。“十二五”以后，随着国家实施西部大开发和退耕还林战略，永德作为退耕还林实施县，开始大规模种植核桃，到 2005 年全县核桃种植面积达到了 22 万亩，建成了勐板乡、崇岗乡、乌木龙乡等“万亩核桃基地”。2006 年临沧市核桃产业发展工作会议之后，永德把发展核桃产业作为结构调整、培植支柱产业的大事来抓，全县掀起大干核桃产业的热潮。

截至 2018 年年底，永德泡核桃种植面积达到 108.94 万亩，挂果面积 68.07 万亩，产值 5.36 亿元。核桃种植覆盖全县 10 个乡镇、110 个行政村、41805 户、104512 人。

调研中，刘建强发现，永德县目前核桃种植以散户为主，管理粗放，核桃产品销售也是以散果为主，自找出路，自由贩运，随行就市。

县内仅有 1 家核桃加工企业、1 家核桃收购加工厂和 7 家核桃产销专业合作社，而且这些企业量小体弱，核桃产品的精深加工能力不足、产品很少。究其深层原因，主要的瓶颈在于销路问题、核桃品种问题、种植管理问题和产品附加值问题，这些问题和现代农业“产、工、销、科”一体化经营方式和区域化、特色化、规模化、集约化发展方式相去甚远。

刘建强举了一个例子，2019 年永德核桃丰产，部分农户持果待售，因为没有销路和可以接受的价格，结果大量积压，有的农户甚至干脆放弃了采摘，任由成熟的核桃掉在地里，辛苦一年，血本无归。

针对这些不足和教训，刘建强提出详细的六大举措，并着手启动三件事。

首先是与大企业合作，解决生产、技术、销售等一系列问题。调研期间，他深入县林业、草原局和一些乡镇，并走出永德，到一些知名核桃加工企业实地考察走访。通盘思考后，他觉得，将集团援建茶厂的模式复制到核桃产业，是一条便捷之道。经过多次与云南南涧红云核桃加工有限公司等企业商谈，一个“集团、永德县、专业企业”三方合作，共同聚合产业资金、技术和销售优势，合力加速核桃产业创新发展的“大计划”日臻成熟。

其次是加大产业从业人员培训，解决技术和管理的问题。这个设想已经列入中远海运集团帮扶计划。

最后是集团“兜底”，加大“消费扶贫”力度，同时充分发挥集团物流优势，助力永德核桃产品走出去。

刘建强的一系列思路和对策得到了县委的大力支持，并在永德得以广泛实践。

种植养殖培训班

土地问题是制约永德核桃产业发展的一个瓶颈。建高速公路国家项目都会因占用耕地问题被问责，国土空间规划很难找到建设或工业用地，因此，核桃厂选址一再搁浅。乌木龙、垭口等乡镇几次选址都被县自然资源局否决。百姓有需求，龙头企业也已经对接好，集团也已经立项，因土地问题落不了地，怎么办？光着急没用！刘建强静下心来，一遍一遍地查找、研究中央和国务院针对脱贫攻坚工作给出的特殊政策，研究一号文件针对脱贫和涉农加工方面的土地政策，与县主要领导就文件一个字一句话地分析，最终找到依据，获得审批，最终促成县核桃粗加工厂落地。

“永德富饶的资源、恒春的气候，要成为涵养厚德的优势，不应成为温吞性格的温床。”挂职一年，刘建强性格上发生了很大的转变，走路速度变快了，说话声音提高了，整个人像上了弦一样，“滚石上山，不进则退”。

2020 年 6 月 29 日，刘建强到永德县电子商务服务公共中心调研，详细了解电子商务工作的数据处理、人才培训、产品展示和直播中心等功能。他在现场嘱托相关工作人员，要让电商带动扶贫，带动农民增收致富。

此时，他的手机收到县委办发来的近期会议安排短信：

7 月 30 日 14:00—14:30，人事问题书记专题会议；

7 月 30 日 14:30—18:00，十三届县委常委会第 83 次会议；

7 月 30 日 19:30—23:00，县委理论学习中心组 2020 年度第四次集中学习会议，需主题发言；

7 月 31 日 08:30，2020 年度县委议军会议；

……

脱贫攻坚只争朝夕，棘手的事不少，得一样一样扎扎实实办好。作为县委副书记，刘建强日常的分管工作也是千头万绪，有时候有一种分身无术的感觉。

“我们都是永德的追梦人！”刘建强坚持着。

他的心里装着永德县委书记宋正垠的话——

“任何的不出力、慢出力、假出力，都有可能拖了永德、误了永德、毁了永德，这场战役就有前功尽弃、阵地失守的危险。除了高质量脱贫，我们没有退路，也别无选择。”

八

清澈的小溪穿村而过，崭新的民居掩映在核桃林中，干净的硬板路串联起了家家户户——永德县乌木龙乡扎模村，展现出新时代下山区新农村的活力。

核桃林下，村民杨双狗夫妇一个播种、一个培土，正忙着种植魔芋。

半年前，结合永德的种植业自然条件和资源禀赋，刘建强提出：要在发展林下附加产业上做文章，培育一批立体式、叠加式产业。

发展林下产业，必须因地制宜、科学规划、突出特色。随着规划的落地，永德的“林药”“林芋”“林菜”“林粮”“林禽”“林畜”等林下经济蓬勃发展，单位面积品种数量、质量和经济效益，林地综合利用率和产出率不断提高。

扎模村党支书李富裕是俐侎族烤全羊的第三代传承人，也是个有头脑的能人，他让扎模村成了发展林下产业的先行者，为全县带了个好头。

村里大多数农户已完成魔芋种植，杨双狗家算是今年种得最晚的一户。担心他家是不是在种植过程中遇到困难，临沧市纪委监委派驻扎模村驻村工作队长、第一书记陈维彬和扎模村党支部书记李富裕特意赶来地里查看。见杨双狗两口子忙不过来，陈维彬和李富裕干脆帮着他们一起种魔芋，时不时还叮嘱一些种植技术要领。

“今年打算种两亩，加上去年种的1亩，总共是3亩，按照合作社给的保底价来计算，估计采收后至少能有两万多元的收入。”杨双狗算着经济账。

合作社不仅发放种子，还提供技术培训，以市场保护价与农户签订收购协议，农户只需安心种植管护，不愁销路，产业帮扶帮到了心坎上。

村民字二从，有两个孩子，一个读中专，一个读初中。字二从是一家之主，平时主要是聚焦家里的“一亩三分地”，偶尔打打零工，补贴家用。山里耕地少，字二从种地，口粮都不能满足，有时候还得买粮吃，生活过得非常困难。多年前改建了房子，欠了一身债至今都没还清。

党支书李富裕劝他，改种魔芋。一开始，字二从不能接受。魔芋种植，农历正月种下，第二年八九月份才有收成，周期太长，见效太慢。李富裕反复做工作，并给他落实了每亩补助 220 元的政策。抱着试试看的心理，字二从种了三亩地，结果获得了大丰收，一次收入 6 万多元，建房欠款一次性还清。字二从种的魔芋，最大的 11 斤。在他眼里，这个大家伙可不是一般的农产品，这简直就是块大金砖。村里很多人投去羡慕的眼光。当年全村种植魔芋 320 亩，现在种植面积 2200 多亩，产量 320 多吨，年产值 200 多万元，并且建了粗加工厂，统一加工销售。

核桃树下，充分利用土地种魔芋，形成了“核魔产业”，让地里的魔芋变成了高质量脱贫的“魔法”。

扎模村海拔 2200 多米，高山冷凉山区的气候和土壤还是个种植蔃头的好地方。个大质优的蔃头在城里可是抢手货，但在当地，由于缺少销路，只能在菜市场里“贱买贱卖”，农户种植积极性不高，这项产业也多年来成不了气候。

如何充分结合气候资源，让这项“不死不活”的产业红火起来？刘建强和驻村工作队及村两委动足了脑筋。

关键是要卖出去，而且卖个好价钱。村里唯一的销售渠道就是交给外县来的“二道贩子”，每斤1.2到1.6元，种植户基本赚不到钱。李富裕灵机一动，一路跟着贩子，看他卖到哪里去。就这样李富裕找到了市场，并且引入了竞争机制，与多户省外企业达成销售协议。藠头收购价一下子涨到3块多一斤，一车车藠头运出大山，农户的收入渐渐多了起来。

村里黄贵有一家，8口人，有两个当家兄弟，主要是靠种地养家。种地，出不了产量，用当地话说，“种一山坡，收一土锅”。后来种了6亩藠头，去年收入达到10万元，轻轻松松脱贫。

“一亩产量2吨左右，产值一万多元，村里最多的人家能种到10多亩。”正在藠头地里除草的农户王如明说。看到种植藠头效益越来越好，他也种了2亩。

2019年，扎模村种植藠头1600亩，产量达960吨，产值580多万元。通过网络销售，藠头不仅走出了大山，还卖到了日本和韩国。

扎模村临近大雪山国家级自然保护区，充足的水源及多样性植物为蜜蜂提供了天然的生活环境，也为扎模村群众带来了致富的产业。

为扩大生态养蜂产业、畅通蜂蜜销售渠道、增加农民收入，驻村工作队多方协调资金为联心农产品产销专业合作社购置了蜜蜂加工生产线，为合作社申请了产品质量检测认证。合作社利用电商平台推介、销售蜂蜜，仅2019年就完成两吨产品交易，实现产值40多万元。

脱贫攻坚开展以来，扎模村聚焦农民增产增收，引导农户多元化发展产业，形成了以核桃、茶叶、藠头、魔芋、萝卜、紫洋芋、养殖业为主的产业格局，让群众一年四季都有收入。并且，在农产品种植、养殖、生产、加工、销售等环节上下功夫，为农户带来了可观的经济效益。

2019 年，扎模村全村经济总收入达 2603.99 万元，农民人均纯收入达 12690 元，在 2014 年的基础上翻了 6 倍。曾经贫困发生率高达 39.57% 的深度贫困村，如今已在全面小康的大道上阔步前行。

九

忙见田村第一书记常雷已经挂职满 1 年了。

一年前，他是中远海运集团纪检监察组的纪检干部，每天西装革履、不苟言笑。现在的老常，头发、眉毛白了三分之一，脸上黑得泛出一抹古铜色的油彩，整个人瘦了一圈儿，裤腿和球鞋的边上沾着黄泥巴，分明是刚从地里走出来的当地村民。

说实在的，老常并不老，也就 40 多岁，有一对双胞胎女儿，今年才 3 岁。之所以看起来偏老，一是他有着 15 年的北京卫戍区军旅生涯，部队生活让他多了几分刚毅和沉稳，最主要的是在忙见田村这一年，头顶理想、脚踩泥巴，让他的外形快速和“泥腿子”工作接上了轨。也正是这风里来雨里去的一年，让老常成了当地村民天天喊、日日找的“常书记”，“常书记”的扶贫故事也在当地传为美谈。

“再忙也得相见农田”——忙见田村，云南临沧永德城郊的一个村庄，面积 18.61 平方公里。全村包括 14 个自然村 11 个村民小组，总人口 2207 人，其中人口较少民族 1342 人，占总人口的 60% 以上，是一个以汉族、佤族、布朗族、彝族为主的多民族聚居村。忙见田村山清水秀、风景如画，早期文化的繁荣痕迹犹在，但历史沧桑多变，交通闭塞、工业落后、耕地稀缺，最终加入了贫困村的行列。

习近平总书记提出，一些地方选派优秀机关干部到村里任职、挂职，是有利于了解基层真实情况、夯实基层工作基础、培养锻炼干部的举措，一举多得。总书记的号召让远在千里之外的常雷与忙见田这个小村庄结下了不解之缘。

常雷去得正是时候。自 2006 年开始，中远海运集团定点帮扶永德县至今已 14 年，为永德脱贫打下了坚实基础。

党的十八大以来，党中央全面打响脱贫攻坚战，确立了到 2020 年现行标准下的农村贫困人口全部脱贫的目标。常雷的任期正逢脱贫攻坚的最后一战，而且是决胜之战。

2019 年 5 月 6 日，常雷从上海出发，辗转整整一天，晚上到达村里，水还没喝一口，就急着向村党总支书记罗江报到。两人连夜促膝长谈，常雷第一时间了解了村情、贫情、脱情。

如何开展工作？罗江给常雷提了两点：一要尽快融入村两委、融入工作队、融入自然村；二要尽快动起来，做一些村里做不了的事情。两人一拍即合。

“拼了命也要脱贫！”这是常雷的赴任誓言。他把脱贫攻坚作为第一书记的首要职责，并在第一篇扶贫日记的开头写下：“忙见田村的脱贫攻坚战，只许成功，不许失败！”

“精准扶贫，首先要让自己成为一个明白人”，兼着忙见田村石门寨组的自然村村主任，常雷努力使自己做到门门清、户户熟。“两不愁三保障”的内容，清晰地填写在《农民家庭人均纯收入合算表》和《明白卡》上。农户全年种植、养殖、林业、渔业等产品出售现金及自产自销收入，农户全年第二、三产业产品出售和提供服务现金收入，家庭外出务工现金收入及实物，以及全年财产收入和转移性收入等，事无巨细、一目了然。做个明白人，让他有了方向。

常雷把忙见田村的脱贫视为真正的战役。他充分发挥村党总支、村两委的战斗堡垒作用，发挥党员和工作队员、自然村村主任的先锋模范作用，快速融入永德 1701 名自然村村主任中，带领村里 12 名自然村村主任一起战斗，围绕“建房子、抓票子、教孩子、健身子、换脑子、要面子”“六子”问题逐一销号，老战士练就出一番“绣花”功夫。

挂职一年，常雷推进完成了集团所属 5 个单位捐助的 5 个项目，慰问了重大疾病户，帮助了建档立卡户，建了农家入户路，修了乡村活动室。一年时间里，常雷参与并完成 10 余个项目，拉动集团投资 330 多万元。今年年初，他又协调资金 80 万元，实施了忙见田村完小硬件建设和忙见田全村安装 122 盏路灯的“亮化工程”，老百姓见了面都对“常书记”竖起了大拇指。

永德县自然村村主任点兵誓师的一幕，让老常记忆犹新。“尽锐出战、下沉一线、火力全开，这才是真正的攻坚战！”常雷受到极大震动。

在新战场上，常雷摩拳擦掌、踌躇满志。一身迷彩服，一双黄胶鞋，全副武装，走山路、经风雨、扛重活，迷彩服里时常拧出“汗水”，黄胶鞋里时常倒出“泥水”。

常雷每天 6 点起床，任何出行都靠腿。宿舍到村委会 4 公里路，入户到各个寨子，最远的 7 公里，也是照走不误，一年里他穿烂了好几双鞋。

忙见田茶厂的建设紧张有序，他一有时间就跑过去盯着，就像自己家里建房子一样操心。建完后，老常又想，现代化的生产线出得了好茶，但还得卖得出去，得让忙见田的茶“活”起来。他一方面抓好

"1017 牵手号"和"海德号"盒装茶的生产，积极落实集团"消费扶贫"的重大举措，一方面探索更广泛的消费帮扶模式，扩大产品影响。

老常把茶厂生产的茶叶隔三差五晒在了微信群，没想到北京的、上海的亲朋好友纷纷购买。尝到了甜头，老常一发不可收拾，把永德的火腿、杧果、三七等特产一股脑儿全搬进了自己的朋友圈，以第一书记的身份为村里的企业和村民"带货"。许多朋友通过他的微信知道了忙见田村的绿色产品，不少单位还和相关企业签署了购销合同。

不知不觉中，老常成了一名不折不扣的"微商"。原本不起眼的小山村特产源源不断地通过老常走出大山、走进城市。

村民的土特产卖掉了，都希望对老常表示表示，但常雷从来都是摆手拒绝，连几个鸡蛋他都不肯收。

2020 年 4 月，第三方考核永德；2020 年 8 月，脱贫攻坚普查永德，忙见田村均是第一个被检查，实现"零漏评、零错评、零错退"，高质量脱贫。

十

种植烤烟是永德县的支柱产业，全县 3 亿元的税收中，烤烟的税收就有 9000 多万元。每年德党镇党委政府根据县里的要求，要给各村下达种植烤烟的指标，种烟是扶贫任务，更是政治任务。任务完不成，干部一级一级主动辞职。

常雷第一次接触烤烟是 2019 年到忙见田村上任的第二周。村里的烤烟种植已经开始，一清早太阳炙烤着大地，脱贫攻坚工作队员、自然村村主任 10 多人在德党河边阿面寨烤烟种植的山坡上分散开，清棵点塘。“山坡 300 棵，河边 666 棵……”不一会儿，漫山遍野传来报数字的声音。顺着声音，目光越过小山梁，陡峭的山坡上也种上了烤烟。由于缺水，烤烟苗蔫蔫的，有的已被晒得枯死。烟农戴着草帽、提着水桶不断补苗。“种烟叶是个苦差事，烟农不容易啊！”老常心生感慨。

可万万没想到，没满一年，自己却成了烤烟种植大户。

2019 年天气干旱，烤烟长势差、病虫害多，烟农辛苦一年，收入微薄。贫困户杨松林家的烤烟几乎没有收入，有的还赔了钱。

冬去春来，又到了布置种植烤烟任务的时候。下达给忙见田村的指标是完成烤烟种植 150 亩。

有了上一年的“前车之鉴”，没有一家烟农再想种烤烟了，全部打算种四季豆和玉米，省力还赚钱。包村干部、村支书、工作队长、自然村村主任、烟站站长等人轮番到寨子里开烤烟种植动员会，做群众思想工作，甚至开出了土地免费、政策倾斜、资金补助等各种优惠条件，最终还是遭到了烟农的一致拒绝。

怎么办？任务艰巨、情况复杂，但种烟工作必须坚决完成，而且不能打半点折扣。

忙见田村委会里，大家你一言我一语，讨论烤烟种植的事。“烟叶是我们忙见田村的重要种植业，但这些年收益不高，村民有顾虑，怪不得他们。”“政府给了一些优惠政策，化肥等种烟物资价格比去年有所下降，而且有政府定点包收购，应该到了产业培育的好时机。”

“我既然来到了忙见田村，就是这里的人，不管是赚是赔，我愿意带头种植。”老常声音不高，但掷地有声。

“常书记，有您带头，我们一定会干好！”

言出必行，说干就干。常雷与村支书、工作队员、自然村村主任等 13 个人一起，每人掏出 5000 元，凑了 65000 元，包租农户的 105 亩土地，正式种起了烤烟。

大家把村上的各项工作统一进行了分工。研究决定，包村干部罗班建、镇烤烟工作队员李建强、第一书记常雷 3 人具体负责烤烟种植工作。随后，“三人小组”把党旗插到田埂上，把组织生活搬到了烟地里。

当地有句俗话：“烤烟，就是烤人。”

种植烤烟，大约要 6 到 7 个月的周期，而且工序特别多。一棵烤烟从种在地里开始，烟农要在上面摸 300 多遍，包括整地、打垄、拉肥、施肥、铺薄膜、修路、拉水管引水、挖水池、拉烟苗、插苗、浇水、补苗、无数次打药、揭膜培土、除杂草、掐烟尖、点药、整理脚烟叶、摘烟、夹烟、装炉烤烟、出炉、入库……每个环节都需要付出极大的心血。

出炉的干烟需要按照 6 个级别分拣、捆扎、保存，最后要用车拉到烟站。烤烟种植一旦开始，人就停不下来了，直到把烤好的干烟分级筛捡卖出，才算结束。

“没有不操心的事儿！”老常的种烟故事一把心酸一把泪：垄距 1.2 米、株距 0.5 米的宽度，一点也不能差，差了就得重新来；为了解决缺水难题，老常买了近 7 公里长的管子，铺设后多处漏水，手忙脚乱；有时候在地里忙到夜里十一二点，早上四五点又跑到地里；烟地里蚊虫多，老常的手被叮咬得又痛又痒，全是伤疤，清凉油不能离身；夏天的大太阳最受不了，露在衣服外面的地方晒掉了好几层皮；有一次从拉烟车上摔下来，三处摔伤、两处软组织损伤，差点骨折，手机也摔烂了……

把党旗插到烟地里

半年多时间里，老常与大家早出晚归，“晴天满身灰，雨天一身泥”。为了确保在时令内完成烟苗移栽，今年他放弃五一假期，与农户们在烤烟地里度过了真正的“劳动节”。

集团党组书记、董事长许立荣到村里调研脱贫攻坚，见到老常，拍着他的肩膀鼓励他说：“你放心，如果种烟亏了，也不能让你亏，集团给你兜底！”这让老常倍添信心。

“最好的一颗达到了 20 片叶子！”老常指着他的烤烟，仿佛那是一件完美的艺术品。

看着常书记的成果，持观望、怀疑态度的村干部和村民吃下了定心丸。“北京来的干部都能在这种地，说明我们的地好啊，可不敢让这地荒了！”村民说。渐渐地，烤烟种下去了，四季豆、西兰花也都种下去了，忙见田再没有闲田了。

十一

2019 年 3 月，永德县委依法依纪选派 1701 名脱贫攻坚自然村村主任的浩大行动，吹响了决胜高质量脱贫的号角。自然村村主任的依法依纪选派就像一场及时雨，滋润了全县脱贫攻坚的每一个角落。

在异常繁忙的工作中，自然村村主任头顶烈日挥洒汗水、披星戴月走村串户，在脱贫攻坚大熔炉里高温淬火，在重重困难面前破冰出击，攻下了一座又一座堡垒，夺取了一个又一个阵地。

在脱贫攻坚的战场上，常雷看到了标兵，决定做一名最前沿的尖兵。

帮助健全组织、推动精准扶贫、为民办事服务、提升治理水平，这是老常作为村第一书记铭记在心的四大职责。特别是为民办事服务，他觉得就像为朋友两肋插刀，将其作为最重要的事情，哪怕是一些看似婆婆妈妈的“小事”。他说，扶贫工作中的每一件小事，都是人民群众的大事。

入夜的忙见田村，万籁俱寂。忙完一天的工作，趁着夜色走村入户是常雷的工作日常。

鲁瑞晶趴在窗口，望着连绵的远山。山外的灯火照亮了天空，却照不进村子。

鲁瑞晶家是建档立卡扶贫户，家里的老人都是肺结核，没有劳动能力。父亲长年卧病在家，哥哥在读大学，全家都靠母亲在外打零工赚得微薄收入养活。瑞晶是个聪明的孩子，今年也要高考。如果考上了大学，这个贫困的家会变得更加捉襟见肘。

去年 8 月，老常到瑞晶家走访，发现接到大学录取通知书的瑞晶正在为学费一筹莫展。

当务之急是解决上学费用，常雷当即向老同事们发出了求助信息。老同事们纷纷要求加入“爱心资助”行列，建了“瑞晶助学微信群”，并起了名字叫“大家”。在群里，每人每月给瑞晶出 500 元。

“叔叔阿姨们，我开学啦！”“大家”圆了瑞晶的大学梦。

阿面寨自然村海拔 1640 米，村民用水主要依靠山泉，可每到春末夏初，山泉就会自然枯竭，村民用水成了老大难问题。靠天吃水不是办法，村民们缺水的情形、盼水的心愿牵动着常雷的心。

从 2019 年下半年开始，他常常一人翻山越岭、走村访寨，寻找水量大、水质优的新水源。经过多次勘察，常雷选择了在松林村水池附近开口引水。

事情可没那么简单。

松林村是种烟大户，也是用水大户，“肥水岂能流入外人田”？松林村根本不乐意。老常马不停蹄赶去松林村做工作，一次次的沟通协调、“软磨硬泡”，终于取得了松林村的支持。

水源地有了，引水工程便正式提上日程。在解决了施工经费后，老常发现，施工材料又不够用了。引水需要的水管总长度为 4500 米，此前村里因为种烟已有铺设的水管 1868 米，还缺 2632 米。

“李主任，阿面寨缺水季就要来了，能不能想想办法，帮我们解决一下？”第二天一大早，常雷与阿面寨挂职村主任李建强赶到镇政府，“堵”住了镇水务服务中心主任李国强，通过他向县水务局递交了一份项目支持申请。经多方协调，县水务局同意了引水方案，并为忙见田村提供了 2600 余米水管和一些配件支持。

水管架通的那天，所有在场的村民都把手伸到水管下面，迎接这来之不易的“幸福水”。当清冽的自来水流入手心时，他们开心地笑了。

忙见田村大田组村组路，晴天颠簸、雨天泥泞，早该修了。老常协调来 10 万元修路款，但这点钱修一公里都不够。他着急了，找到大田组的组长，召集村民做思想工作，决定村组拿出一部分钱，每户再出 500 元钱，凑在一起把路修了。大田组 29 户，凑了 10 万元。老常发动农户男女老少齐上阵，自己借来修路工具，自己拉沙子、拉水泥。用了不到 10 天，路修完了，原来特别颠的路，变成了 20 厘米厚、3 米宽的水泥路，村和村之间的路通了，村民的出行方便多了。

军人出身的老常并不是大老粗，而是善解邻里矛盾的好手。2019 年 7 月，一户村民的鱼塘里，流进了屠宰场的污水，鱼塘臭了，鱼都飘了起来。该村民火冒三丈，跑到村主任家里讨说法，并向屠宰场索赔 3 万元。屠宰场没当回事儿，不愿意赔。老常闻听，当即陪着村民，并拉上村组长和镇上的相关领导，去找老板沟通。老板不在，老常他们就一直等着。最后老板出面了，大家坐下来商议。老常动之以情晓之以理，提出相互理解、各退一步的建议，最后村民获赔 1.8 万元，鱼塘的水也换了，注入了新的水，问题一天内解决了。

作为第一书记，常雷始终把党建作为自己的政治责任。他经常说："农村要发展，农民要致富，关键靠支部，把支部建成坚强的战斗堡垒，脱贫攻坚必然无往不胜。"

在常雷的协调下，忙见田村作为试点，大胆实践"企业支部和农村支部"结对共建机制。聚焦群众得实惠这一中心，开展"不忘初心、牢记使命"主题教育。通过开展"支部 + 支部"结对共建，"永德山"与"中远海"实现了"初心相印"。

十二

"程叔叔，告诉您一个好消息，我已顺利从云南师范大学毕业，并且和县城关中学签约，马上就要成为一名人民教师啦！感谢您和鄢叔叔、杨教授一直以来的帮助！昨天弟弟的大船到了香港，他拍了香港夜景给我，太美了！他每月工资有 7000 多元，还资助了村里的小勇每个月 300 元高中生活费呢……"程华志接到阿美的电话，心里感慨万千，不禁想起认识阿美、小强这对彝族兄妹的情景。

程华志是中远海运派驻云南永德的第十批扶贫干部。电话中提到的"鄢叔叔"是和程华志同期扶贫干部鄢冰，二人均挂职永德县人民政府副县长。“杨教授”是北京师范大学派驻永德挂职的一名教授。三位扶贫干部 2015 年 7 月同时抵达永德，在此结下了深厚的“革命友谊”。

2016 年早春的一个星期天，程华志等三人在茶叶公司负责人肖总的陪同下，从县里出发，到德党镇新边田村大田组考察。肖总常年在广东工作，每年都会回老家访贫问苦，同时收购点当地茶叶。大田组离县城的直线距离不远，只隔了两个山头，但山间的弹石路、黄泥路弯弯曲曲、高高低低，加上刚下过雨，越野车足足走了两个来小时。

一到村组，李组长就迎上来，领着大家直奔到几户贫困户家。程华志印象最深的就是阿美家。黄泥砖砌的房子，墙壁许多处开裂了，透雨透风。

阿美的爸爸去世了，妈妈改嫁了，她和弟弟小强与快 80 岁的奶奶一起，靠着地里的庄稼和一小片茶园生活。

揭开阿美家灶塘上的锅盖，只有土豆粒和米饭，一天吃两顿，日子过得非常清苦。老奶奶前几天不小心被开水烫伤了左腿，大面积溃烂，没钱医治，只能寻找一分钱不用花的偏方——灶灰菜油涂抹。

李组长介绍，阿美读高二，成绩很好，但生活费还没有着落，学业难以为继。弟弟小强读初三，本该到学校上课，却待在家闹着要出去打工赚钱。

程华志一行是有备而来，当即送上米面油等食品和一床毛毯，塞给阿美 1000 元慰问金，并当场联系村医给奶奶看病。三人合计，生活用品和慰问金只是杯水车薪，只有持续性的帮助才能不耽误姐弟俩的学业。于是他们想办法联系了前些天来县城开展扶贫活动的武汉理工大学广东校友会会长，校友会答应每月资助姐弟俩 800 元，直到他们完成学业。

临走前，程华志把小强喊到跟前，送给他一个“熊猫船长”的毛绒玩具，并且嘱咐他，好好学习打牢基础，将来走出大山，当海员、当船长，到世界各地看看。

程华志的话语在小强的心中扎了根。

2016 年 8 月，程华志和鄢冰挂职结束。离开永德前，他们特意把对阿美、小强姐弟俩的帮扶移交给了接任的第十一批中远海运挂职干部秦松和郭庆东，并时常打电话了解姐弟俩的学习生活情况。

永德县大出水完小学生手中捧着来自中远海运的礼物——“熊猫船长”

2017 年，阿美高考过了一本线，选择了教师专业。2019 年，小强高中毕业，却没有考上大学。得知消息，程华志立即联系上小强，建议他启动“海员模式”，参加集团海员招聘。经过免费培训，小强成功登上了集团东南亚航线的集装箱船。

2020 年，走出了大山的阿美，又回到家乡，当了一名光荣的教师。小强给阿美发来一张站在大船甲板拍的照片，帅气的小伙子，脸上写满了自信。

习近平总书记指出，一人就业，全家脱贫，增加就业，是最有效最直接的脱贫方式。

就业是最大的民生。当脱贫攻坚进入决战决胜的关键时期，要啃下脱贫攻坚的最后一块硬骨头，必须激发贫困群众摆脱贫困的内生动力。无数实践证明，就业扶贫在脱贫攻坚战中的优势越来越明显，就业扶贫让贫困群众通过劳动提高生产技能、增加工资收入，在工作中体现了价值、增强了自尊、坚定了信心。

事实上，中远海运作为全球最大的航运企业，以其多元化的产业优势和责任担当，一直以来坚持为贫困地区提供就业平台。

永德县由于地理位置偏远，经济结构较为单一，大量农村剩余劳动力无法有效转移。2006 年，高伟燔、龚亮初次踏上永德大地的时候，就开始考虑永德的劳务输出。海员待遇高、见效快，经过几个月的培训，考试合格就可以安排上船工作，县政府表现出积极的意愿。

“精准扶贫、就业先行。”在两人的牵线搭桥下，中远海运多家子公司与县劳动服务管理中心签订劳务合作协议，并开展船员招聘。通过宣传动员、笔试、面试、体检的层层把关，中远海运当年招收 34 名海员，送往广州海运技校培训。这些海员培训后正式上船，成为永德县大山里走出去的第一批国际海员。

家住崇岗乡的李世瑾，祖祖辈辈以务农为生，家中举债供他读完师范，毕业后却一直找不到合适的工作。2009 年，李世瑾看到中远海运招聘海员的公告，便欣然前往。经过几轮严格的体检和测试筛选，他成为一名海员。海员职业不但让李世瑾找到了人生航标，也让他的家庭快速脱贫致富。

由于海员对文化水平尤其是英语水平要求较高，而当地农村劳动力文化水平偏低，考取海员难度较大。于是，中远海运广泛发动所属装备制造企业招收永德县农村富余劳动力。从 2013 年起，集团下属的广州、连云港、锦州等地集装箱制造厂开始面向永德招收产业工人。

家住勐板乡的刘震，2014 年来到上海寰宇连云港箱厂工作。他在连云港箱厂的三年半里，从当初的学徒工成长为年轻的小师傅。2017 年，刘震用这几年的劳动所得，在老家盖起了小洋楼，成了家乡人羡慕的对象。

2015 年，中远海运与永德县共同组建永海劳务派遣有限公司，为永德农村剩余劳动力转移创造了更加良好的条件。公司成立 3 年，与 25 家企业建立劳务合作关系，完成 2441 人就业。

2018 年，中远海运在临沧市举办专场招聘会，主会场设在永德。这是中远海运定点帮扶永德县以来，在当地组织的规模最大、参与下属企业最多、招聘工种和人数最多的一次就业招聘会，也是首次在临沧市 8 县（区）范围内招聘员工。

倾力帮扶，无私援助。中远海运的巨轮载着一批又一批永德“山民”走出了大山，走进了海洋，走向了世界。

海员招收面试

中远海运招聘的傈僳族女船员

十三

中医是中国最负盛名的“三大国粹”之一。已经流淌了几千年的中华医药文明之河今天继续着它的旅程，有着众多的传承者和追随者。80 后女孩双跃乡就是其中一个。

怀揣着中医梦，双跃乡从云南中医学院毕业回乡，在永德人民医院中医疼痛科从事中医职业。

2015 年 11 月，永德乌木龙乡卫生院中医科组建成立，双跃乡受邀来到该院，撑起了中医科的半边天。

彼时，为进一步弘扬中华传统医学，落实党和国家精准扶贫要求，探索解决因病致贫、因病返贫问题的新途径，中远海运逐渐加大对永德的健康扶贫。

针对永德贫困地区县乡村中医药服务能力薄弱，中医药人才匮乏的现象，中远海运慈善基金会与善小公益基金会、上海中医药大学联手合作，启动“远航・善仁”・上中医・善小中医特色训练营。

双跃乡于 2018 年 11 月赴上海参加了“远航・善仁”・上中医・善小中医特色训练营第三期培训，系统学习了养生学、易筋经、推拿、针灸、理疗等中医理论，并在培训班安排下到上海多所中医院进行了临床学习。

培训结束后，双跃乡回到岗位，将特训营所学与中医临床实际相结合，充分发挥新知识在临床中的治疗和保健作用，贯穿于临床及中医馆建设中。目前，双跃乡已经是乌木龙乡卫生院中医科的主力骨干，带了6个徒弟，全面运用针灸、推拿、理疗、中药贴敷、穴位注射、中药熏蒸、艾灸、刮痧、拔罐、小针刀等综合方法治疗内科偏瘫、中风后遗症、面神经麻痹、偏头痛、三叉神经痛、胃痛、便秘、泄泻、失眠以及妇科等常见病症。2017年，该科住院病人310人次；2020年，光上半年就达到410人次。

永德大雪山乡大平掌村卫生室的乡村医生宋真元是第一期特训营学员。通过培训，他逐渐掌握了浮针、针刀、推拿、梅花针等中医适宜技术。在此基础上，他创造出缓解妇科疾病、颈椎腰椎增生、治疗慢性胃病、小儿发热、肋间神经病等独特疗法，并且以一套“蝎毒疗法”成为当地名医。

来自永德的3批次共123名乡村医生通过“特训营”掌握了中医药实用技能，并投身到乡村医疗卫生事业，服务约2万余名患者，有效支撑了永德“治未病、防未病、小病不出村、小病不拖成大病”的目标。

贫困和疾病总是相互依存。“在推进精准扶贫的大背景下，如何让贫困地区的人们不要因病返贫、因病致贫？”程华志和鄢冰经常思考这样的问题。但他们深知一己之力实在太渺小，于是将视野投向了更广阔的社会，主动联系社会帮扶资源，积极协调并全程参与社会公益组织深圳狮子会乐善和华磊服务队，架起一座“爱心桥”，带动社会爱心人士、社会企业、慈善机构走进永德。2015年12月19日，“与梦想同行，点亮光明”走进永德“复明”公益活动举办，为永德93位贫困白内障老人免费实施手术，让老人们重见光明。同时，还对当地医院住院的老人和儿童进行了探访，送上了慰问和爱心礼物。

家住永德县大雪山彝族拉祜族傣族乡团山村团山3组的9岁小朋友张俊豪，从小就基本丧失了听力，生活在无声的世界里。看着同龄小伙伴儿一起玩耍，自己却因为听力问题无法参与其中，心里非常难过。永德县崇岗乡崇岗村打烟场2组的杨志国，3岁时的一场高烧导致听力和智力受损，从此，他的生活再无声音和欢乐。

扶残助残，既是中华民族的传统美德，也是一项特殊的民生工程。2018年12月，中远海运慈善基金会捐赠31.22万元，与中国残疾人福利基金会共同组织实施云南省永德县听障人士“集善工程（中远海运）助听行动”项目，为永德捐赠1套助听器验配设备和76台助听器，让更多听障人士重返有声世界。

12月11日，捐赠仪式举办当天，对张俊豪小朋友全家来说，是个值得铭记一生的日子。在中远海运慈善基金会的帮助下，小俊豪成功验配了助听器，沉寂了近10年的无声世界终于被打破，他第一次听到了声音。小俊豪拿着爸爸递过来的音乐手机，如痴如醉地听着美妙的音乐，一旁的父亲泪如雨下。

能配上一个高质量的助听器，一直是杨志国和父母的最大愿望。中远海运慈善基金会让他们一家的愿望得以实现。当佩戴上助听器，小志国第一次听到家人亲切的话语时，脸上露出了十年未有的灿烂笑容……

“两不愁三保障”，基本医疗保障是个硬指标。一个行政村必须配一个标准卫生室，医生、设施、床位，都是标配，个人支付比例，也都有标准。

2018年，永德全县拥有县、乡镇、村等医疗卫生机构151个，实际开放床位1259张，平均每千人拥有床位3.3张，贫困人口因病致贫的情况较为突出，老百姓看病难的问题长时间得不到有效解决。

为进一步夯实永德农村卫生基础设施建设，中远海运着力补齐短板，切实加大村卫生室建设帮扶力度，先后在村卫生室建设方面投入资金。村卫生室内设诊断室、治疗室、药房、输液室、预防接种室、档案室等业务用房，附设公共卫生间，均符合健康扶贫对标准化村卫生室建设标准的相关要求。

字任九所在的大雪山乡曼来村卫生室覆盖全村 2100 人，卫生室里一应俱全。字任九是临沧卫校毕业，持有医生职业资格证书，每天接待近 20 人前来就医。简单的医疗、输液、拔罐，卫生室都能解决。卫生室还建立了一个 5 人“家庭医生”团队，为老百姓送医上门。“过去城市里才有的，现在我们都有。”当地村民赞不绝口。

中远海运援建的乡村卫生室

中远海运集团和慈善基金会在永德实施健康扶贫项目，帮扶建设16间村级标准化卫生室，累计投入资金413.5万元，惠及全县9个乡（镇）14个行政村9007户36347人。与此同时，基金会还在人才培训、购置先进治疗仪器、提升医务人员素质等方面给予多项帮扶，不但减轻了农村贫困人口医疗负担，而且还为全县卫生计生事业快速和谐发展作出了有益贡献。

十四

“扶‘今天’更要扶‘明天’，我们要为贫困地区彻底脱贫埋下火种。”中远海运党组书记、董事长许立荣说，“扶贫不仅是摆脱当下的贫穷，更要让贫困地区的孩子们接受良好教育，这是扶贫开发的重要任务，也是阻断贫困代际传递的重要途径。”十多年来，中远海运在教育扶贫的道路上越走越远、越走越实。

中远海运慈善基金会开辟“远航·家园”项目，致力于加大教育基础设施建设投入，逐步消除贫困地区学校危房安全隐患，营造一流的育人环境，面向永德全面铺开。到2020年，集团共帮扶全县新建、改造学校35所，其中新建教学楼10755平方米、学生宿舍3873平方米、食堂2477平方米、教职工宿舍738平方米、厕所及浴室323平方米，新建运动场3600多平方米，维修改造教学楼、食堂487平方米。

德党镇大出水完小是中远海运在永德援建的第30所小学，援助资金357万元。

永德县教育局局长杨金灿看到新建成的大出水完小校舍时感叹道：

“当年我在学校任教，师生们住的是土瓦房，教室是油毛毡材料建盖的，一年四季很是让人担心。特别是雨季，吹着凉风听着雨声教学。现在好了，教学环境、校容校貌完全变了，由小变大、由旧变新、由窄变宽、由暗变亮，百姓都说乡下最美的房子是学校，县城最美的建筑在校园。”

的确，每一所学校都倾注了中远海运对永德教育基础设施发展的心血和情感，一幢幢新教学楼、宿舍楼、食堂的落成，改善了永德的校园环境，解决了家长们的后顾之忧，真真切切地为全县实现教育跨越式发展、完成脱贫攻坚任务贡献了力量。

随着更多的“远海楼”“蓝海楼”“永海楼”“云海楼”在永德的土地上拔地而起，永德老百姓心中树立起一座“山”与“海”交融的丰碑。

窗明几净的教学楼让孩子们拥有了“远航·家园”，“远航·追梦”让这些“家园”里传出了琅琅书声，传出了走出大山的梦想。

针对贫困地区教育设施不足，尤其是课桌椅、学生用床、教师办公桌等教学工具短缺的问题，中远海运慈善基金会与临沧市共同开展“远航·追梦”基础教育援助项目。10 余年来，累计援助资金近 2200 万元，用于购置课桌椅等基础教育设施近 7 万套，项目覆盖了临沧 8 个县（区）247 所学校，受益人数超过 5 万人，其中绝大多数为佤族、傣族、布朗族等民族和俐侎人学生。

永德县于 2016 年 4 月开始申报、实施“远航·追梦”项目。截至目前，永德县共获得帮扶项目资金 151.03 万元，受益学校 13 所，配备学生课桌椅 3202 套、学生用床 1236 张、学生餐桌椅 258 套、教师办公桌 138 张、教师讲桌 94 张，受益学前班学生 454 人，受益义务教育阶段学生 3201 人，受益教师 122 人。

援建前的德党镇牛火塘完小学生食堂

中远海运基金会人员考察“远航追梦”项目

“中远海运的叔叔阿姨们给我们带来的课桌椅太漂亮了，我非常喜欢，也特别高兴。我一定会在这张书桌上认真完成老师布置的作业，好好学习，天天向上，长大了回报祖国。”永德县大雪山乡曼来完小的一名小学生兴高采烈地说。

“2015 年，中远海运集团援助 280 万元给我校建了新的校舍，从此改变了曼来完小的面貌。第二年又给全校捐赠了学生课桌椅 160 套、8 人套的学生餐桌 19 套、学生床 100 张、学生被子 164 套、图书 300 多套等，使得曼来完小师生教育学习生活条件有了明显改善，完全达到了义务教育均衡发展的需求。”曼来完小校长李云贤娓娓道来，“学校有了崭新的校舍和配套设施，达到与城市同等水平，让学生在校学得好、住得好，老师们也是个个精神饱满、认真敬业。现在，学校教学成绩显著提高，得到家长和社会各界的高度认可，真正做到了‘办好人民满意的教育’。这都要感谢中远海运这些年来的帮助和扶持。”

“远航 · 追梦”项目被民政部两次授予“中华慈善奖——最具影响力项目”。

2020 年 3 月 31 日—4 月 2 日，中远海运集团党组书记、董事长许立荣赴云南省临沧市及永德县调研考察定点扶贫工作，专门到永德县一中看望贫困学生。

永德县一中建在山坡上，占地 428 亩，绿树掩映，素雅静谧。主体教学楼“朝阳楼”的大门下，黑色大理石地面上镌刻着整篇《劝学》。读书走廊的上沿，悬挂着硕大的两句话“天行健，君子以自强不息；地势坤，君子以厚德载物”。建筑的外墙上，树立着孙中山的名句“学校者，文明进化之源泉也”，彰显着浓厚的文化气息和精神风骨。

大山下的永德一中

学校当年高考一本上线 18 个、本科上线率 34%，在临沧市排名倒数第二。2019 年，一本上线 227 个，本科上线率 82%，在临沧 8 县（区）里排名第一，永德一中已成为临沧市首屈一指的名校。

永德一中的鲁校长 2008 年 8 月就职，至今已有 12 年校长生涯。刚来学校的时候，初中高中加在一起 1800 名学生，现有学生 4400 名。

“永德一中的发展是随着‘中远海运希望班’的诞生而崛起的！”鲁校长对中远海运的助学方式高度肯定。

为帮助更多的寒门学子完成学业，2007 年，中远海运在永德县开办第一届“中远海运希望班”，帮助品学兼优的贫困学生完成学业，到现在已经是第 7 届。每届根据中考成绩，从前 200 名学生里选出

50 名品学兼优、家庭贫困、勤奋好学的学生，每个月给予资助，每届总费用 45 万元。同时设立 10 万元奖学金，面向全校学生。

鲁校长赋予“希望班”特别的意义，也加以特别的用心。他将曾经家庭生活困难、从贫困走出来的老师选配到“希望班”当班主任，希望班主任能够理解这些孩子，能够有顺畅的沟通，给予孩子们更多的爱心，更多的心理疏导和励志教育，帮助他们由自卑变得阳光；他让一部分城镇学生参与到“希望班”，打破城乡孩子间的心里隔膜，相互学习，共同成长。

杨健芝是“中远海运希望班”第一届学生。十年后，研究生毕业的她选择回到梦想启航的地方，成为永德县一中的一名数学教师。“如果没有中远海运三年的资助，我很难完成高中学业，也没有机会实现我的人生理想。”她表示，要继续把爱和希望传递下去，帮助更多的孩子实现自己的梦想。

“中远海运希望班”上走出了清华学子袁世华。世华说：“小学时候，周末回家砍柴、种地、放羊，艰苦的条件让我感觉初中、高中都很遥远，大学更是不敢想象。但‘希望班’让我改变了命运。”

2019 年高考，“中远海运希望班”交出了完美的成绩单：一本 25 人，二本 24 人，大专 1 人。

“‘中远海运希望班’是火苗，点燃了全校的希望，点燃了寒门学子的梦想。”鲁校长打心眼里对中远海运由衷感激。

2019 年 7 月 29 日，县委副书记刘建强到学校调研，一起来的还有永德教育局有关领导。在刘建强的心里，一直在思考一个问题：教育帮扶上，集团传统的项目规划上应作何调整？他要通过深入调研来寻求答案。

挂职干部与“中远海运希望班”学生在一起

县委副书记刘建强在永德一中调研

集团在永德多年的教育投入开始显现效果，今年高考成绩永德一中位列全市七县一区第一名，参加高考的“中远海运希望班”的 50 名学生全部上了大学。刘建强认为，随着时代的发展，集团的教育帮扶要致力于两个转变：一是校园基础设施援建项目由乡村向城镇集中。随着城镇化进程的加速，农村家庭进县城置业已成趋势，农村家庭也开始注重孩子教育，希望到城里读书，目前永德县城学校的学位一位难求。二是由校园基础设施的硬件投入向扩大奖助学金资助转变。这些年国家在教育领域投入巨大，基础设施建设基本得到改善，而学生素质质量提升上还需要下一番硬功夫。

在这次调研中，刘建强第一次提出他的想法——扩大“希望班”规模和人数，让更多人的贫困学生拥抱希望、走向光明。

十五

朵朵浪花汇成海，点点心愿聚真情。

大山里的孩子无时不牵动着中远海运集团干部职工的心。当集团团委与永德团县委 2013 年抱着试试看的心理发起“浪花・心愿”活动时，集团报名人数远远超过预期。从那一年开始，“浪花・心愿”一对一结对爱心助学平台正式启动。以永德团县委提供结对学生基本信息 + 中远海运集团团委实地核实认证 + 中远海运员工自愿结对资助的“1+1+1 > 3”的方式为山里孩子铺就了属于他们自己的求学道路。

这条爱心之旅转眼已走过整整 8 年，8 年多来，越来越多的中远海运人参与到这场“大手拉小手”的接力活动中，用爱心打通了教育帮扶的“最后一公里”，用每一个人的微光为 2997 人次的永德贫困学子点燃了希望之灯。

上海中远海运的离休干部邱锡昌从 2015 年起资助永德一名父母双亡的孩子小曾。两年前，小曾升初二的时候，邱老因身体原因不幸离世。临终前，邱老叮嘱老伴儿，一定要继续资助孩子读书，千万不可半途而废。谁知没过几个月，老伴儿也病重了，为了完成邱老的心愿，弥留之际，她交给子女 1 万元，用于资助小曾继续完成学业。

邱老夫妇和小曾从未谋面，此生也再无缘相聚，隔空守望，令人动容。

中远海运(非洲)有限公司总经理万军，当他从南美公司调任非洲公司时，从地球的一端将爱心助学的“浪花”穿越大洋洲撒播到了另一端。他率先垂范，通过自己的资助行动感召员工，让海外员工了解到“浪花·心愿”结对助学活动，吸引他们加入爱心助学的队伍中。

2018 年 11 月 26 日，中远海运集团团委“浪花·心愿”结对助学考察组奔赴永德。在永德期间，听说集团职工结对的勐板乡新边田完小贫困生李艳艳有可能要被迫辍学，考察组临时决定，立即赶赴李艳艳家，履行“劝学”任务。

在见到艳艳之前，大家一直在思考，如何与这个被父母抛弃、独自跟着外公外婆生活的孩子沟通交流？如何解决难题，让这个成绩优异的孩子持续完成学业？怀着忐忑的心情，大家来到了水城村。

艳艳早早在路口等待张望。这是一个干净漂亮的小姑娘，明亮的大眼睛透着清澈的光芒，看见考察组的叔叔阿姨，像见到亲人一样温暖地笑着，然后低着头领大家朝半山腰的小屋走去。

中远海运慈善基金会人员赴永德考察

在与艳艳外公的交谈中，考察组得知，艳艳的父母各自有了家庭，她从小跟着老两口生活，父母从没来看过孩子一眼。贫困的生活曾使他们一度不想让孩子继续读书，好在这时得到了中远海运集团“浪花·心愿”结对资助的帮助，及时化解了家庭的窘境。资助人的爱心也激起了艳艳对学习的渴望和对未来的向往，她的学习成绩一直名列前茅。

看着乖巧上进的艳艳，老两口商量决定：由外婆外出四川打工，给孩子以后攒学费，外公留在家中照顾孩子，种好 5 亩地。“艳艳虽然命苦，但幸运的是，她碰到了你们这样的好人！”“你们放心，再苦咱也不会苦孩子，只要艳艳想读，咱拼了老命也要供她读书成才！”临走时，老人紧紧地抓着大家的手，眼角闪着泪花。

短短的考察过程中，考察组成员为三年级和五年级的小朋友举行了一场特殊的“梦想启航”主题班课。

“我的梦想是当一名医生，帮助我的外婆和村子里面的人远离疾病！”“我的梦想是当一名军人，长大后保卫我的家乡和祖国！”“我的梦想是做一名老师……”“我的梦想是当一名宇航员……”

——一声声清脆的声音，一个个远大的梦想萦绕在整个教学楼。

17 岁的李世依，初中开始加入“希望班”，现在永德一中读高一。世依的家住在小勐统，坐车要 3 个多小时山路，所以平时住宿，节假日才回家。家里有妈妈和两个妹妹，共 4 个人。世依的成绩在班上名列前茅，但由于怕别人欺负妹妹，专门为了等妹妹留级了一年。世依的理想是考医学院，毕业后当一名“白衣天使”，治病救人。

永德一中“希望班”的“学霸”罗泽航，刚刚开始长青春痘，稚气的脸上却透着在同龄孩子身上难得有的沉稳和深邃。他有一条治学“铁律”，就是上课不分心，打瞌睡就涂风油精，不管怎么样也要跟上老师讲课的步伐。“考上最好的大学，顺应社会的发展。社会最需要什么，将来就做什么。”这是罗泽航的理想。

2019 年的暑假，来自彝族山寨的小姑娘阿朵，写下了自己的第一篇“航海日志”，那是来自中远海运“驶向蔚蓝”航海夏令营的美妙回忆。

“浪花・心愿”夏令营是中远海运集团团委的“传统节目”，也是一对一帮扶代表的见面活动，地点一般安排在上海。2019 年，集团团委再次邀请 30 名来自湖南安化、湖南沅陵和云南永德的孩子，来到上海，和集团资助人团聚，并以“驶向蔚蓝”为主题，让孩子们亲身体验航海的奥秘。

阿朵来自云南永德，在家是长姐，还有一双弟妹。第一次来到上海，阿朵和小伙伴们见到了从未见过的摩天大楼，看到了熠熠生辉的东方明珠，参观了中国航海博物馆，学会了打各式各样的水手结，登上了“新鉴真”号国际邮轮，听船长叔叔讲了许多航海故事。在集团造船企业的船坞和码头，巨大的海洋平台钢铁巨兽般依次排开，让阿朵和所有的孩子们大开眼界。在中远海运的大楼里，孩子们用画笔画出了自己的航海梦。

海有舟可渡，山有路可行。

此爱翻山海，山海皆可平。

没有什么，可以阻断你们的梦想。希望你们从此向上，勇立潮头，奔向远方。

——中远海运集团的叔叔阿姨给了孩子们最美的寄语。

“阿朵”和她的同学们

十六

彩云之南，我心的方向。

孔雀飞去，回忆悠长。

……

记得那时那里的天多湛蓝，

你的眼里闪着温柔的阳光。

这世界变幻无常，如今你又在何方?

原谅我无法陪你走那么长。

——《彩云之南》，无数人的向往，无数人的守望。

从 2006 年到 2020 年的 15 年，云岭下的永德，被鼓舞着疾行，穿越时光，健康生长，那是数代人的沧海桑田。

一批批中远海运人在这方热土上接力着脱贫的梦想，薪火相传，生生不息。

第十批扶贫干部郭庆东在永德挂职副县长，已经返回集团近 4 年。“一年永德行，一世永德情”，永德的挂职经历成为他人生履历的重要标记，更成为他心路历程的永恒驿站。

他清晰地记得，初到永德，到村子里考察的时候，看到一个妇女带着两个孩子，一个 3 岁左右，一个还在襁褓中，住在漏风的房子里，家徒四壁。“当时心都揪起来了！”他和同期扶贫干部秦松什么也没说，当即从自己口袋里拿出 2000 元钱。也正是那一刻，他们感受到扶贫任务的艰巨和肩上的压力。

2017 年 3 月初，按照县委、县政府脱贫攻坚工作部署，郭庆东到挂钩的乌木龙彝族乡扎模村驻村，现场指导督导脱贫工作。

扎模村委会建在海拔 2000 多米的山包上，气温比县城低 5 至 6 摄氏度，尤其早晚、阴雨天更冷。郭庆东被安排住在村委会隔壁村民石生家。石生家的房子不宽裕，只有一个房间，兄弟俩挤在一起，看县领导来了，想让出来。郭庆东坚决不答应，转了一圈后看中了石生家的小仓库，就这样，在仓库安顿下来。

驻村的日子里，郭庆东和村委会主任普建明去看望了结对帮扶的贫困户鲁小顺。鲁小顺和老父亲一起生活，住着土木结构的危房，靠放羊为生，但穷苦的日子并没有让他灰心失望。

村民百姓家人般的热情、俐侎人对幸福生活的虔诚和向往、大雪山国家自然保护区如诗如画的自然风光、村干部村民携手脱贫致富的精气神、易地搬迁安置点上村民搬进新家园的喜悦、扎模完小里孩子们充满希望的眼神……让郭庆东深刻体会了“党的光辉照边疆，边疆人民心向党”的强大能量。

副县长秦松至今没有放缓当年在县里的工作节奏。

2016 年 12 月下旬，元旦将至。秦松在乌木龙乡接待完云南省驻深圳办的脱贫攻坚对接项目考察人员，驱车 4 个小时回到县里。还没等到他回宿舍，又接到通知，需立即再返乌木龙乡，对接省水利厅水利工程及抗洪项目考察。返回又得4个小时！在省水利厅开展工作期间，秦松又陪同常务副县长检查当地易地扶贫搬迁及新学校选址，一直都在连轴转。回到乡政府所在地休息时，已是深夜。“工作永远都在第一现场，县城就像个遥远的梦。”秦松不无感慨。

永德的孩子

副县长兰岳的手腕上留着一个永久的“印记”。

2019 年 3 月初的一天，兰岳检查完放马场村茶厂建设项目后，同县上其他领导在亚练乡汇合继续调研检查，当晚留宿在亚练乡章太村，计划第二天前往乌木龙乡扎模村调研核桃、蜂蜜产业合作社。

第二天 2 点左右，在昏暗的灯光中，兰岳被台阶绊倒，手下意识压在简易搭建的水台上。水台瞬间垮塌，他整个人倒在了散落一地的水台碎片上。当兰岳起身清理碎片时，发现右手腕划开了两个血口。章太村地理位置偏僻，又正值半夜，兰岳自己用毛巾捆绑住小臂，近半个小时血才被止住……

兰岳说：“扶贫路上会碰到很多无法预料的情况，每当我回想起永德或者遇到困难的时候，我总会不自觉地看一眼右手腕。在我眼里，它已不仅是我身上的伤痕，更是我心底里奋斗的图腾。”

副县长林勇目前还奋斗在永德脱贫攻坚的战场上。最近他干了一件“大事儿”。

2020 年 7 月，按照政府分工，林勇到永德团县委调研时，了解到农村尤其是偏远地区农村留守儿童的关爱工作仍覆盖不足,亟须社会关注。

林勇敏锐地意识到，关注留守儿童是一件大事。于是，他迅速向派出单位中远海运集运汇报，他的想法很快得以落地。华南集运与永德团县委携手推进“情暖童心·圆梦微心愿”爱心捐赠项目。9 月初开学伊始，永德团县委组织志愿者们来到偏远的大雪山乡蚂蟥箐完小，采集孩子们的“微心愿”。写在卡片上的小小心愿，一经发出，马上被中远海运集运在广东、广西、贵州、云南等地的干部职工认领一空。随后，满足各种心愿的邮件跨越千山万水被邮寄到了永德。10 月 28 日，精致的玩具、漂亮的衣服、书包、字帖……一份份梦寐以求的礼物琳琅满目，全校 298 名孩子满载而归。

一个“微行动”，精准对接了山区少年儿童的现实需求，让林勇的心里充满幸福。

“脱贫摘帽后，市里提出大干‘工业化、城镇化、现代化’的发展之路，县里要怎么做？”县委副书记刘建强近期一直思考这个问题，“永德支柱产业是农业，不能空谈工业化，一定要依据我们的资源禀赋搞工业化，否则，会成为无源之水、无本之木，没有后续竞争力。”

刘建强向县委提出，县里有 108 万亩核桃、65 万亩的坚果、24 万亩的古茶树，以及野生柯子、甘蔗和各种药材，有“柯子之乡”“坚果之乡”“杧果之乡”的美誉，农副产品资源丰富，但因深加工能力不足，附加值难以提升，税源少、就业低。所以，搞“工业化”，要瞄准“靶心”，这个“靶心”就是农副产品深加工和打造品牌。

以工业化的理念发展农业，以城镇化的理念建设农村，以职业化的理念培养农民，真正实现以“三农”促“三化”，这一提议得到市县领导的充分认可。

脱贫摘帽是乡村发展道路上的一个重大里程碑。刘建强认为，脱贫摘帽只是按照时间节点补上了贫困的短板，有太多太多的工作还在路上。2019 年，永德全县地区生产总值只有 76.5 亿元，农村居民人均可支配收入仅 12000 元，县财政全年收入仅 2.9 亿元，而财政支出达 28.3 亿元，2020 年仅“三保”支出安排就要 10.1 亿元，更多还是靠国家转移支付，“我们仍徘徊在不帮即返的灰色边缘”。刘建强觉得现在歇歇脚、喘口气为时尚早，振兴产业，强化税源，提升内生动力，增强自身造血能力，仍需持续发力。

脱贫摘帽后，国家要实施乡村振兴战略。乡村振兴包括产业振兴、生态振兴、文化振兴、人才振兴和组织振兴。刘建强把产业振兴和人才振兴放在高位。

产业帮扶挑战难度最大、管控难度最大，风险不确定性最多，但最能管根本、管长远，是增强“造血”能力，提升内生动力的最有效途径。增加税收、促进就业都离不开产业的发展和支撑。为解决县里农业附加值提升的长远问题，刘建强努力与北京林业大学对接，由北京林业大学牵头中国农业大学和农科院研发团队，对县里区域农业，尤其是林下种植产业进行立体规划，实现规模化、集约化、产业化种植，解决老百姓长远长期受益的问题。同时，按照县委的安排，协助推进产业园区建设，考虑引进富云康、百草味、三只松鼠、良品铺子等龙头企业，提升农副产品深加工能力。“依托资源禀赋，我们把农业种植规划好，农产品深加工能力提升好，随着各项专债推进县域高速公路的落成，旅游、康养、生态等绿色产品的跟进，我们的产业振兴才有希望，永德才会真正美起来、富起来！”刘建强满怀信心。

人才振兴是地方发展的关键。“创新意识、市场意识、契约精神和工作效率决定了项目管理的进度，决定了营商环境，决定了脱贫攻坚成果的巩固，更决定了乡村振兴工作的推进。”刘建强说，“思路决定出路，县里的发展还是要让县里的干部长见识、换脑子、提技能。作为央企派驻的挂职干部，我会在这方面多花些精力，加强干部的培训和培养带动，多输入先进的管理经验，促进产业和人才的全面提升。”

……

“聊不完的话题，点不完的赞！”永德宣传部部长尹玲琴说。

家是最小国，国是千万家。

一届届风雨接力，扶贫干部远离家人故土，用一片赤子之心成就“乡村国是”，诠释“家国情怀”。

一年年风雨同舟，中远海运定点帮扶永德以来，累计投入帮扶资金 8296.93 万元，惠及全县 10 个乡（镇）、61 个行政村、615 个村民小组、2.99 万户、12 万多人，用坚定的政治担当和为民情怀，让精准脱贫和乡村振兴的曙光在永德大地闪耀光华。

十七

在著名的旅游大省云南，临沧一直默默无闻。

在历史上，临沧是一段被遗忘的时光。

在现实中，临沧是一片被忽略的秘境。

作为恒春之都、世界佤乡，临沧是群山隔绝中的一座宝藏。

在茶的世界里，世人皆知普洱之盛名，但很少有人知道，临沧产出了全国 50% 的普洱茶原料，临沧才是普洱茶的幕后英雄。

临沧是“南茶马古道”的发祥地之一，更是大西南对外贸易的重要口岸通道。几百年来，满载丝绸和茶叶的马帮从这里出发或经过，走出了世界上海拔最高的古代文明传播的国际大通道。一群滇西大地的行者，以寸身纵横经纬，以咫尺丈量山河，为后世演绎了一曲不朽的茶马赞歌。

临沧有着独特的地理区位。“一带一路”东边牵着亚太经济圈，西边系着欧洲经济圈，被认为是世界上最长、最具发展潜力的经济大走廊。而临沧，地处“一带”与“一路”的交汇点，北上连接“丝绸之路经济带”，南下连接“21 世纪海上丝绸之路”，向东通过长江经济带连接“长三角”“珠三角”入太平洋，向西通过“孟中印缅经济走廊”连接印度洋经济圈。从昆明经临沧孟定清水河口岸出境到缅甸皎漂港，全长 1540 公里，是中国通往印度洋最近、最便捷的陆上通道。孟定清水河口岸被列为云南铁路、高速公路“五出境”通道之一。

今天，临沧发展的序幕已经拉开。

践行习近平总书记“一个跨越”“三个定位”“五个着力”，主动服务和融入国家发展战略，临沧迎来了新机遇、新空间、新动能、新征程。

中远海运与临沧市互动的步伐越来越快。

2017 年 8 月、2020 年 3 月，中远海运集团党组书记、董事长许立荣两次带队赴云南，拜访省委书记陈豪，并在临沧市委书记杨浩东陪同下现场考察临沧和永德。

2019 年 10 月，中远海运集团董事、总经理、党组副书记付刚峰带队赴临沧市和永德县考察，并为临沧中远海运物流公司成立揭牌。

2017 年至今，集团领导孙家康、俞曾港、张善民等多次赴临沧和永德考察扶贫工作，临沧市委书记杨浩东，永德县委书记宋正垠、县长杨世年等先后到访集团，共话合作发展大计。

……

2020 年 6 月 3 日，中远海运审计中心副主任沈熙接任原中海党校党委副书记朱媚，挂职云南省临沧市政府，担任市委常委、副市长。

为尽快适应工作，沈熙反复学习研究习近平总书记 2015 年、2020 年两次考察云南的指示精神，深入基层组织、企业和部门，细致调研考察、认真总结思考。

中远海运不仅是临沧市永德县的对口扶贫单位，还与临沧市签订了战略合作协议。作为中远海运总部在临沧市的挂职干部，沈熙在做好自身分管工作的同时，将临沧市与中远海运定点扶贫、战略合作作为自身的重点工作之一，充分发挥自身优势，做好桥梁纽带和协调推进工作。

来到临沧市的第一周，沈熙就会同中远海运驻当地企业召开会议，商讨和推进地企合作、基础设施建设等事宜。通过加强地企合作与联动，更好地将扶贫与扶志、扶业相结合，努力推动中远海运对临沧市的对口帮扶，由定点县区扶贫向全市帮扶转变、由单一资金扶持向多形式产业促进转变、由单向帮助扶持向抢抓战略机遇、谋求协同发展转变。

2019 年年底，正式启动运营的临沧中远海运物流有限公司已成功签署缅甸阿弄水电项目物流合同，目前已完成 76 个批次的操作。成立当年，公司实现盈利，为下一步践行国家战略、打通中国面向印度洋的海陆联运通道打下了坚实基础。

为积极融入国家“一带一路”倡议、“中缅经济走廊”建设，支持临沧创建国家可持续发展、推动临沧当地物流行业发展，临沧中远海运物流的成立从一开始就被赋予战略使命。公司将以铁路物流为基础，物流信息为核心资源，创新发展“枢纽 + 通道 + 网络”的业务模式，构建多层次、高效率、低成本综合物流体系，打造立足临沧、服务中缅通道、辐射东南亚、链接两洋的国际性、枢纽型现代物流产业高地。

助力脱贫更是临沧中远海运物流的战略底色。

目前，临沧地区特色农副产品已上架中远海运集采平台，通过临沧中远海运物流精准引导支持产业扶贫，积极引导龙头农副产品企业、专业大户组织茶叶、大米、家禽类农副产品的订单联结，电商业务定制来满足物流系统以及合作伙伴的需求，搭建产销平台，促进了临沧市产业扶贫增收，坚定了临沧脱贫奔富的信心。

“一带一路”沿线与临沧面对面的国家是缅甸，要实现中缅两国全方位的对接，海公铁联运承担着主动脉的作用。临沧公司正在担负起建设中缅物流通道的重任，并与中远海运集运合作，着手规划进口集装箱从缅甸仰光港起水陆运临沧铁路站发往西南各省、区、市的多式联运模式。进口集装箱物资从缅甸过境运输、经临沧通过铁路班列形式发往西南、西北地区，将大幅优化以往从北部湾、深圳、上海等地海港中转运输模式，从而打造中远海运物流中缅通道地位。

当然，从更广阔的视野来看，海公铁联运的意义绝不止于此，通过海运、公路和铁路这三大运输方式的有机组合，将为临沧乃至整个云南的多式联运开发前景提供无限想象空间。

今天的一小步，或许是未来形成“一带”与“一路”无缝连接的一大步！

连雨不知春去，一晴方觉夏深。

光阴流逝，正如这升腾的人间烟火。

2020 年 4 月 2 日，中远海运集团党组书记、董事长许立荣在临沧和永德考察时提出，中远海运与临沧市及永德县长期合作，建立了深厚的友情，脱贫攻坚是双方共同的责任和任务。在永德实现脱贫摘帽后，中远海运仍将贯彻落实党中央的决策部署，按照“四个不摘”的原则，持续把工作做好做实，以产业稳固造血功能，实现互利共赢，造福永德人民。

今天的永德县城

——春天的故事正在延续，阿佤的新歌正在传唱。

临沧的发展蓝图上，大红箭头指示着作战步骤，地理区域之间的线段连接着已知的未来。

永德的山乡村寨里，座座青峰白云飘绕，走向振兴的号角在云间回荡，响彻千山万水。

本文作者：**朱雪峰**

多篇散文、诗歌、报告文学发表于国内报纸杂志及网络媒体，入选人民文学出版社、作家出版社等文学作品集。现任职于中国远洋海运集团党组工作部，为中国新闻摄影学会会员、中国航海学会历史与文化专委会委员。

湖南·安化

中远集团定点扶贫
化县茶叶种植及加工技术培训班

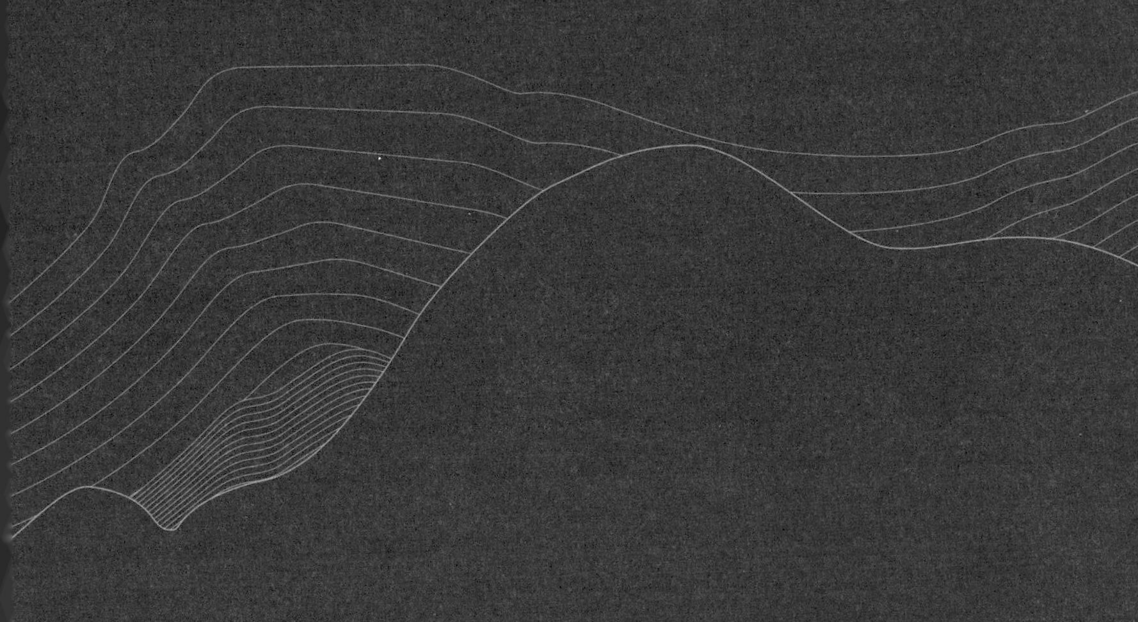

山水相依，休戚与共。

你来得正是时候

安化，雪峰山下，山清水秀。

生活于此，推窗望山，开门遇水。满目皆美景，处处水墨画，令人羡慕与向往。

然，跌宕起伏的丘陵地势，严重制约了当地农业生产和经济发展。“不现中国通。”风情万种的背后，那些被美化和诗化的安化子民，一直处于贫困现状。

据安化文献记载：2010 年，全县有建档立卡贫困村 130 个，贫困户 39968 户 150088 人，占全县总人口的 17%。贫困人口绝对数、贫困人口发生率，如同两个沉重的包袱，泰山压肩，陷安化于湖南省贫困大县方阵，被列入国家级贫困县。

挥之不去的记忆，沉重如雪峰山岩。谁来拯救安化？何时拔掉穷根？希望寄予何方？出路又在哪里？一个千年历史悲问，引无数仁人志士，上下艰难求索。

贫于山、困于水、囿于隅。在这资源劣势、压力叠加、负重前行的关键期，如何打好新时代这场脱贫攻坚战，无疑是安化史上硝烟弥漫的堡垒攻克战、炮火连天的阵地保卫战、真刀实枪的战地白刃战。

过小康，奔幸福！脱贫摘帽，过上美好生活，是大山深处九十多万安化儿女心中的永远梦想。

拉一把，站起来！同舟共济，共同富裕发展，是千里之外十几万中远海运人心中的美好夙愿。

2010 年 3 月 23 日，春风浩荡，万物苏醒。中远海运领导与安化县领导握手极欢，共同研究共和国央企对口扶贫安化宏伟蓝图。

这一天，扶贫安化，将注定载入中远海运发展史；这一天，中远海运，将注定成为安化扶贫工作的新主语。

山水相依，休戚与共……

使命使然，一个历史和时代的双重命题，同时展现在中远海运人和安化人的面前。

有饭吃，才能谈生命；能生存，才能谈人权。前仆后继、赴汤蹈火，中国共产党领导下的劳苦大众推倒三座大山，从死亡线上艰难地活下去，从饥饿线上挣扎地站起来，为的就是能当家做主。今天，“脱贫困、奔小康”，为的就是能让广大农民过上美满幸福的好日子。中远海运主动将企业命运内嵌于国家、民族发展的轨迹之中，承担社会责任，参与脱贫攻坚，与安化同呼吸、共成长。

攻坚拔寨，鏖战正酣；扬帆起航，汽笛嘹亮。

十年来，中远海运领导以及相关部门负责人、中远海运慈善基金会领导，多次亲临安化，访贫问苦，现场调研、参观指导，为扶贫工作出谋划策，指明方向。

十年来，中远海运先后派出挂职干部 8 批 9 人，确定扶贫项目 100 多个，投入资金 7000 多万元，吸引社会资金数千万元，共帮扶 23 个乡镇 135 个行政村 450 个村民小组，受益农户 6500 户次，受益人口达 60 万人次。

哑巴卖刀，事实胜于雄辩。先看一组中远海运扶贫安化数据：

——投资 800 多万元，在黄沙坪古茶市援建中国第一个黑茶博物馆；拿出 400 万元援建高标准茶园、苗圃基地 11 处，总面积达 5000 余亩；举办茶产业各类培训班 17 期，培训人员 1360 余人次。

——投资 16 所学校建设远航楼、追梦楼 25 栋，风雨长廊 2 个，运动场 2 个，计算机室 2 个，爱心阅览室 6 个，图书角 19 个；捐赠学校电脑 88 台，图书 11000 余册，教师办公椅书柜 300 套，学生课桌椅 3000 多套、床铺 500 多张、床上用品 300 多套、书包 2800 余个；资助 64 名“为中国而教”志愿者到 11 所山区学校支教；组织中远海运“自强班”，无偿资助贫困学生共 615 人次。目前，除在“自强班”继续学习外，被资助学生全部考上大学。

——投入帮扶资金近 400 万元，共建 18 条“中远路”或“中远海运路”，里程近 30 公里；投资 260 万元，加强农村基础建设，修建河堤 7.2 公里；投资 100 多万元，保障农民健康，修建或改造农村饮水工程 4 个、村文化活动场所 2 个。

——投资近 160 万元，援建中药材基地 765 亩；培养中医人才 90 多人。

中远海运援建的“追梦楼”

中远海运援建的安化“远航楼”

基础建设

——实施“远航·家园”项目，改善 7 个乡镇敬老院条件，1200 多名贫困老人受益。

——认购当地扶贫产品，采购总额超过 1000 多万元。

——紧急拨付资金 50 万元，缓解平口镇疫情防控压力。

数字，抽象，无美感，却自带鲜活与灵动，成为中远海运扶贫安化的有力佐证。

决战安化，攻克贫困，意味着涅槃，意味着更加壮美的重生。2019 年暮春，安化全县顺利实现“县摘帽，村出列，户脱贫”扶贫预期目标。安化脱贫捷报频传，中远海运喜在眉梢。“决不能落下一个贫困地区、一个贫困群众。”安化脱贫赶考路上，中远海运时刻牢记习近平总书记的教诲，潜心习作，为助力安化脱贫致富交出了一份圆满的答卷。

面壁十年图破壁，难酬蹈海亦英雄。

中远海运人的心愿就像一粒种子，撒播在安化山川大地，即使再渺小，也可以盛开出一朵美丽的花蕾。

中远海运人的心愿就像一条小溪，流淌在安化田园地头，即使再涓细，也可以浇灌出一片绿色的希望。

中远海运人的心愿就像一叶方舟，行驶在大海茫茫波涛，即使再波澜，也要与安化人民一起托起向前奋进的生命。

一切浩荡激越的溪流，都有一个美丽的源头；

一切筚路蓝缕的奋斗，都有一个为之努力的缘由。

这里的一山一水、一草一木、一人一物，都隐藏着中远海运助力安化脱贫攻坚的生动诠释，而每个故事都令中远海运人心潮澎湃。

安化县“仙境云台”

一

先有茶，后设县，可见茶在安化的分量。第二天，起了个大早，赶了个早集，来到东坪镇黄沙坪古茶市，拜谒安化标志性建筑——中国黑茶博物馆。

李铁映副委员长的字写得真好，挂在博物馆正门上方，四平八稳长着气势，有了厚重感，乐得安化人合不拢嘴。中远海运扶贫干部、副县长徐国信逢人便说，来安化一定要去黑茶博物馆，那是了解历史、品茗论道、登临遣兴的好地方。扶贫与扶志相融合、扶贫与文旅整一起，哪样都没有耽搁。

中远海运援建的安化黑茶博物馆

踏入黑茶博物馆，仿佛穿越时空，聆听到了那渐行渐远的马蹄声和那渐远渐沉的船号声……万里茶路，就此开始。南下至广州，北上到汉口，茶商络绎不绝，换来布匹与食盐，带动了安化市场繁荣。茶市斯为盛，两岸人烟稠。黄沙坪鼎盛时开办的茶行达50多家。

博物馆内，一件件被素纸包裹的茶，古朴、原始，与眼前出现的遥远而古老的地名好吻合。必出好茶，不种自生。黑茶，以其独特的地理环境、独特的气候条件、独特的制作工艺和丰富的微量元素，赐安化人太多太多的福报。

然而，一张张图片强调一个现实，光鲜不能当饭吃，亮丽只在远山处。其背后，困扰安化的依旧是富庶中的贫苦和殷实里的穷困。

贫苦、穷困，安化不喜欢，中远海运不喜欢，中远海运扶贫干部也不喜欢。如何助力这个全国重点黑茶县甩掉“穷帽子”，更上一层楼，成为中远海运领导的日程议事，成为身处一线扶贫干部的头等大事。集团领导草创未就，多次听汇报、看现场、做方案、定决策，村村寨寨留下的无数背影，办公室留下的无数份审批方案，便是佐证。

脱贫致富，核心在产业。

从某种意义上来说，黑茶的历史，就是安化人的奋斗史和发展史。是黑茶，哺育了安化儿女；是黑茶，滋润了安化人生活；是黑茶，打通了中远海运人与安化人之间的脉络，共同注入雪峰山脉予养分，焕发出新时代安化人一种开拓创新、勇于发展的拼搏精神。

苗圣英，中远海运第一个扶贫安化干部、副县长。扶贫解困，服务安化。这个金灿灿的理想，就像一江汩汩清流的资水，在他心田缓缓地、曲折地流动。接此任务，根据集团部署，苗圣英挥出了“三板斧”：

——树旗帜，加快黄沙坪茶市建设，重点投资黑茶博物馆。通过茶市建设促进茶产业综合发展，从 3 月开始，走市场，搞调研，做规划，努力打造好安化这张靓丽名片，为安化“茶旅一体化”增添点创建样板。当年 10 月，黑茶博物馆项目列入湖南省重大扶持建设的七个博物馆之一。

——搞扩张，加快茶园基地建设，重点发展生态茶园项目。通过依托资源禀赋，发展黑茶特色产业，让百姓参与发展、分享成果，真正实现经济发展与百姓脱贫有机统一。从 5 月开始，选定交通便捷、紧临茶马古道的江南镇庆阳村建立起一个 200 亩大树茶园基地。

——建队伍，加快茶产业实用型人才的培训，重点加强黑茶品牌建设。邀请名师专家，讲授专业知识，颁发专业证书。从 6 月份开始，短短半年时间，培养了一支围绕茶叶栽培、茶园管理、茶叶销售、茶艺表演等方面的专业人才队伍。

都云作者痴，谁解其中味！熟悉苗圣英的人说他痴。他觉得为茶而痴、为茶而狂、为茶而奋斗，那是一种境界，一种享受。

万事开头难啊！

但再难，也难不住扶贫干部们石头般的意志。在这条“变”的坎坷大道上，安化茶产业，无疑成了扶贫“不变”的重要支点。

从苗圣英开始崭露头角，到宋新建、杨敬茂的锋芒初露，再到罗健、王文召、杨惠兴、陶广昭、蔡华建、徐国信等人的前仆后继，奋发努力。大家各显神通，先后帮扶云上茶业、碧丹溪茶业、老顺祥茶业、芙蓉亦神、天茶茶业等十多家知名茶企，在安化高高树起了一面面中国黑茶品牌赫赫大旗。

一片茶叶，此刻成了最美的注脚。

茶艺表演

安化黑茶推介会

在雄浑高亢、粗犷古朴的千两茶号子声中，倾注着中远海运人的无尽热情，走进安化一家一户，激活一方经济，带动万众创业，为古老而神奇的土地，注入了脱贫攻坚的新生力量。

十年来，安化茶产业步入了跨越式发展的轨道：柘溪库区的百里茶湖、资江两岸的百里茶廊、芙蓉山脉的万亩茶带，如星星落九天，闪烁在安化山川大地，为“大户连片发展、散户集中发展、企业自主发展”模式奠定了扎实的基础；注册有安化黑茶、白沙溪、怡清源、华莱健、国津、久扬、阿香等黑茶品牌，还有天茶红、安化松针、芙蓉山等红茶品牌；免费培训茶农，拓展茶工艺、茶食品等茶叶产业链，引领出独特的茶文化，令安化百姓从中受益。

古楼乡仙龙村就在九龙池山脚下，村容村貌映入眼帘，较为干净。热闹的筑路机械，跟宁静的小村倒形成了对比。沿着山沟行驶几分钟，集团援建的紫芽黑茶公司仙龙茶厂便呈现于眼前。

谈起建厂经过，厂长李卫红鼻子发酸，好好的百年老茶园，因无人开发利用而浪费，让他感受到了大山深处人的难处；因无法及时制作而成劣质，令他忧心忡忡。守着金山去讨饭，放着泉水渴嘴巴。何不回村，打通“最后一公里”，建厂制茶，增加村民的收入。

“感谢中远海运的大力扶持！”从古楼乡干部、仙龙村村民的表情和话语中，已完全读懂了几任扶贫干部为此项目奔波的艰辛。情比金坚。在他们身上，扶贫工作，就是责任与义务。

为了帮扶仙龙村脱贫，中远海运成立产业扶持基地，通过修建工厂、购置设备、购买茶苗、提供技术、供应肥料、收购茶叶等方式进行有针对性的重点扶持。随着老茶园的恢复、毛茶加工厂的建成和紫芽黑茶品牌的建立，无人问津的茶如今卖了个好价钱，增加了村民收益。

“在外打工的好多人又回来了，有的培植茶园，有的在茶厂做工。既有经济来源，还可以照顾父母和小孩，家庭更和谐了。”村民的话语透着自豪，更透着中远海运投资茶园给村民带来得实实在在的好处。

据统计，自仙龙茶厂投产以来，村民通过茶叶就增收 230 多万元，125 名贫困人口成功脱贫。无法想象，如此贫困县中的贫困村，一场脱贫攻坚战，蝶变成如此模样。

天茶公司以精制天茶村牌红茶为特色，淡淡香气勾引着小镇温厚的男女茶客。下午，慕名来到公司制茶车间。这是一个吸引诗人的环境，电视中播放着天茶基地仙境。坐在长条凳上，梦如马，想象着窗外雄壮的雪峰山脉。

主人夏国勋一直想找个合适的地方，复兴红茶。那一年，当他打工归来，站在四周峭壁的艾家寨山顶，第一个念想就是在此安营扎寨，种茶为业。

为帮夏国勋圆梦，中远海运积极作为，主动帮扶，为他开山辟路，整地种茶，资助成立了“艾家寨 · 天茶园”富民工程。在夏国勋脑海中轮回数次的种子，经众人之手的耕耘与浇灌，终于在这片先烈浸染的红色土壤中破土成苗，让红茶走出安化。

坐在面前的夏国勋结结实实，并不善谈，像一杯红茶，沉稳平和。看似平淡的外表下内涵无限。为了报答大家的恩情，他羊羔跪乳、乌鸦反哺，默默投入安化扶贫大业，践行心中大恩大德。在中远海运协调下，他先后引领发展规模茶企 5 家，产值近 3000 万元，主动承担带领 5 个村 1000 多个建档立卡贫困户脱贫任务。

如果从第一期茶产业培训班开班算起，中远海运在安化免费举办各类茶产业人员培训班共 17 期，培训学员 1360 余人次。用当地百姓的话来说，现如今安化的许多茶艺师，基本来自中远海运培训班。“没有中远海运的帮扶，就没有我的今天。”一句话，宝树茶业公司职工谢宝道出了内心的许多感触。

如果把江南镇庆阳村栽下的第一株茶苗算作起点，十年来，中远海运在安化建立生态茶园基地达 5000 余亩。若按每亩 4000 株、间隔 50 厘米种植，筑起来的可是一道千万米级的绿色长城，足可绕安化地域两三圈。如此恢宏，浩浩荡荡，成为安化扶贫发展史上不可磨灭的一段辉煌史话。

十年时光，十年诺言。黑茶、红茶散发出的两股袅袅香味，鼓荡着安化日月精华。一片片高山福地的丰厚绿叶，因安化人的精心制作而走出安化；因中远海运人的奉为至宝而走向大江大海，在增进船员健康福祉的同时，伴随远洋船而行销天下。

扶贫干部现场指导茶农

茶，人在草木中也！寓意人与自然的亲密无间、和谐共生，在草木中劳作的自然状态。如今，在安化，有这样一个利国利民的生态环境，有这样一代勤劳奋发的安化子民，有这样一群呕心沥血的扶贫干部，有这样一家鼎力相扶的泱泱大企。还何愁之有？

想起入境安化途中的那个大型广告牌：用一杯茶的时间了解安化。细细领悟，对扶贫干部而言，表达的不正是一叶茶的生长与一杯茶的收获之间的哲理吗？

忍不住内心赞叹，猛一嗓子：干杯！为安化脱贫出列。

安化茶园

在安化，让人留恋的“扶贫味道”又岂止是茶香，还有享誉四方的玉竹、黄精、厚朴、杜仲、天麻等药材。药味之纯正，口感之鲜美，连同蜜蜂养殖、猕猴桃栽培、核桃种植技术的渐次展开，还有资本新引擎的引入，叫人难忘一辈子……

种植药材，治病救人，治理贫困，一举两得之事，是事关民生的大善举。中远海运因地制宜，因人制宜，建立中药材基地、开展中药材种植培训、强化中医药师的培训……成为继黑茶产业之后，打出的一套动作严密的又一扶贫支柱产业“组合拳”。一片树皮、一支根茎、一枚药蛋，在日月精华的山川生活中，被不断注入新的能量，随安化中医药健康产业蓬勃发展而不断壮大。

长年与荒凉为伴的雪峰山麓，见证了一个药材之乡的成长与兴盛。以田庄乡种植厚朴为例，中远海运援建产业基地 160 万元，修建公路 5 公里，套种黄精 140 亩，复种花苗 300 亩。项目建成后，其厚朴树皮、厚朴根皮、套种黄精、复种茶叶等药材所产生的年总产值为 2470 余万元。全村 321 名村民在享受道路、水利设施和自然环境的同时，参加基地日常生产和管理，年总收入可达 40 万元。

二

午饭后，马不停蹄赶往古楼乡，田庄镇贺磊镇长要求开车带路。他说正好找一个中药材种植户有事。路熟，顺道送一程。不知真假，唯满脸真诚挂在弯弯的嘴角上，令人感动。

通往乡村的路，弯弯曲曲，七上八下，十米一个弯较常见，部分还是在悬崖中抠出来的。司机是老把式，看路准，但不敢松开四轮放车任性。走一程，确保安全，下车还给刹车片淋一通水。

路边最多的植物就是树木、竹子、小草。还好，许多时候并不影响车内的视线。远望，满眼的绿，密密地随山势铺开；望远，白云似海，环绕着连绵的群山，如一支庞大的船队。

走出广州大都市，我能真切地感受到，山村乡野特色的安化，从来就不缺美景，缺的或许是宣传推介、项目包装和资金的投入。于景于情，感慨人生能有几回见？顿感觉年轻许多，充满活力。

从《安化县志》了解到，当地最低处为海拔 57 米，最高处九龙池为 1622 米，相对落差达 1565 米左右，且海拔 1000 米以上的山峰有 157 座。从一个田庄到古楼，已开了近三个小时，车还在深山中转悠。看来雪峰山体量真的是大。群山连绵，方圆百里，是最好的形容。

跨越乡镇地界。贺磊道别，他再三向徐国信说明，一定要下大力气把这些事办好办妥。不用解释，他提的还是扶贫田庄中学教育设施和中药材种植之事。

蜿蜒山路，虽然曲折，却是田庄通向古楼的唯一。行驶到古楼地域不久，爬上一座山峰。听介绍得知，叫柑子坡。制高点有一个茶亭，据文字记载，属清朝所建，是安化重点保护的文物。

在茶亭对面，立有一个红字青石碑，上书：中远路。回眸相撞，就像见到了一个久别的亲人，既有感动，更是自豪。忙奔跑过去来一张亲密的合影。

问路边一村民，对方告知，这里原来是一条烂泥巴路，坑坑洼洼。一到雨天，根本迈不出一步。若遇婚丧嫁娶，车子进不了村，孝子上不了坟，更别提什么农副产品的外运。

徐国信电话响了起来，对方再问还有多久。他一手叉腰，一手接听。老腰病与他作对，时间越短越好。我看了看手机导航，大约20分钟光景。秘书小郭憨笑了：“如果那样，我们县长就幸福了。”没有一个多小时是到不了的。在九曲十八弯的山路上，果然应验了他的话。

如果把江河库溪比作安化的血液，把山脉比作安化的骨骼，把人文比作安化的灵魂，那么，再把大大小小的交通线路，喻作安化的经络，似乎丢掉哪一个因素，安化的发展都是一个问题。通则不痛，痛则不通。不难想象，山水交错，荆棘丛生，集山区、林区、库区、老区于一身的安化，曾有过经络不通时的艰难和曲折。也不难想象，当筑路机械开进村庄，开山劈岭，发出隆隆巨响，乡亲们欢呼雀跃的欢乐场面。在马路镇龙栖村中远海运路开通仪式上，村主任刘平安代表大家发言，他说：“盼路已经盼了二十年，在中远海运的帮助下，今天终于实现。脚下的路通了，心里的路也通了……”

中远海运路从一米、十米，向百米、千米慢慢延伸、成长，在里程不断增长的同时，中远海运扶贫干部的信心也在持续增长。消除贫困，大路远行。共18条30公里长长短短的中远路或中远海运路，就像一条条天路，把党的温暖送到了大山，送进了千家万户，成为村民获得感最强的扶贫项目。

一条路，带来多少致富技能与经验；

一条路，带来多大观念巨变与进步；

一条路，又带回多少喜悦与快乐。

更可喜的是，摆脱束缚，走出大山，村民们才发觉，人生，还有另一种方式存在。

三

夏天的雨，说来就来。或山或水或树或竹，在车前齐齐闪过。车移景变，如入画廊。转过几道弯，爬过几段坡，车驶上一块平地，顿开阔眼睑……移山不止，填壑不息，一个新型小镇渐展雏形，在湘中大地上，生长着各自的生命与速度。

在搬迁项目指挥部大门前，大家拢成一圈，听龙塘乡王乡长介绍。这是一个举全县之力开发的易地搬迁扶贫项目，为安化打赢脱贫攻坚战奠定了基础，真正实现了青山金山两相宜。

看来颇具愚公精神。

根据资料显示，2019 年 7 月 1 日，来自全县高寒山区和边远地区的 517 个贫困户如期搬了进来。王乡长语气加重，说完成了党交给我们的一项使命，他特别强调了两个关键词：入住率和百分之百。听得出，他不是邀功，而是讲大家如何众志成城、如何战胜困难、如何坚决执行的。

看来，办法还是人想的。听多了，想多了，心中的路子就宽多了！徐国信说：“再倔强的牛，只要前面放好草，它都会跟你走的。”

话糙理在，并无贬义。

“轰”的一下，大家都笑了起来。开怀大笑，出自内心，谁也无法勉强人家。笑声如涟漪，荡开几条街，向山川大地传递出一个令人信服的幸福感和满意度。

易地搬迁安置项目名字特好听：茶乡花海特色小镇。读至此，心生疑问，中远海运担何角色？如此重大扶贫项目，中远海运怎能缺失！中远海运怎会缺失！我们完全有信心将问号拉直！

根据资料显示，中远海运一直把安化教育事业放在扶贫首位，结合当地扶贫一揽子计划，融入其中，有机结合，发挥出更大效能。茶乡花海幼儿园便是很好的例子，彻底解决了搬迁户子女就学问题。

“风来得正是时候，吹亮漫山的花朵……雨来得正是时候，洗净迎你的渡口，歌声都飞溅在廊桥……”

茶乡四溢，花海壮阔，一座由中远海运出资 400 万元，撬动社会资金 700 万元，建筑面积 1700 平方米，可容纳 4 个班 140 名幼儿的幼儿园，如同挂满雨珠的一株茶苗，绽放在茶乡花海特色小镇的最显著位置。站在生态体验园山坡，耳边听着事关安化的歌曲，心有一份归来的感觉。此刻，四周美景比任何季节都养眼，充满了生机，长满了希望。

躁动的种子在 8 月炎热中渐渐丰满，收获慢慢走来，践行着春风里的那个诺言。同样是8月，长塘镇完小的孩子们像过年一样的开心。“远去了古道的马铃，飘来你的脚步……”孩子们边走边唱，唱的也是这首歌曲——《你来得正是时候》。优美的旋律在校园内回旋，虽为暑假，孩子们依时回校，等待那一个庄严的时刻。

上午 10 时，长塘镇完小“中远海运运动场”揭牌仪式隆重举行。中远海运集团党组书记、董事长许立荣出席仪式，亲手向孩子们发放学习用品。更为激昂的是，他在会上宣布，将再资助 400 万元，重点解决长塘镇中心幼儿园“中远海运楼”资金缺口问题。娓娓道来的话音，稳重而不失亲和，在全校师生听来，无疑就是一份掷地有声的责任与担当！

“你来得正是时候……”

安化县长塘小学学生的绘画

中远海运援建的长塘镇幼儿园

现场掌声雷动，那是从心底奔涌而出的激动和感谢。170 万元精准扶贫，400 万元的再次追加，2400 多名师生及幼儿受益，成为中远海运改善安化教育事业的一大善举。作为中远海运掌门人，许立荣关爱的目光，亲切的话语，鼓舞着扶贫干部的士气，更为安化教育事业保驾护航增添了动力。中心校校长在感谢信中诚言：“此举改善的不仅是教学设施，还有长塘完小的办学质量和管理水平。”

由于贫困，安化教育投入历史欠账太多，教育基础建设滞后，教师队伍参差不齐、数量短缺。拔穷根、阻贫困、止代际，教育扶贫是最为有效的方法，是中远海运一直以来助力安化扶贫工作的首要任务，是脱贫攻坚的重大目标。

许立荣多次在集团和安化扶贫工作会上高调发声，反复强调，教育扶贫，是顺利实现脱贫攻坚的重要保障，是贫困人口脱贫的基本要求，更是实现稳定脱贫的前提条件。

话语如山，言行必达。十年来，中远海运投入安化教育事业的资金高达 2700 多万元，占扶贫总投资的三分之一。在 100 多个扶贫项目中，教育扶贫达 30 个，尽占三分之一，创建并参与“远航·追梦”“自强班”“助学奖励”“为中国而教”等一系列口号嘹亮的素质教育品牌，适宜幼儿、少年和成年。

“读书成才”在安化农村是个运气活儿。读书有啥用，人们一直清楚。但口袋羞涩，实在扛不动一本书的重。为了帮他们飞得更高，中远海运开设“远航·追梦”自强班，重点招收品学兼优贫困生。2019 年，自强班 50 名学生参加高考，录取一本 33 人、二本 11 人，考入浙江大学、华中科技大学、武汉大学、中南大学等重点高校的不在少数。

安化学生背着中远海运定制的书包

中远海运捐赠的学生生活用品

就读中南大学的贫困学生王靖说："中远海运每学期还专门组织开展旅游、体育、创作等课外活动，帮我们开阔视野、增长见识、丰富内心世界。感谢中远海运，是你们改变了我的命运！"

没有想到，中远海运在渠江学校援建一个运动场，会引起轩然大波，同学们激昂文字，出口成章。

韩子仪同学写道：我是外地转学过来的学生，至今仍记得第一次到学校操场活动的情景。当我抱着喜爱的排球大展身手时，竟发现无立锥之地。今天，当看到心底盼望的操场即将落成，能尽情放飞自我，别说有多开心了……

何春节同学写道：你们雪中送炭，为学校修建一个运动场，为我们带来了更好更美的运动天地。它的意义已超出物质，更代表着中远海运无私的心愿，对知识的器重和对我们的关爱……

还有一位同学写道：没有运动场，就像老鹰被束缚了翅膀。是中远海运给了我们一次次奔跑翱翔的机会。我相信，我们会在运动场上留下足迹、洒下汗水，更会在这个运动场上绽放光芒……

跟随校长的急匆步伐，目睹了面前的一切：渠江学校位于渠江岸边，地无三分平，校舍边瘦身后的运动场同样有点逼仄。一条百米跑道，近 20 米临空架起，伸入渠江，高达十多米。若不是栏杆，一个百米助跑，飞入江中，绝不是笑话。

望着这般"无限风光在险峰"，让孩子输在百米起跑线上，谁能熟视无睹？于是，便有了中远海运捐建运动场这件风光无限之事，有了过程中更多无限风光的感人故事。

助力教育扶智的故事，如茶花盛开，香溢安化。

安化师生代表参加中远海运组织的北京夏令营

最让人心动的是，一个个“为中国而教”的青年教师，跟随中远海运的脚步，来到安化，走向大山深处。他们为安化的教育而来，为山区的孩子而来，在深山林海中闪耀希望，在艰苦困境中磨炼意志，在教书育人、助学为乐中升华灵魂。

中远海运一直是联合国教科文组织“为中国而教”项目赞助者之一。为缓解安化偏远乡村师资难等问题，从 2014 年 8 月开始，中远海运联合北京师范大学，先后选派 64 名优秀大学毕业生，到安化大福镇、奎溪镇、南金乡、古楼乡、羊角塘镇等地偏远乡村学校任教，并承担部分支教费用。他们的到来，改善了安化办学的硬件和软件，更圆了孩子们的求学梦、升学梦。

宋词，四川女孩，到羊角塘镇柘木小学支教已一年半。“目前担任三年级的语文、数学、美术、科学、体育……”宋词说了一大串，让我捋了半天，其实就是年级全能老师。面对 69 名小学生，九成以上的留守儿童，宋词直言：“能来安化支教，除了自身坚定，还有中远海运给予的大力支持。”

潮水之下，乡村教育的痛点更为凸显。疫情暴发，42 天的校园留居，她与另一名支教老师一起，停课不停教，停课不停学。效果显而易见，一个好老师，给山村教育带来的影响是积极的。一如宋词，她成为众多孩子眼中的好老师，大姐姐，还有亲妈妈。

往事让人心酸，现实令人感动。

当听到许多乡村学校都为边远孩子配有宿舍楼，琅琅书声在远山回响时；

当听到许多扶贫干部无论经费多么紧张，还是优先考虑教育的事情时；

安化的学生

当听到山村孩子搬进亮堂的校室，享受优质教育资源的故事时……

一切的一切，是那么的亲切。仿佛一个沉寂多年的愿望，突然在这个夏天苏醒过来，在安化大地上生长得蓬蓬勃勃，生机盎然。

四

南金乡吴盛莉书记能说，连秘书和司机都知晓。谈及扶贫往事，徐国信语带敬佩。傍晚近六时，大家赶到南金。乡府一遇，果不其然。

大家围成一圈，一番简单介绍，话题飞快切入扶贫。要护好“发动机”，栽好“摇钱树”，办好“农家乐”，过好“青山绿水红日子”。有理有据，入耳顺。大家的共识，全部植入在南金的泥土和山坡中。吴书记的确健谈，她说起了柑橘、红茶，说到了药材、矿泉水，还说到了南金国家级生态示范乡和滑石寨、九龙池国家级传统村落。听闻者，脸如盛开的菊花，开满了小屋。

说到扶贫脱贫，她不觉得为南金乡做得多么特别，倒是真诚感激千里之外的中远海运，感谢近在身边的扶贫干部。他们走基层，察民情，像陀螺一样旋转在现场，帮南金百姓解决了无数难题。

吴书记的家在外地，这令我有点吃惊。这意味着，每个周末或隔段日子，她必须经过这条弯弯曲曲的路去探亲，大半天的时间转几个弯就没了。她来南金九年了，忙得顾不上爱人和孩子。责任与担子，换个环境日夜负肩在身。

有人建议去河边走一走，感受一下。

南金村，乡府驻地。一河一街，平行延伸。天晴，夕阳落在水中，凌凌清清的泛着金光。晚风吹来，劳顿后的燥热渐渐拂去，心渐宁静，陶醉于这片宁静山水之中……追溯源头，中远海运扶贫南金，有宝塔村农村基础设施建设，有花木村公路建设，有南金敬老院修缮，还有茶叶种植及加工技术培训……

“十年没有断过。”吴书记如数家珍。

作家巴金在散文《灯》中有这样一句描述：“我们不是只靠吃米活着。”言外之意，人不能仅仅依赖物质生活，还需要有精神支柱。随着脱贫目标的初步实现，吴书记想到脱贫后的村民精神生活，她专程去了几趟县扶贫办，跟扶贫干部们讲缘由，说情况，递上项目书，反复强调在南金建设文化广场对提升农民素质的现实意义，对引领安化新农村建设、丰富农民文化生活的重要性。目光交汇，思想交融，大家一拍即合，决定将短期扶贫行动，变为长远扶智行为。

灯火通明，歌声嘹亮。不远处，南金乡村民们正在将获得感和幸福感，从田间地头转移到广场村头。演技不高，情感真实。

在消灭这场绝对贫困战役中，尽管没有生死之战，但绝境突围之中，付出的努力却更大。中远海运这群“农民的儿子”，心中对安化的牵挂，总会不经意地留在意识或潜意识中，他们既要掌握好国家政策的倾斜支持，又要把关好扶贫单位的倾情资助，更要带领好扶贫干部们去倾心演绎。

弯曲的山路，留下他们多少风驰电掣的身影；孤单的村庄，留下他们多少促膝谈心的画面；火热的工地，留下他们多少辛勤劳累的汗水，只有风听懂，只有星看到。

在他们的积极协调和努力下，一些扶贫项目变得风调雨顺，有了更为丰满实在的内容。罗健、王文召、杨惠兴、蔡华建……历数中远海运这些扶贫干部，吴书记笑如桃花，实言："有了他们，我们南金脱贫攻坚变得不再孤独、不再艰难。"

堤坝上，三三两两，不时有人过来打招呼，道平安。一张张时代巨变下的脸谱，洋溢着"翻身农奴得解放"般的喜悦。从他们的眼神和笑靥中，我体会到了一种无忧无虑，一种日子美好。

这种朴实无华的生活，不正是农村老百姓的心愿吗！

夜静，大家坐回茶馆聊天，聊历史中的南金风土人情，聊变化中的南金前前后后，聊现实中的南金发展壮大……大家七嘴八舌，加上连日奔波，已经分不清谁是谁，又说了谁。笔头跟不了节奏，心有点急，倒是茶馆内优美的旋律清醒了我：泥巴裹满裤腿，汗水湿透脊背，我不知道你是谁，我却知道你为了谁……

是的，为了谁？举全国之力，脱贫攻坚，发展致富，还不是为了少有所获，老有所享，百姓过上幸福的好生活。

学童教育解决了，养老问题也不容忽视。处理不好，同样成为返贫新问题。

从 2013 年开始，中远海运便在安化实施孤残老人养老示范项目，成功将烟溪镇敬老院申报为湖南安化孤残老人养老扶助示范暨"远航·家园"社会福利中心，改造实施功能，添置必要设备，将敬老院改造成功能齐全的五保老人托养中心、康复中心、孤儿及流浪儿寄养中心，并提供专业的护理、体检、医疗康复及心理疏导。

随后，通过整合其他项目资金，中远海运大力推进"远航·家园"其他项目实施，改善了平口镇、渠江镇、羊角塘镇、冷市镇、柘溪镇、古楼乡、南金乡等敬老院条件，使全县受益贫困老人超过 1200 人。

五

马路镇严家庄村，是安化县的重点贫困村。全村共有 13 个村民小组，485 户，总人口 1735 人，面积 5.2 平方公里。耕地约 500 亩，人均不足 3 分。村民小学文化水平占八成，家庭收入主要靠外出打工。根据当年统计标准，全村共有贫困户 108 户，计 424 人。各类残疾人 96 人。因病致贫占八成，因学致贫占一成，因灾致贫占半成，构成并不复杂。

当看到这段数字时，我的背部感觉有点冷。想象得出，那一眼望不穿的大山背后，隐藏着怎样的一份艰辛与坎坷、贫困与艰难。

有钱捧个钱场，有人还得捧个人场，这是央企义不容辞的重大责任。在全面扶贫安化县的同时，中远海运还有三个重点对口扶贫村，严家庄村便是其一。作为重点“关注”对象，中远海运专门派出一名驻村扶贫干部。

2016 年 8 月，陶广昭带着使命，来到严家庄村，担任村党支部第一书记、驻村工作队队长。

破残的旧屋，坎坷的村道，在阳光下尽显沧桑。屋檐下，一双双混沌的余光中透出的沮丧与一双双幼稚的眼光中闪现的光芒，涂抹出一幅极为深刻的现实主义画像。农村改革 30 多年了，严家庄仿佛被一双巨手一键暂停，遗忘在 20 世纪 80 年代。

陶广昭，来自安徽农村。虽为年幼，但对小岗村农民以“托孤”方式，冒杀头之险，立生死之状，在土地承包责任书按下生命红手印之事，记忆犹新……今日一见，仿佛从前，陶广昭纠结于心。望不见青春活力，哪能看到美好的未来！

四年后，跟随陶广昭的脚步，我们来到了他奋斗过的严家庄村。枝头挂红披绿，田头铺金藏银。踏进村头，一派欣欣向荣。今昔相比，感觉甚好。没有对比，就不会产生“亢奋”。

来到严家庄村的陶广昭，把全部精力都投入到了脱贫攻坚主战场。他挨门走访，逐户排查，找原因，找对策，从人口状况到住房大小，从伤病细节到致贫原因，从子女入学到劳力就业，从农田收成到务工收入……五加二、白加黑，休息成了一件奢侈的事。

在短短的1个月时间里，他走遍了107个贫困户和众多困难户家庭。3本厚厚的笔记本，10万多字的沉思与设想，如同山上的草木，细密、郁葱，俯拾即是。

贫穷而卑微。当卑微到尘埃，自爱、自尊和自信就成了一种奢侈。面对现状，陶广昭并未失望，从村民躲躲闪闪的目光中，他俨然读懂了百姓内心的一丝向往与憧憬：新屋、公路、水渠、粮食、产业、娱乐……或许，他们缺的就是一个拿事的主心骨，一个能带领他们走向富裕的领头羊！

听说“村官”陶广昭单位来人，好像十年未曾谋面的朋友，相见甚欢。大家指指这里，说说那里，无不念着他的好处。一声“单车书记”，听得眉头舒展，心暖在夏。

同行的马路镇镇长李溧说：“这名声可是他自己在扶贫路上骑出来的。”两年半的时间，两万多公里的行程，跑坏了他的两部电动车。益阳市领导听后，现场冠名陶广昭为“单车书记”。

采访中，大家谈论更多的是陶广昭如何凝心聚力。

一个人浑身是铁，也打不了几斤钉！陶广昭心知肚明，这一切得靠中远海运，得靠当地政府，靠群众、靠信仰、靠大家齐心发力。

于是，他带领村干部和广大党员，率先垂范，把优秀的中远海运企业文化应用在村里发展和建设上，从制订发展规划入手，从执行村规民约做起，重塑精神灯塔，打造劳动光荣，让村民心头亮堂起来！

于是，他带领广大村民，加大农田水利、道路硬化和民用蓄水池建设，充分利用中远海运扶贫资金和社会资源，从寻找致富项目入手，种植养殖多渠道，产业加工齐开花，让村民口袋鼓起来！

于是，他带领村干部，围绕环境卫生治理、公序良俗养成等事项，将干净、整洁、孝老、扶幼、勤劳、向上等美好品质，形成磁场效应，辐射到每家每户，培养严家庄人的内在精神和性格气质，让村民素质提高起来！

这余热，足可成燎原之火，点燃村民奔向小康的信心与决心。

几年前，养蜂专业户邓艳康由于双胞胎儿子早产，在医院花去10多万元。一场突发事件，导致养蜂资金不足，养殖难以为继，邓艳康一夜回到旧社会，成为新的贫困户。妻子经常泪水涟涟，绝望大哭，却又无可奈何。陶广昭主动上门，找症结，解难题：申请小额担保资金，成立养殖合作社，盘活养蜂资源；参加蜜蜂养殖培训班，掌握新型养蜂技术和蜜源种植技术；联系当地媒体实地采访，扩大蜂蜜销量。

三大妙招，招招硬碰硬，见实效。幸福和感动总是一前一后，令人兴奋不已。“前年我家产蜜500多公斤，收入达8万多元。”邓艳康不仅顺利摘帽，还带领几个村民共同走上致富路。

难怪邓艳康说：“陶书记功不可没！”

因灾致贫占半成。半成，数小不起眼，但对于并不富裕的村民而言，是压死骆驼的最后一根稻草，无疑天塌地陷。邓战军的故事接地气，有嚼劲。邓战军是一个苦命之人，上有老母亲，一日三餐，需要照应；下有一女儿，正读大学，需要供养。但命运并没有垂怜这一家子。2016 年 7 月，一场泥石流，不仅冲毁了他的房屋，还毁灭了家中的一切。无钱建房，无地建房，全家居无定所，连女儿都有辍学的可能。看着他那窘境，连村上的狗都摇头叹息。百姓无小事。陶广昭立即为他申报易地扶贫搬迁指标。在得到 8 万元建房补偿金后，陶广昭又开始忙前忙后为他操心建房的事。

难怪邓战军说：“陶书记功不可没！”

房子是一个男人的人生大事，它牵扯的人与事满屋子装不下。在严家庄易地搬迁、危房改造过程中，启动资金不足是普遍难题。放弃，成了大家无奈的选项。扶贫的本义，就是千方百计帮助贫困户享受政策利好。关键时刻，困难之时，总能出现陶广昭的身影。他先跑施工方，再跑材料方；先说情况，再说原因；先做担保，再作承诺，推动了项目顺利进行。

节骨眼上，再添变数。4 户改造房不知何故，鉴定为无须危改。一头是村民，一头是上级。有人打退堂鼓，有人想看大戏，好事成了烫手的山芋。村民的事就是自己的事，这是中远海运人的血性使然，陶广昭第一次发了火。担责如何？处分又如何？不论二次鉴定结局如何，都无法阻止他心中燃起的那团火。在他的再三坚持下，4 户改造房重新鉴定为 D 级危房。如此举动，无异于严寒里划亮了一点星火，众人添柴，热情高涨。短短两年时间，25 户旧房维修改造大功告成，9 户拆旧建新补贴资金全部到位。

他们虽然十分苦命，却又十分幸运。难怪大家说："陶书记功不可没！"

望着严家庄村舍楼宇，我心想，不论是驻村帮扶干部，还是易地搬迁户，心中肯定别有一番滋味。此刻的搬迁已不是单纯意义上的建房造屋，一个"家"，关乎诸多细枝末节，烦琐中藏着许多深意，让大家一阵忙碌之后，在一杯茶、一支烟、一个回眸中，慢慢体会着它的完整与幸福。

这世上的事，还就怕认真。只要一较真，一切都会真。

两年半时间，近一千个日日夜夜，硕果累累。陶广昭带领大家不仅培养了一批先进、塑造了一帮典型，扶贫工作出现前所未有的大跃进：2016 年当年就脱贫 9 户 40 人；2017 年又脱贫 14 户 54 人；2018 年乘胜追击，再脱贫 79 户 320 人。2019 年，严家庄村成功退出贫困序列。村党建工作更是上台阶，各项工作夺全镇之冠。

面对如此业绩，第三方考核验收组组长当场感慨："这个村第一书记工作扎实，了不起！"

或许是不期而遇的缘分，让我瞬间感悟到一个人的价值和生命的意义。采访结束，我忍不住打电话给陶广昭。电话那头，手与键盘的奔跑声，与他高亢的话语在演绎着工作的繁忙，他轻描淡写："值了！"我知道，人到中年的陶广昭，同样肩负着为人父、为人夫、为人子的责任。一句"值了"的背后，隐藏的是一个巨大的艰难付出，向大家展示的却是一种品格、一种力量、一种精神！

离开村庄，脑海中突然产生一个奇怪的念头，能否来严家庄村，做一回贫困户，体验一下扶贫干部们"为人民服务"的生活！

六

第四天早饭后，我赶往县扶贫办采访。主任失约，又外出扶贫迎检。没有客套话，八张嘴，一个调，扶贫事……会议进行一半，一个不好的消息传来，主任晕倒在检查现场。惊愕、悲伤，一股脑儿扑向大家，沉默如金，会议提前结束。忍不住乱想，怎么回事？他怎么了？现在情况又如何？同壕作战的队友，像硬物撞了他的腰，令徐国信不安起来，电话不通，他遂“命令”秘书小郭及时跟进……

扶贫采访依然进行。马不停蹄，重新约定龙塘乡领导，大家提前到柏溪，交流扶贫安化笋竹产业发展之事。终究不是演员，内心的不安，终究未能逃过大家的眼光。说明原因，影响一片。令人欣慰的是，没多久，小郭告知了一个大概，主任可能是因低血糖而晕倒，说是救护车到了，正在接受治疗。

做扶贫工作的人，都是火烧火燎的，四处赶事忙事，不吃早餐，也算正常。

赶到柏溪，已近中午。一下子拽去目光的，是柏溪竹业办公室里的几张老旧沙发，多是平价市场货。两长两短沙发之间，一张茶几，酱色陈铺。有朋友自远方来，烟茶相待，可见老板黄昶见识与爱好。小二黑似的他坐在对面，把朴素的沙发压得结结实实。办公室未过10平方米，没有多余的转身回旋余地。屋内的简单和简约陈设成就了一个真实的判断：这个老板不凡，做事干净、利落。

龙塘乡夏玉忠书记从乡里赶过来，说事情多，得挤时间去做，乡村建设、项目扶贫、招商引资、河道治理、党建工作，样样不能拖后腿。不找人开会，不查看现场，他心中不踏实。他又说，徐县长又来现场，为乡里的竹产业操劳，就是坐火箭也得赶过来。

墙边一个柜式空调，罢工了好久，正加足马力驱赶着室内的热气。黄昶一头汗，一口气说了许多竹事，像一个短跑运动员，要用最快的速度跑过面前所有的障碍。

“砍竹，你得进山；进山，你得修路；修路，你得请人……

过去，农民想用钱了，上山砍几根，换几包盐，买几包火柴，没人管你。现在不行，厂里机器一转，马上需要竹子……

厂门一开，我得给帮扶的乡民们开工资。三天打鱼，两天晒网，竹子跟不上，影响订单，谁跟你做生意。再好的产品，恐怕都无人问津。”

短沙发之间放有一个奖牌，字闪着金光，表明主人对安化县扶贫工作的贡献。看来这是他内心的真实写照！坎坷竹业路，承载着理想坚实地伸向远方，与时间同行的不只是事业，还有这位中年男人自成的品格和纯粹。

事如竹节，从根到梢，有大有小。听的人跟他一起着急，出汗。平静的背后，明显感受到了狂风前枝叶扭动的气息。疫情影响，出口受阻，复工复产，乡里一清二楚。夏书记不停地写着记着，上有千条线，下有一根针，现全堆到了他这儿。他不时望一眼对面的副县长，盘考着如何让龙塘成为名副其实的竹乡……

徐国信边听边问，没有埋怨，没有推诿，没有你我他，心中有的只是：我们怎么办？黄昶的话，像印度洋上的8月季风，每一句都令他心起波澜，心急火燎，寻思着症出何处和治愈良药，黑眼圈后的脑海在深山竹林里游动……

绿色，是一种充满希望的颜色。

2019 年，在上海。湖南省委书记杜家毫与中远海运党组书记、董事长许立荣在集团共同出席战略合作框架协议签约仪式。杜家毫书记谈如何加大在湘竹资源开发合作力度；党组书记、董事长许立荣谈如何抓住扶贫工作新机遇，使双方合作更上新台阶。

事关千秋大业，深度合作，更上一层楼，谁人不上心！

事实上，双方协议的签约，并非空穴，竹源巨大，是有数据的。问题是，在这片茂林修竹的土地上，如何有效推进？如何落地生根？如何让安化人民生活再上一层楼？

盘点竹的一生，是一个不断砍伐、不断成长、不断壮大的过程，有着不一般的中国传统文化含义。眼前之事，若没有胸有成竹般的坚韧品质，没有敢教日月换新天的英雄气概，没有不破楼兰终不还的肝胆冲劲，恐怕将一事无成。

能否将山里的资源变为山外的产业，答案自在话语中。“咱们共同发力，把这事一定给办好！”徐国信再三叮嘱。古道热肠的百姓扶贫事，令人生发的感动，在胸腔久久回荡。

想法有了，可推动想法落地，并不那么容易。离开厂区，行走在乡村小道，眼前被一大片深绿浅绿笼罩着，绿的竹林、绿的茶园、绿的稻田、绿的树木，点缀在周围。心随风翻滚起浪，便有了层次，有了分量。

不远处，一个新型竹业生产项目基地正在这片绿色的土地上生根。夏书记指点江山般的描述，在我脑海中勾画出一幅田园式厂房画面：秋高气爽，山坡上的竹海波澜壮阔，风儿穿梭其间，响起诱人的音哨；成排的竹竿，迫不及待顺着山坡向下滑行，炫耀着自己结实的身姿；

工厂里，一条条竹排布满工作台面，等待那刀锋刻骨的洗礼，重生出竹板、竹筷、竹筐、竹匾等有现实意义和文化意象的产品。

七

午夜，万籁俱寂，唯有虫鸣敲打着门窗。辛苦几日，大家都已道别，期待明天的日出。回味几天见闻，兴奋得难以入睡。

美丽的城乡、朴实的百姓、神奇的黑茶、独特的文化，一心为民的中远海运扶贫干部，扶贫摘帽、脱贫攻坚、后续工作，“两个一百年”奋斗目标，还有许许多多……在脑海中一一浮现。

历史担当，彰显中远海运人的情怀。安化化蛹为蝶，日新月异，进一步明证了习近平总书记治国理政的本质所在，更折射出中远海运人在安化这方土地上百舸争流的坚定步伐。

十年来，在安化，他们始终牢记习近平总书记的嘱托，认真按照集团扶贫工作总体部署，奋发努力，将满腔的工作热情全部奉献给了安化人民！

十年来，在安化，每天都是扶贫会战、脱贫攻坚的冲刺阶段，他们奋斗的身影愈加忙碌，将心中的无私与大爱，留在了茶园、留在了校园、留在了城乡、留在了安化的每一寸土地上！

十年来，在安化，他们是一群追求远大抱负的筑梦者，困难面前不后退、危险面前勇敢上，给我们留下了许许多多可歌可泣的故事！

请让我们记住他们：苗圣英、宋新建、杨敬茂、罗健、王文召、杨惠兴、陶广昭、蔡华建、徐国信，还有给予默默支持的无数中远海运人。

脱贫摘帽，不是终点，而是标志着一个新的开始。要确保这个成果，可谓任重而道远。中远海运再次发声，追加帮扶资金 1000 万元，认购扶贫产品 100 万元，向安化县第二人民医院捐赠负压救护车。如此从容，让我们感受到了中远海运人的大爱。这种大爱，就是助力安化百万儿女，一起认真践行牢记嘱托、同舟共济、共同富裕的誓言。让安化人民时刻都体会到，中远海运人，你来得正是时候！

本文作者：**米军喜**

笔名远洋阿木。祖籍江苏。中国作家协会会员、中国远洋海运作家协会主席、佛山市作家协会理事、中国散文诗学会会员。

近年来，专著以大海为背景、船员为体裁的文学作品，先后在国内报纸杂志发表各类文章数百篇，近百万字。多篇散文诗入选中国年度作品集。出版有长篇小说《海缘》、短篇小说集《海语》、散文诗集《海风》，合著报告文学《中国魅力雄关》。多篇散文、报告文学获奖。先后荣获广东省职工艺术家、佛山市第二届文学奖创作奖和佛山文学 60 年优秀作家等殊荣。

湖南·沅陵

老院子客栈

“远航 · 追梦”中远慈善基金会、为中国而教
湖南沅陵志愿者支教项目启动仪式

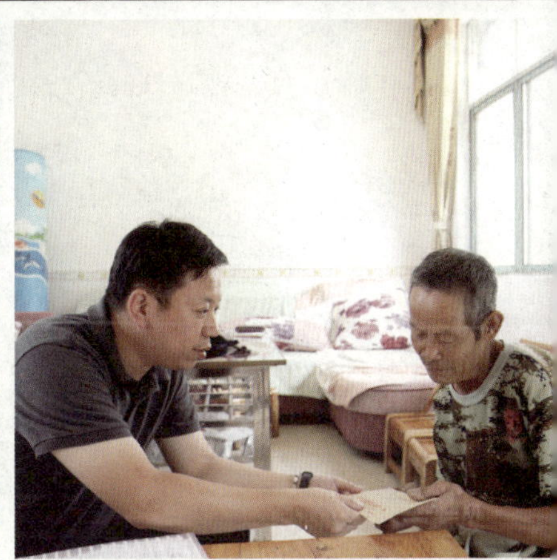
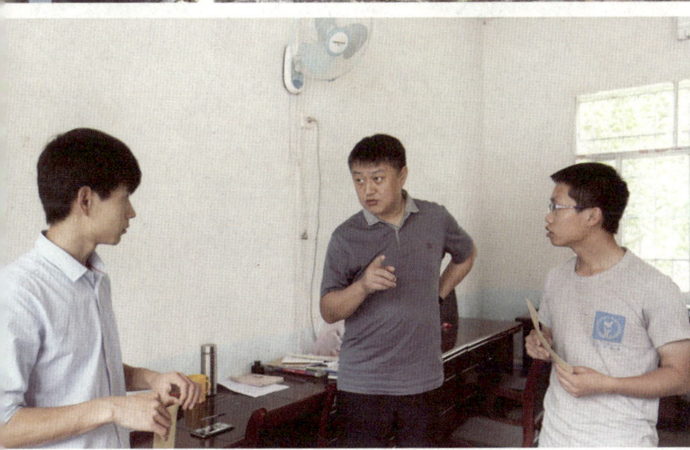

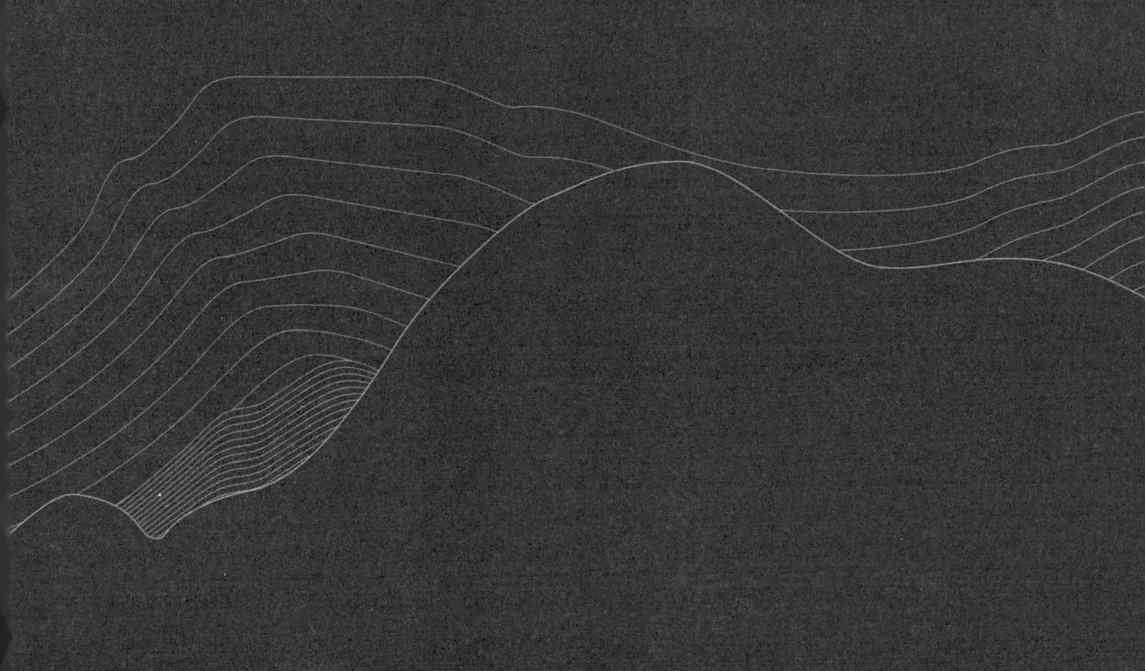

习惯了劈波斩浪的航海勇士们，义无反顾地走进了沅陵的河流山川。

一诺千金 十载『航程』

楔　子

“呦吼，咿儿呀……”一声高亢铿锵的沅水号子，呼唤出一个历史悠久、美丽古老的湘西名邑——沅陵。沅陵，地处潇湘西北、沅水中游，战国属楚黔中地，汉代开始长期归辰州管辖，5852 平方公里面积居湖南各县之首。“上扼川黔，下蔽湖湘”，沅陵素有“西南要塞”“湘西门户”之称，历史上长期为郡、州、路、府、道和湘西行署治所，曾是湘西地区的政治、经济、文化中心，故史有“辰安则楚安，楚安则天下安”之说。一个繁华如此、荣光如斯的历史名邑，却在近代的发展进程中放缓了脚步、黯淡了风华，成为武陵山连片特困地区中的国家级贫困县。全县有 153 个贫困村、32674 户贫困户、113710 名贫困人口……贫困程度深、致贫因素多、脱贫难度大，“老、少、边、穷、困”成为压在沅陵人民心头的座座山，也成为沅陵脱贫攻坚路上亟待逾越的条条壑。

历史的指针划向 2017 年 10 月 18 日，中国共产党第十九次全国代表大会在京开幕，开启了举世瞩目的“决胜全面建成小康社会，夺取新时代中国特色社会主义伟大胜利”的新征程。大会明确地指出：“确保到二〇二〇年我国现行标准下农村贫困人口实现脱贫，贫困县全部摘帽，解决区域性整体贫困，做到脱真贫、真脱贫。”

在脱贫攻坚这一关乎全面建成小康社会的关键战役中，“国之脊梁”的中央企业中远海运集团责无旁贷地扛起了“扶贫”重担，是责任，也是使命。集团党组书记、董事长许立荣亲自传达党中央关于决战决胜脱贫攻坚的指示精神，要求严格按照忠诚、干净、担当的标准，选拔能吃苦、肯奉献的高素质人才，输送到扶贫助困的一线岗位。经过集团层层遴选、点将布兵，十年间中远海运集团先后为沅陵输送了 6 批 6 名县委常委、副县长，2 批 2 名驻村第一书记，成为沅陵决战脱贫攻坚、决胜全面小康的中流砥柱。曾经习惯了劈波斩浪的航海勇士们，义无反顾地走进了沅陵的河流山川。自 2010 年启动扶贫工作开始，中远海运集团一举拉开了扭转沅陵贫困局面的大幕。

十载春秋，这些老百姓心里最可爱的人，在沅陵的山水之间，用“大船”拉动“小船”，扬起“共同富裕”的风帆，让沅陵这艘“贫困之舟”脱胎换骨，带领当地百姓泊入全面小康的幸福港湾，驶出新时代里告别贫困的历史性“航程”！

一、扬帆启航

湘西的山路蜿蜒曲折、延绵不绝，在这样的惊险与秀美之间，隐匿着大大小小的各式村寨，借母溪村便是其中之一。借母溪村位于湖南省沅陵县西北隅，地处云贵高原向江南丘陵过渡的第二级阶梯，独特的地理位置成就了独特的自然风光。北纬28° 的借母溪，巉岩高耸、涧水幽蓝。大自然的鬼斧神工造就了罕见的沟谷原始森林，使借母溪成为令人向往的避暑胜地和国家级自然保护区。但与此同时，偏远的地域环境、恶劣的交通条件，严重阻碍了这里与外界的联系。代代村民们祖祖辈辈守着令人艳羡的绿水青山，也守着一如既往的贫困落后。古老的借母溪，美得让人心动，却穷得令人心痛！

千百年来，借母溪人渴望改变，但环顾四周的崇山峻岭，连出村赶集都要走上五六个小时的山路……无力、无助、无望，除了低头徘徊就是仰天叹息。“有路不走借母溪的山，有女不嫁借母溪的汉。”满天乌云不下雨，眼里无泪却想哭。年复一年，“绿”与“穷”拧成的扣儿，结在了百姓眉头，更结在了百姓心头。俗话说得好，难解的疙瘩易解的扣儿。但真要解开这个扣儿，又谈何容易！

由于道路不通、出行不便，生活在借母溪深山里的人们，与外界山隔水绕，日日年年复刻着“只闻山里事，不知山外殊”的生存模式，“交通靠走、通信靠吼”是山民们最真实的生活写照。春天来了，养几箱蜂；夏天来了，捉几条蛇；秋天来了，采些瓜果；冬天来了，打点野味。相较于日子的清贫，更要命的是，即便种植或捕获一些山货，却要肩挑背扛到几十里山路外的明溪口或筒车坪集镇去买卖交易。现在已经鲜见的柴刀，却是当地村民们出行的必备用品。

“为啥？”

“边走边砍野草刺，才能走得通的嘞！”

习惯了“地无三尺平”的当地村民符元生把自己的“行路经”告诉中远海运集团派驻到沅陵挂职的首位扶贫干部、沅陵县委常委、副县长——唐旭东。

每逢雨季，借母溪就呈现出一片“风吹篱笆雨洗窗，遍山浊水混泥浆”的景象。坑洼泥泞的砂石野路变身“水泥路”，村里但凡有人出行，必然是一脚趔趄一脚滑，一身脏水一身乏。“风吹雨打借母溪，山高路险人迹稀；早出挑柴换油盐，晚上归家日落西。”当地的民谚一语中的。交通，成为借母溪发展最大的“拦路石”！

欲解开“绿”与“穷”拧成的扣儿、清除脱贫路上的障碍，必先自“足下”而始。要致富，先修路！开山辟路——不只是借母溪人祖祖辈辈的期盼，更是中远海运沅陵扶贫工作队首任队长唐旭东肩负的重任。面对一座座山、一重重坡、一道道坎、一条条河，初挂“帅印”的北方汉子唐旭东，带着出征的决心与热情，顾不上初来乍到的人生地疏，也顾不上南北差异的水土不服，更顾不上远别家人的离散之苦，刚一上任就马不停蹄地全方位考察借母溪的山情水况。他与工作人员们一路跋山涉水，从明溪口进山，过袁耳坪，取道陈家溪，沿溪而行进入借上、借下、金竹溪，翻越娘娘岗，穿越雄溪，再走千塘湾，直至洪水坪……磨出血泡的一双脚板，踏遍了借母溪的三垭、四溪、八垴、二十三个湾、六十二条沟、八十一岭尖，丈量了借母溪的山山坳坳、沟沟坎坎，也收获了借母溪村民的信任和好感。

“群众的困难，就是我们的担当；群众的诉求，就是我们的责任！”为了掌握第一手资料，真正了解借母溪当地民之所想、民心所向，唐旭东发扬航海人敢闯敢拼、敢打硬仗的精神，在最短的时间内，以最高的效率，走访群众 180 多人次，召集村民座谈 420 多人次，召开村组干部会议 220 多人次。“乡亲们，你们是这个世界上最富有的人。因为你们背靠着美丽的‘绿水青山’，守着上万种珍稀的动植物，漫山遍野都是宝。这是祖辈留传下来的财富，我们要加倍珍惜，保护好环境、利用好资源。只要把路修通了，不久的将来，咱们借母溪就是一座黄金‘宝岛’。”这是唐旭东召开第一次群众大会时掏心窝子的一席话，也是暖到乡亲们心窝子的一席话。

中远海运人，一言九鼎，雷厉风行！依托中远海运集团雄厚的人、财、物支持，围绕通路、通电、通水、通信、通广播电视“五通”目标，唐旭东亲力亲为，讲干了喉咙、汗湿了衣衫。短短两年时间，组织村支两委和群众代表一起协商规划，跑项目，拉资金，争取到多方协助和各界支持。面对道路测绘、征地拆迁等修路过程中最棘手的问题，唐旭东“磨破嘴、跑断腿”，用诚意化解了一桩桩纠纷，用真心赢得了当地百姓的理解与尊重。

“千淘万漉虽辛苦，吹尽狂沙始到金。”唐旭东带领借母溪人神话般地开凿出一条长达 27 公里的巡护步道，以咬定青山不放松的韧劲儿啃下了公路建设的“硬骨头”。

行路难！行路难！多歧路，今安在？

寒来暑往，悠悠十载，中远海运扶贫人一棒接力一棒，陆续完成了洪水坪至千塘湾 6.37 公里的旅游公路拓宽改造，千塘湾至胡子溪 4.2 公里消防公路建设，37 公里村组人行道和 5 座危桥改造。从无到有、从旧到新，一条条路横空出世，一座座桥精彩亮相。昔日借母溪，山势连绵、令人兴叹，“连峰际天兮，飞鸟不通。游子怀乡兮，莫知西东”。但在如今的航拍镜头中，只见苍松翠柏间，路网延伸，车辆驰骋。往来借母溪的人们行走在顺畅平坦的路桥之上，不由得感叹在大自然鬼斧神工的山水之间，能够实现“天堑变通途”的人之伟力。

“空余峭壁千年在，未信丹砂九转成。……年来夷险浑忘却，始觉羊肠路亦平。”

条条公路，如道道飞虹。既是路，又不仅是路。它们是沟通山里山外的致富通渠；是承载村民美好愿景的幸福源泉；是通往和谐安宁的平安保障；是连接扶贫者与被帮扶者的化雨春风；是中远海运这艘“船”和沅陵借母溪这座“山”，山海相连、血脉相系的永恒见证。

莫言青山多障碍，万岭千峰总关情。山里的路通了，脱贫致富的路尚漫漫修远。扶贫济困，如同爬山蹚河，须一步一个脚印，上下求索。作为中远海运派驻沅陵地区的首任扶贫干部，唐旭东坚守着一个扶贫者的承诺，也肩负着贫困民众的重托。“路虽远行则将至，事虽难做则必成”，在唐旭东身上始终有这样一股子劲头儿；“走好选择的路，别只选择好走的路”，在唐旭东心里笃定有这样一种坚持。因着这份坚持和这股子劲头儿，唐旭东被当地老百姓敬称为——“降山神”！

作为古代荆楚之地，沅陵至今仍保留着信鬼敬神的旧楚遗风。其中，以巫傩文化为最。巫傩文化是沅陵民间文化的基石，被誉为东方戏曲艺术的活化石。“敬傩神、还傩愿”，是沅陵古风气息最浓郁的一种民俗活动。“降山神”，是巫傩文化中被世人敬仰的一位重要神灵，是智者、尊者的化身，懂天文、晓历法、知阴阳、明八卦，为世人祈求五谷丰登，对自己毫无私心私利。因此，“降山神”是沅陵人心中最敬重的一位神灵。

以“降山神”来尊称唐旭东，足见这位来自中远海运的首位扶贫人在当地百姓心中的分量。

打铁还需自身硬，扶贫还要自身刚。在扶贫路上历经锤打淬炼的“降山神”唐旭东心里清楚，天上不会掉馅儿饼，扶贫不能拍脑袋。扶贫工作不是请客吃饭，不能搞花拳绣腿。干得好，老百姓买账；干得不好，老百姓骂娘。两年光景，唐旭东用一言一行践行扶贫助困的初心，凭满腔真情履行为人民服务的使命。金杯银杯，不如老百姓的口碑；金奖银奖，不如老百姓的夸奖。借母溪的乡亲们打心眼儿里感激这位中远海运派过来的好领导、好干部。在唐县长的带领下，借母溪人苦也不觉累、难也不后退，大家伙儿只认准一个理儿：山高水远路难通，修路跟着唐旭东。

修路，自唐旭东而始。十年后的沅陵，不仅实现了乡乡通柏油路、村村通水泥路，连村组内部都通上了“硬化路”。借母溪的村民符元生停好小货车，打开小喇叭，山路上响起瓜果叫卖声。“路通了，出家门给镇上送山货，就是一脚油门儿的事，落雨都不用穿胶鞋。柴刀早就变成‘文物’啰！”满足的笑容挂在他曾经布满愁容的脸上。

山里的日子长，挨饥挨寒挨不到边；山里的日子短，一支山歌一袋烟。两年光景，弹指挥间，唐旭东在沅陵挂职扶贫的任期结束了。回忆起风里来、雨里去的700多个日日夜夜，对唐旭东而言，留在这片沃土之上的，除了青春与奉献，还有深深的眷恋。这位扶贫路上铁打的汉子，这位面对困难毫不畏缩的“降山神”，这位不恋都市繁华、一头扎在借母溪深山的领路人，这位在孩子哭着喊着“爸爸别走”时没掉泪的父亲，却在告别沅陵这一刻，湿润了眼眶。男儿有泪不轻弹，只因未到情深处。眼前的河流山川因泪水婆娑而逐渐模糊，心里的乡土人情因牵肠挂肚而愈加深刻。既然选择，便倾力热爱！

鲁迅先生在《生命的路》中曾经提道：“什么是路？路就是从没有路的地方践踏出来的，从只有荆棘的地方开辟出来的。”脱贫致富路，书上抄不来、别人送不来、凭空想不来，只能靠自己植根实践走出来。如何化地区贫困的压力为山乡发展的动力？道路千万条，管用第一条！经过从理论到实践的反复探索，一个适用于借母溪当下实际、也着眼于未来发展的扶贫工作思路形成，即：强基础、壮产业、兴教育，扶持一个村、带动一个乡、扩展一个县。

十年后，一直在“贫困陷阱”里仰天长叹的借母溪，一跃成为远近闻名的生态文明村、富裕示范村，一道道“绿水青山”变成了一座座“金山银山”。中远海运坚持不懈以实际行动积极响应党中央“消除贫困、改善民生”的号召，深入沅陵，纾贫解困，成功走出了一条在“大湘西”帮助偏远艰苦地区脱贫致富的“新路”。

二、砥 砺 领 航

小康，自古以来就一直承载着中国人民对安居乐业、幸福生活的美好期待。这种期待，穿越数千年的时光，不仅没有因时间的流逝而衰减，反而随着时间的沉淀而愈加强烈、愈加殷切。在所有推动“小康”这个恒久梦想实践的力量中，自己的双手和勤劳的奋斗最为关键——它不仅决定当下，更昭示着未来。

肩负着实现沅陵人民“小康梦”使命的中远海运人，踏上了定点帮扶贫困地借母溪这片热土，未及拂去奔波的风尘，便怀着对天地自然的敬畏、带着对贫困根源的探寻，郑重而真诚地揭开了借母溪的神秘面纱——

步入借母溪郁郁葱葱、流水潺潺的大山深处，形态各异、苍劲的古树随处可见，或似凤凰归巢、或如蛟龙闹海、或像神女翩跹、或若仙人卧眠，密密匝匝、层层叠叠，树荫蓊郁、不露天日；淌过缤纷落叶、摩挲五彩细石，急流成瀑、缓流成潭的溪水尽入眼底，绵绵温情、潺潺纯粹、浑然天成。古藤老树长尾雉，沟谷流水有人家。由于沟谷植被的演化，借母溪形成了一种以沟谷森林为主体的植物群落，起源古老、物种繁多、林相齐整、稀有丰富，是湖南省乃至全国“天然标本”最集中、最齐全的“动植物天堂”。与美丽“天堂”极不相称的是，当地老百姓的生活状况：房，是披着杉树皮的老破吊脚楼；田，是山脊涧底巴掌大的“冷浸田”；地，是用岩石砌成高坎儿才能蓄得住的土壤；人，是收成靠天、勉强温饱的渔民、猎户和庄稼汉。

为了保护生态长久安澜，2008 年借母溪被划定为国家级自然保护区。从此，“靠山吃山、靠水吃水”的村民们，柴不能砍了，蛇不能捉了，猎不能打了，鱼不能捕了，药材不能采了。借母溪全村 10 个村民小组 187 户 722 人的生活陷入更加空前的困顿之中，年人均收入不足 890 元。

雄浑的崇山峻岭，欢腾的溪流河川，让扶贫队员们流连忘返；原始的农耕劳作，简陋的锅灶屋檐，又让他们深深震撼。

惊艳于美，惊愕于穷！

乡亲们守着如诗如画的绿水青山，手里却捧着空空如也的贫困饭碗。穷，如同周围的一座座山，既然迈不过、绕不开、躲不掉，那就来他个——愚公移山！

沅陵：一个美得让人心痛的地方

“工欲善其事，必先利其器。”产业，就是“移山”利器。如何利用好产业这把利器，移掉压在头上的贫困之山？

通过实地走访和深入调研，扶贫队员们发现，除了常见的基础设施落后等贫困原因，借母溪村民信息闭塞、缺乏改变现状的意识、没有叫得响的致富产业、没有示范性致富带头人，是致贫根源所在。

扶贫，是时代符号，也是时代要求，是共产党人践行初心的时代征程，是中远海运履行使命的时代“航程”。空谈误国、实干兴邦，只有撸起袖子加油干，才能建成全面小康。

干！怎么干？

食为政首，粮安天下。不能让开发毁了环境，也不能让保护亏了百姓。贫困地区，饿着肚子安能护住生态？瘪着袋子焉能守住青山？思路决定出路，格局决定结局。中远海运人运用扶贫智慧、顺应山水自然，在实践中摸索、在经验中总结：建强一个班子，引领发展；筑牢一个底子，夯实基础；探索一条路子，富民兴村；创新一种法子，激发内力。唯此，方能干得对、干得好、干得漂亮！

好日子是干出来的。村看村、户看户，农村富不富，关键看干部。为了让村、支两委干部带头致富，扶贫工作队顾不上节假日休息，一次次地带领他们外出学习，拓展思路，从培训方式提高信心，以投入资金作为保障。采取以会代训、选派和组织外出考察等方式，先后到吉首十八洞村和贵州江口县寨沙村学习考察村庄整治与农家乐建设经验，开阔眼界，启发思维，催生致富能力。

更新观念与时进，转换思路天地宽。在工作队的帮扶下，居住在借母溪自然保护区旅游景区东大门千塘湾组的村支书符星艳，率先开办农家乐，年收入达 40 万元以上；借母溪自然保护区核心区的村支部委员符星龙建起农家乐，年收入在 30 万元以上；具有一定茶叶基础的冒古洞组村主任吴显本，发展茶叶产业，年收入达 15 万元；交通不便但资源丰富的黄腊溪组的村专干孟迎香，加入养蜂的“甜蜜事业”，年收入也达 6 万元以上。

如今，借母溪村、支两委干部人人有产业、个个做引领，“头羊效应”凸显。“沧海横流显砥柱，万山磅礴看主峰。”有了“致富带头人”的率先垂范和“先富”试点的成功经验，中远海运扶贫工作队帮助村民因地制宜，先后成立养蜂专业合作社和蜂业有限公司，组建借母溪农产品购销合作社和借母溪农产品开发公司，采取“公司 + 协会 + 大户 + 农户”模式，实行产业化经营，破解村民产销难题。对产业大户、一般农户和贫困户，分门别类进行全方位、多层次、多形式的扶持，实现从“输血”到“造血”的转变，避免扶贫帮困的“花架子”，找到脱贫致富的“金点子”——

帮助发展农家乐

发展乡村旅游，新建农家乐

对产业大户，通过以奖代补的方式，提高大家的种养积极性；聘请专家上门培训指导，提高专业技能；积极与企业合作解决滞销难题。现在，借母溪村几乎每个村民小组都有一个产业大户，收入颇为可观。杉木洞组被称为“采花大盗”的张忠美，养蜂达 280 箱，年收入超过 20 万元；借上组的农家乐带头人孟健全，一次性可接待游客 100 人以上，年收入达 25 万元；塘盘组养蜂大户吴少雄养蜂 60 箱，年收入 5 万元以上。

对一般农户，重点开展种养项目帮扶。根据实际情况，扶贫工作队引导和鼓励一般农户发展与农家乐、蜂蜜、茶叶三大产业相关的种养殖业。借下组村民符国林在工作队的帮扶指导下，开办农家乐、养殖中蜂，两项年收入可达 6 万元以上；千塘湾组村民符太照养殖山鸡约 3000 只，年收入可达 10 万元。

借母溪村民的生活

推动发展养蜂产业，成立养蜂公司

扶贫干部与借母溪养蜂带头人张忠美

对于没有劳动力的贫困户，采取以资金补助和实物捐赠的方式给予资助；对于有劳动力的贫困户，鼓励发展农特产品种养殖业，并将项目细化到户，采取“一对一”的方式，责任明确到工作队成员和村、支两委干部。通过精准帮扶，借下组贫困户符竹林养蜂养鸡，年增收1.5万元；胭脂塔组张开明养猪养鸡，年增收3万元以上；冒古洞组吴高喜和千塘湾组符毅洲养蜂，年增收2万元以上；金竹溪组李永胜养羊，年增收达4万元以上。

“国之兴也，视民如赤子；其亡也，以民为草芥。”困难群众，既是脱贫攻坚的帮扶目标，也是实现脱贫胜利的力量源泉。全心全意为贫困民众服务，就是践行党的宗旨，就是履行共产党人的使命初心。

农村党员是脱贫攻坚的“排头兵”“主力军”，是“永不撤走的工作队”。中远海运集团从“巩固党执政的阶级基础和群众基础、保持党同人民群众血肉联系”的高度出发，以“舍我其谁”的责任担当，十年来为沅陵本土培养了一批农村党员，使他们成为脱贫领路人、产业带头人、科技明白人、市场经济人和群众贴心人。

“满眼生机转化钧，天工人巧日争新。”中远海运不仅展现出远洋人顽强的作风和拼劲儿，更创造性地发扬了航运人守正创新、勇于开拓的精神。扶贫期间，工作队大胆创新“两项制度户”扶贫方式，对借母溪村“两项制度户”16户57人贫困对象，在不动用原有国家给予“两项制度户”补助的前提下，从扶贫资金中按照人均1300元的标准专门安排部分资金，以股金的方式投入到借母溪蜂业有限公司参股分红，使每年人均至少可获得400元红利。工作队的大胆尝试与创新，使得有限的扶贫资金发挥出了更大的扶贫效果，为精准扶贫探索出了一条新路，为“两项制度户”的早日脱贫提供了宝贵经验。

借母溪乡党委书记向锋满怀敬意地说："中远海运集团在借母溪扶贫，做了很多实事。工作人员不怕苦不怕累，一心扑在工作上，真正做到分门别类、分层实施、分兵突围，通过发展生产脱贫一批、易地搬迁脱贫一批、生态利用脱贫一批、发展教育脱贫一批、整体入股参与脱贫一批，让借母溪走上了脱贫致富奔小康的快车道。"

天将降大任于斯人也，必先苦其心志，劳其筋骨，而后方得以动心忍性，增益其所不能。上天给了中远海运人扶贫助困的一份责任，也赋予了他们创领未来的一份智慧。扶贫一任，造福一方。一任接一任的中远海运扶贫人，用他们的赤诚，深情地叩问沅陵借母溪这片古老神奇的土地；用他们的智慧，打破"经济不生态、生态不经济"的怪圈，科学处理"零和博弈""效率与公平"，多措并举、多轮驱动、多元推进，让贫困群众获得幸福，让幸福指数不断提升。

口袋鼓囊囊，精神亮堂堂；日子兴旺旺，山乡美洋洋。在征求民意、集思广益的基础上，中远海运扶贫工作队会同村、支两委，制订了借母溪村规民约，建立了严禁乱砍滥伐、乱挖滥采、乱捕滥捞、乱搭滥建等十二条行为规范，并相继配套出台了《借母溪村建设扶贫工作规划》《借母溪自然保护区村庄整治规划方案》，确保"不破坏一草一木、不污染一溪一河、不猎捕一禽一兽、不滥捞一虾一鱼"，切实守住"原生态"这张珍贵的标签。

"绿水青山映彩霞，乡村处处书佳话。"扶贫工作队依托借母溪国家级自然保护区的资源优势，紧锣密鼓地开展以"治脏、治乱、治差、改水、改厕、改圈、改厨、改栏"为目标的乡村"美化、净化"工程，致力打造"美丽借母溪"。勠力同心，其利断金。借母溪上下拧成一股绳儿，清路障 12 公里，清沟渠淤泥 3000 米，建沼气池 10 座，安装节柴热水灶 52 台，改水 7 个，改厨 60 间，改栏 40 间，改厕 65 间。2016—2017 年，中远海运助力借母溪发展，投资 40 万元实施亮化工程，安装太阳能路灯 100 盏；投资 120 万元实施美丽乡村工程，使 177 户农房“穿衣戴帽”焕然一新；投入 240 万元实施景点基础配套设施建设工程，修建了千堂湾游客接待中心、西门游步道、中远幸福桥、望母亭、鸽子花桥、观光休闲亭，恢复了水碾房，优化了狃花文化广场等多处设施。

借母溪美丽乡村建设

山还是那座山，梁还是那道梁，告别了麻油灯的丁点儿亮，借母溪凤凰涅槃，牛铃摇春光。不是天堂，胜似天堂。

在借母溪老百姓心里，来自中远海运的这些“山外来客”，给借母溪带来缕缕春风、滴滴甘露，为当地的快速发展注入了不竭的动力，使曾经遥不可及的“小康梦”变得触手可及。小康，这个纵贯千年的美好理想、激荡百年的奋斗目标，如一轮朝日喷薄而出，已令东方既白。

中远海运幸福桥

三、接力续航

脱贫攻坚，绝非一蹴而就、一劳永逸，需要久久为功的韧劲儿，更需要扶贫干部持之以恒的付出。要改变长期积弊深厚的落后贫困地区面貌，扶贫干部需要承受的压力、付出的辛劳，远非一般人所能想象。罗曼·罗兰曾言，每人心中都应有两盏灯光，一盏是希望的灯光，一盏是勇气的灯光。有了这两盏灯光，我们就不怕海上的黑暗和风涛的险恶了。中远海运扶贫队员们，续力擎起心中的灯，照亮沅陵脱贫的路。

中远海运集团自2010年定点帮扶沅陵县以来，共派出任县委常委、副县长的挂职干部6批6名，派出驻村第一书记2批2名。风雨十载扶贫路，人间正道是沧桑。中远海运扶贫队员们矢志不渝、赓续传承，始终坚持“扶持一个村，带动一个乡，扩展一个县”的总体思路，“强基础、壮产业、兴教育”，以“功成不必在我、功成必定有我”的精神，无怨无悔地投身于借母溪脱贫攻坚工作。

无业难富，无业不稳。产业扶贫作为脱贫攻坚的根本之策，蕴含着强大而深刻的动能。不解决贫困地区的产业发展，不解决贫困人口的长期就业，扶贫便如同“隔靴搔痒”，结果往往是“一夜跨过温饱线，三十年迈不过富裕坎儿”。

为了让借母溪实现“真脱贫、脱真贫”，从根儿上解决扶贫工作的“心头之患”，中远海运在扶贫过程中牢牢牵住产业这个“牛鼻子”，从更深层次上培育和发掘产业扶贫的活力，将扶贫工作由浅层意义上的输血式、粗放式、被动式、救济式、分散式，转变为深入的造血式、精准式、参与式、入股式、整体式。通过摸病灶、查病根、诊病体，因户施法、因村施策，让资源变资产、资金变股金、村民变股民，实现对有劳动能力贫困人口产业扶贫的全覆盖。依托借母溪自然保护区这一“国家级品牌”，扶贫工作队与村、支两委一道，共同打好手中的几张“王牌”——

打好“旅游牌”：积极发展生态休闲旅游产业，注资110万元成立湖南借母溪生态文化旅游有限责任公司，着力打造“借母溪生态休闲旅游”；整合2017和2018两年扶贫资金460万元兴建集“吃、住、游”于一体的“中远海运生态农业园”；帮扶农户开办15家农家乐，实现年收入400万元以上；兴建休闲农庄10家，每家年收入10万—30万元；解决了40个贫困户务工就业，带动当地农产品销售，每户年增收3000元。

打好“生态牌”：大力发展蜂养殖业，采取“公司+合作社+农户”的方式，实行统一生产、统一包装、统一品牌、统一销售，为每家贫困户免费提供10个以上蜂箱，发展养蜂户50户，年产值达100万元，人均增收1000元。

打好“有机牌”：积极发展蔬果茶产业，种植红心猕猴桃30亩，惠及75名贫困人口，人均增收500元；种植茶叶180亩，直接为20名贫困群众提供就业机会，人均可实现工资性收入600元。

打好“管理牌”：整合借母溪蜂业公司、养蜂合作社、农产品开发公司，规范公司化运作管理，探索建立起有效的“利益联结机制”，按照人均1000元的标准，捆绑产业大户和全村365名贫困识别对象入股分红。

借母溪生态农业园

中远海运生态农庄项目

“问渠那得清如许，为有源头活水来。”中远海运扶贫工作队充分利用借母溪资源优势，合理规划产业布局，运用市场化思维理念和现代化管理手段，在源头上为稳脱贫、防返贫修建了一道道“安全闸门”。

“落其实者思其树，饮其流者怀其源。”告别了贫困的借母溪村民孟群贤深有感触地说：“我原先在上海做木工，月收入 4000 元左右，看到扶贫后家乡的变化，回来开农家乐，没想到能有这么好的生意，月均能赚上两三万块钱，日子越过越红火，芝麻开花节节高。”

“中远海运给我们带来了实惠。”养蜂人张忠美一边取着蜂蜜，一边眉飞色舞地说，“我靠养蜂卖蜜，一年收入 20 多万元，在县城开了蜂蜜专卖店，还买了新房，现在的生活比蜜还甜。”

“游客多，生意好。”通过招投标成为中远海运生态农业园经营负责人的王君霞高兴地介绍，“2020 年 4 月底开张纳客，‘五一’小长假就收获可观。”

积善之家有余庆，勤劳致富蕴乾坤。藏富于民，不仅要“富口袋”，更要“富脑袋”。想成为赢家，先成为行家。中远海运扶贫工作队围绕“提高贫困群众的劳动技能和基本素质”，先后聘请专家莅临现场进行帮扶指导，安排村民到湖南农大系统学习，并举办了茶叶、养蜂、生态旅游、农家乐等实用技术培训班 10 期，累计培训人员达 680 人次。

非是技术不如人，乃是见识不及人。借母溪通过培训、观摩、学习等一系列举措，促使剩余劳动力实现了有序转移，为产业发展培育了一批本土人才，为农村脱贫、农民致富插上了一双腾飞的翅膀。

“借母溪中溪，两岸树高低。瀑布溅珠玉，苍岩着绿衣。松鼠羞见客，飞狐性多疑。鱼蟹搔足痒，欲掬却散离。”借母溪路远山深、曲壑藏幽，纵有“湖南九寨”的美誉，却多年来藏在深岭少人识。“酒香也怕巷子深”，中远海运扶贫队员们深知“用好媒体、讲好故事”的重要性。2016 年 3 月 26 日，“春涌张吉怀，神游借母溪”湖南首届春季乡村旅游节在借母溪隆重开幕。这次旅游节恰如一把“钥匙”，向外界打开了借母溪的大门，突破了以往“有好说不出，说出了传不开，传开了叫不响”的困顿局面。

相机而动，全力而为。中远海运扶贫队员们抓住“旅游节”契机，推动“开发中保护、保护中开发”，把借母溪沟谷原始森林的生态优势转换为旅游优势，把蕴藏丰富的资源优势转换为经济优势，把“青山绿水”的自然优势转换成“金山银山”的致富优势。

“沅水浩荡入洞庭，九百溪流连辰河。”沅陵，是一座因“水”而灵动的古城，湖南四大水系之一的沅水及其五大支流在其境内交汇，形成大小溪流 911 条。然而，水系四通八达的沅陵，陆路交通却颇为不便，至今尚未兴建火车站。囿于交通之弊，近代沅陵县乡萧条。“沅水一千里，借母溪泛舟”，曾几何时，借母溪人最大的理想就是“离乡”。青壮年多数外出打工，只余下破败的村庄、荒凉的土地、留守的老人与儿童。如今，蓬勃发展的产业，创造了更多的就业机会，持续加速的脱贫步伐，让乡（镇）、村掀起了一波波“归家潮”。栽下梧桐树，凤凰自然来。千方百计走出山里的村民，而今心心念念的愿望却是“回家”。

阑珊夜色交织霓彩华灯，将借母溪千塘湾古寨的秀山丽水映衬得光彩夺目。大型山水实景剧《狃子花开》在此精彩上演，再现了当地流传千年的“典妻”文化和凄美的“狃花”故事。国家非物质文化遗产辰州傩戏、省级非物质文化遗产沅陵山歌号子等，都在表演中逐一呈现。台上，64 名演员敬业、专注；台下，近 300 名观众感动、投入。整场演出起承转合，荡气回肠。当演出圆满落幕、掌声响起，谁能想得到舞台上表演得惟妙惟肖、入木三分的演员，竟然全部是借母溪土生土长的当地村民。他们平均年龄42岁，最大的56岁，最小的26岁。《狃子花开》实景演出以借母溪山水为舞台、以沅陵故事为内容、以沅陵文化为内核，整合创造出新的旅游文化产品，以此带动整个旅游产业的快速提质升级。自 2017 年 10 月 29 日启动首演以来，每年演出超百场。“《狃子花开》是中远海运集团为借母溪量身定制开发的特色旅游扶贫项目，集团投资超百万进行舞台扩建，这也是为啥所有演员都是当地村民的原因。”沅陵文化旅游建设投资有限公司董事长张涯介绍，“演员的每月保底工资 800 元，每演出一场增加 40 元，一个演员月收入在 1200 元左右。”

“我能够脱贫，真要感谢《狃子花开》。”41 岁的借母溪村民符辰喜激动地说，“前些年父母在世时，我靠外出打工补贴家用，如今父母去世了，我回家一人照顾两个小孩。虽然养了些鸡鸭，但收入不稳定。”自从符辰喜成为《狃子花开》实景剧的演员，每月 1000 多元的固定演出收入完全解决了家庭日常生活开支。“其实，增加收入还只是一方面。对我来说，看到观众认可我们的表演，我对生活的态度也更加积极乐观了。”

“白天挥锄头，晚上穿行头。”祖祖辈辈“面朝黄土背朝天、汗珠子滚太阳”的乡下郎，做梦都想不到，自己也能有登上舞台、享受掌声的人生高光时刻。看到越来越多的游客来到自己的家乡，借母溪人在致富路上平添了一份自信与骄傲。“宁爱本乡一捻土，不恋他乡万两金。”物质充裕，精神丰裕。相信自己的奋斗，相信家乡文化的力量，能够带来收入，更能够赢得尊重、喝彩与荣光！

扶贫有天地，攻坚藏文章。中远海运集团充分运用借母溪得天独厚的自然禀赋，投资兴建旅游项目 80 余个，为 300 人提供劳务岗位，人均年增收 8000 元以上。2019 年，借母溪景区接待游客达 32.5 万人次，实现旅游总收入 1.23 亿元，人均年增收 4000 余元。扶贫工作队摸索实践出来的“沅陵借母溪深度精准扶贫模式”，得到国务院扶贫办和湖南省政府的高度肯定，作为优秀案例入选 2017 年的《企业扶贫蓝皮书》。借母溪“农家乐协会 + 农户”项目被列为全国旅游扶贫示范项目，借母溪村被评为湖南省脱贫攻坚示范村。人民网、新华网、凤凰网、湖南日报、湖南卫视等 30 多家媒体多次进行详细报道。

时任湖南省人大常委会党组副书记的许又声来借母溪考察调研时认为，沅陵县特别是借母溪村“依托地方特色产业实现旅游产业延伸扩展，推动旅游业与一、二、三产业深度融合发展，推动农旅融合，将特色农产品变为旅游商品，挖掘历史文化、民俗文化和自然生态文化资源，促进文旅融合发展”的探索成效显著，其模式可实施、可实现、可持续、可复制、可推广。

漫步借母溪，人在画中游，画在心中留。山水画卷徐徐铺陈，映入眼帘：天光春色芳林间，江花日暖蝶翩跹；赏心乐事农家院，吊脚古楼话丰年；嫣红姹紫渔歌晚，杨柳拂面袅炊烟；云起峰间沉阁影，雁点青天赋秋闲。高山之上感受“无川不绿，有水皆清”；丛林之中体悟“四季花香，兽吼鸟鸣”。“土反其宅，水归其壑；昆虫毋作，草木归其泽。”于此大美胜境，画者乐山、书者乐水、旅者乐险、摄者乐奇。幽美的环境、文明的村风、和谐的生态、丰富的历史遗存，是借母溪做强、做大旅游产业最足的底气。

旅游扶贫初见成效

新建篝火广场投入使用，推动旅游扶贫产业

斜阳薄暮，阡陌草树，幽兰清谷，静闻山歌诉："山高高哟，高不过党的恩；水长长哟，长不过党的情；莫说千山万水，那个路难行，只缘山外有远亲，多谢那个哟，中远海运的好船长，领航我们去远行……"

欲览美景，须越山岭；欲见彩虹，必经雨风。脱贫攻坚亦如是。行以致远，生以惟诚。生活像一盏茶，蕴含着品不完的涩香变化；生活像一杯酒，饱含着道不尽的酸甜苦辣；生活像一首歌，吟唱出起落跌宕、悲喜交加；生活像一条路，连接起过去未来苦乐年华。如今，苦尽甘来的借母溪，向着新的彼岸再出发。

四、奋楫竞航

茶，这枚小小的"东方神叶"，浸润了中华文明五千年历史画卷，凝结了中华民族五千年文化精粹。东风夜放茗千树，茶香溢满扶贫路。"一片叶子，成就了一个产业，富裕了一方百姓。"而今，世界各国茶叶经贸往来日益频繁，茶产业正成为推动经济全球化、促成世界融合发展、实现普惠共赢的重要产业。

"茶出南方，沅陵遍生，千年国饮，无射独尊。"经多方考证，"茶圣"陆羽在《茶经》里记述的中国茶文化名山——无射山，即为沅陵县内的枯蔎山。一方古朴灵异的山水，孕育出一道尊贵神秘的国饮——沅陵碣滩茶。碣滩茶一经出世，在唐代即成为贡品，历经宋元明清而盛名不衰，并流传至日本、印度等国家，被誉为"中国高端绿茶的杰出代表"，连续 16 届被评为湖南省名茶，成为"国际文化名茶"、中国国家地理标志保护产品，先后获得上海世博、米兰百年世博中国名茶金奖。

中远海运集团驻沅陵第六任扶贫挂职干部陈奇光，2019 年到任后不久，便凭借对“互联网”的谙熟与关注，敏锐地捕捉到通过自媒体“讲好碣滩茶故事、走出脱贫致富路”的市场信息。“要跟得上时代步伐，才能将扶贫工作做得好的哇！”这位来自上海的“75 后”扶贫干部，如此说，也这般做。而在沅陵要当好为民造福的“父母官”，不仅要苦练“与时俱进”的“内功”，还得修行“身强体壮”的“外功”。如陈奇光所言：“一要练好‘开会功’。县里大事小情都要开会讨论，议题多得很、意见更是多得很。有一次会议甚至从早上开到了半夜，三餐都是在会场里草草解决。二要练好‘坐车功’。沅陵周边尽是大山，不管去哪里下村，最少都要一两个小时的车程，弯弯绕绕、兜兜转转，‘晕车’就不灵光了。三是要练好‘腿脚功’。虽然公路已经通到了村，但村子里面山峭路陡，进村后走去走回是家常便饭，脚底板要利索。”内外兼修，方得其成。练就了“三功”本领的陈奇光，也因此被冠以“拼命三郎”的称号。

身为扶贫队里的美誉担当，陈奇光不仅具备前瞻性的眼光和能吃苦的品质，还具有敢吃螃蟹的胆识。2020 年 6 月 17 日，乘直播之东风，沅陵县委常委、副县长陈奇光走进湖南省沅陵碣滩茶业有限公司的天猫凤娇旗舰店抖音直播间，成为沅陵首位“带货县长”！

“欢迎来到直播间，支持我们沅陵碣滩茶！”这虽是陈副县长初出茅庐的首秀，但其一颦一笑、一举一动，绝不输专业偶像。推茶荐饮，行云流水，圈粉颇多。首场直播，初战告捷，主推的几款茶叶次日就发货 400 多箱。

“特别感谢陈县长爱心助农，助力茶商直播带货。”沅陵碣滩茶业有限公司董事长舒珲高兴地表示，“有了社会各界的支持，加上公司及时跟进互联网销售，今年茶叶销售没有受到疫情影响，销量反而有所增长，茶农完全不用担心。”

湖南省沅陵碣滩茶业有限公司成立于 2003 年 1 月，是怀化市农业产业化的龙头企业。该公司 300 亩凤娇碣滩茶产业园，是全国农业农村信息化示范基地、全国巾帼脱贫示范基地、湖南省特色产业园，每年可为当地村民增加流转收入 10 万元。随着产业链的不断完善，凤娇碣滩茶产业园吸纳富余劳动力进入茶叶的生产加工环节，使普通农民转化为茶叶生产工人，增加农户收入。远看一片林，近看万亩茶。在栽种茶树时，茶园特意保留了山地原本就有的松树、苦楝树、桂花树等树木。利用生态环境自身的平衡治愈能力，科学化运用“树引益虫来，益虫吃害虫”的生物链法则，创新性地解决了病虫害问题，既保留了山地原貌，又使得茶园融入自然，成为环保、经济两不误的“绿色银行”。

“生态茶园 + 现代厂房 + 科研团队”，助力沅陵碣滩茶业公司生产的“凤娇碣滩茶”于 2019 年成为“中国 - 非洲经贸博览会”指定接待用茶，并被作为国礼馈赠给非洲 53 个国家的宾客政要。立足“千年贡茶、怀化碣滩茶”品牌战略，公司大胆创新营销理念、拓展销售渠道，2012 年启动电子商务项目，成为沅陵首家在淘宝成立的茶类企业店铺，并与贫困地区扶农产品网络销售平台、杧果扶贫云超市等知名电子商务平台合作；2017 年，在天猫创立“凤娇旗舰店”，当年最高单日销量达 11800 单，高山绿茶销量在天猫全网排名前十，居湖南省绿茶网络销售之冠。

销量多了，实力强了，责任重了。逐步壮大的沅陵碣滩茶业公司始终不忘履行一份扶贫助困的企业责任，这份坚持与中远海运的多年情缘分不开。在该公司发展的道路上，最艰辛时中远海运伸出援手，最低谷时中远海运给予支持。投之以木桃，报之以琼瑶。沅陵碣滩茶业公司与沅陵县内 4 个村 332 户 1260 名贫困人口签订帮扶协议，包帮 625 名贫困妇女脱贫增收。2020 年，公司制定 3 个奋斗目标：覆盖带动贫困户 1 万人、发展茶叶基地 1 万亩、就业人员人均增收 1 万元。“载着山民去远航”是中远海运集团的扶贫愿景，也成为沅陵碣滩茶业公司的企业愿景。

茗者八方皆好客，道处清风自然来。沅陵，作为“全国重点产茶县”“全国十大生态产茶县”“中国生态有机茶之乡”，着力打响碣滩茶世界金奖品牌，致力探索形成“种养园区 + 加工厂区 + 科研基地 + 村寨景区 + 电商物流”五位一体的“农庄经济”模式。2020 年，全县茶园总面积达 20 万亩，年综合产值突破 50 亿元。

沅水春波展旗枪，虎溪云树候茗香。茶禅一味，云水禅心。茶，一片树叶流传的故事，一个文化传承的缩影，一种脱贫暖心的温度，一派致富山乡的风景。相信，从沅陵飘出的一缕茶香，不仅可以跨越千年，而且能够走遍世界。

尽管“它山之石，可以攻玉”，但对于各个地方的脱贫经验，却不能简单套用，更不能削足适履。“知所从来，思所将往”，任何一个扶贫思路的构建，都离不开这个地区的历史传承和文化土壤。在产业扶贫中，往往存在缺资金、缺技术、缺品牌、缺产业链等难题。贫困户置身风云变幻的市场，抗击风险的能力很是微弱。如何有效防控风险，让脱贫更加精准高效，让返贫概率进一步降低？“摘帽不摘责任，摘帽不摘政策，摘帽不摘帮扶，摘帽不摘监管。”必须要在贫困户与企业之间建立起一套稳定持久的“利益联结机制”，为贫困户提供必要措施用以防控市场风险，实现可持续性的稳定收益。今天，接通了“互联网”的沅陵借母溪，不只打开了村民与外界联系的通道，同时也促使电商成为企业与贫困户之间利益联结机制的有效“连接点”。

红彤彤的辣椒，是潇湘注脚，也是沅陵名片。爱吃辣的人，多有热情如火的性子，也有倔强不服输的脾气。刚刚步入而立之年的张国辉，原本是一个普普通通的借母溪养鸡农户。由于不甘心靠“鸡鸭”过一辈子，他通过参加中远海运组织的“远航·家园‘互联网 + 扶贫’农村电商及乡村振兴”培训班，如今已经成为“沅陵县电子商务进农村综合示范项目”的带头人。“好风凭借力，送我上青云。”在中远海运扶贫工作队的指导协助下，张国辉的电商之路自 2017 年“001 号沅陵县农村电子商务服务站”起步，从 1.0 版本持续升级，逐步建立起“互联网 + 旅游 + 农业”2.0 版本模式。按照“电子商务服务 + 物流配送 + 农村电子商务培训 + 农产品上行 + 电商精准扶贫”五位一体的建设规划，践行“有温度的电商、有情怀的扶贫”，通过沅陵政府帮扶，2019 年“沅陵县电子商务公共服务中心”正式挂牌成立，主打产自沅陵的“沅生原味”农土特产和扶贫产品，并与惠农网、供销 e 家、腾讯、淘宝、京东、保利等多家知名企业合作，成为沅陵电商 3.0 版本的“开山鼻祖”。湖南省扶贫办副主任贺丽君在考察借母溪电商扶贫工作时，对“乡村旅游 + 农产品电商”融合发展模式予以充分肯定。

善始善终，善作善成。2020 年 4 月 13 日，中远海运集团党委副书记孙家康在沅陵县委副书记谭绪清等领导陪同下，前往沅陵县电子商务公共服务中心考察，对“O2O”农产品展销馆的建设和运营表示高度认可并给予积极鼓励，同时还启动了该服务中心运营后的第一笔订单。

“手里有单，心里不慌。今年中远海运集团落实中央消费扶贫精神，与沅陵签订了百万元订单，农产品从滞销变成脱销，鼓了大家的腰包儿。”张国辉边说边在扶贫产品外包装上贴好“中远海运集团采购沅陵扶贫产品”的标签，“现在是消费扶贫，以后是合作商机。”

“清歌一曲梁尘起，腰鼓百面春雷发。”一辆辆满载“沅生原味”产品的专车，把碣滩茶、蜂蜜、茶油、土鸡、萝卜干、豆腐乳、黄花菜等来自沅陵大山深处的优质农土特产运往全国各地，送进千家万户，让“扶贫产品”叫好叫座，让“市场机制”促进产销对接，让“网络营销”提高农户收入，让“消费扶贫”落地开花。

“驾飞龙兮北征，邅吾道兮洞庭。薜荔柏兮蕙绸，荪桡兮兰旌。”中远海运集团在脱贫攻坚中彰显出的激流横渡的“龙舟精神”，恰如沅陵龙舟祭祀盘瓠所蕴含的奋发昂扬的力量，正是扶贫工作者们“劈波斩浪不畏难，勇立潮头敢为先”的生动体现。楚天厚土、千里沅江，完整地保留着旧楚遗风的古老篇章，更吐露出新时代里楚光流韵、迈向小康的馥郁芬芳。

五、精 准 引 航

习近平总书记强调，要根据贫困村的实际需求精准选配第一书记，真正把基层党组织建设成为带领群众脱贫致富的坚强战斗堡垒。抓党建促脱贫攻坚，离不开第一书记这支先锋队。

徐锋，一名经验丰富的船长，一名万箱巨轮的掌舵人，在 2018 年

8 月，从横无际涯的大海来到森林茂密的大山，成为沅陵县借母溪村驻村第一书记。

初次走上第一书记的岗位，徐锋是不折不扣的“新兵”，积累经验、调整状态的过程必不可少。环境改变人，更造就人。徐锋常说“最大的艺术是生活”。作为一名跨海越洋的船长，徐锋常年漂泊于异国他乡，普通话、英语都不成问题，但是初任第一书记，却卡在了“语言”上。借母溪村人口较少民族众多，以土家族、苗族为主，民族融合、百花齐放的美丽乡村却存在语言的“藩篱”。活人咋还能让“说话”憋住了？听、说、练成为徐锋每天工作之余的必修课。他将常见的高频率词汇做了笔记，还把土语发音翻译成普通话发音以强化记忆。“语言通了，心就近了。心近了，和老百姓就打成一片了，再做起工作来，就得心应手了。”入乡随俗，是开展好村里工作的有效方法。地道的乡音，获得了信任，拉近了感情。徐锋把对工作的激情和对群众的热情结合起来，将个人的星辰大海融入了老百姓的柴米油盐。

过了“语言关”的徐锋，成为朋友圈里的“运动达人”。在短短两个月的时间里，他跑遍了借母溪 4 个自然村、42 个村民组、284 个建档立卡贫困户。山山水水、花花草草、老老少少都认识了这位“徐书记”。这种相识，是徐锋挨家挨户走出来的“相识”，是嘘寒问暖访出来的“相识”，是真情实意帮出来的“相识”。“乡亲们真正把我当作了亲人，同时，他们也是我的亲人。”而亲人们的贫困状况，却深深触痛了徐锋的心：有山高路险，家居云雾之间者；有家徒四壁，房屋四处透风者；有顿顿野菜，饭食将就糊口者；有孩子老人，出门无整齐衣物者……真可谓是，每一地有每一地之困、每一户有每一户之难、每一人有每一人之急。贫困户所面临的求生之艰、求学之难、求医之急、求职之苦，比一般人都更为艰辛和迫切。

上面千条线，下面一根针。通过实地调研，身为第一书记的徐锋深知，脱贫减贫大政方针的最终落地在基层，攻坚克难的“毛细血管”也在基层。基层，是脱贫攻坚战役中的前沿阵地，是实现小康最坚实的力量支撑。来自乡（镇）、村的基层支撑越有力、越有效，脱贫攻坚的基础就越牢固、越坚实。奋战在基层一线的徐锋，结合村情民情摸清家底，针对不同层次的贫困人群采取不同的扶持方法和扶持策略，实行差异化、精准化的扶贫模式。

扶贫工作千百件，为民服务首当先。全心全意为人民服务是以不变应万变、解决所有工作难题的制胜法宝。面对部分群众对帮扶工作的不理解、不支持、不配合，第一书记徐锋晓之以理、动之以情、服之以德、待之以真。“情安村寨、德润人心”是徐锋开展结对帮扶、化解阻碍的“灵丹妙药”；“让贫困户实现有尊严的脱贫”是贯穿于他工作始终的信条。

符辰国是徐锋帮扶的定点贫困户之一，因酗酒导致丧失部分劳动能力，从此对生活失去信心，终日以酒为伴、浑浑噩噩、放任自流、自暴自弃。徐书记多次上门做他的思想工作。天晚了，不忘给他送去一份饭；天寒了，牵挂着他的冷暖。润物无声，水滴石穿。日复一日，徐书记的真心感化了这位“油盐不进”的贫困汉。渐渐地，符辰国酒喝得少了、人精神了、家里干净了，心里也重新燃起了对生活的渴望。为了激发他的脱贫动力，徐锋根据符辰国的家庭情况，为其制订了发展养殖的帮扶措施，亲自将鸡苗、鸭苗和饲料送到他家中。2019 年，符辰国通过养殖鸡鸭增加收入约 4000 元。从此，日子有了盼头，生产有了干劲儿。

沅陵的孩子们

孟子有云，“天下之本在国，国之本在家，家之本在身。”诚哉斯言！凝望着沅陵借母溪这片广袤的土地，驻村第一书记徐锋所深切注视的，正是一个个真实而鲜活的个体。是的，一个也不能少！

予你以压力，还之以奇迹！穷不怕，怕的是认穷！通过先行脱贫的人潜移默化的示范带动，村里的贫困户们破除“等、靠、要”的陋习，纷纷从“要我脱贫”转变为“我要脱贫”。虎瘦雄风在，人贫志气存。扶贫助困的核心是人。贫困群众是最广泛、最活跃的主体，要创造更多机会使他们发挥自身价值，扩大参与渠道，激发脱贫的内生动力。“启动贫困群众的自身引擎”是徐锋在实践中总结出的帮扶经验。

习近平总书记在《摆脱贫困》中明确指出：要想脱贫致富，必须有个好支部。脱贫致富的核心就是农村党组织。一个村庄，好的领头人与班子团队建设至关重要！

刚到基层，徐锋心里没底。虽然之前他曾经到基层调研过，但是毕竟没有实际的基层工作经验，能否真正把基层工作做好，他心里还是存在一定的担心和顾虑。不过，这种担心和顾虑只是暂时的，随着对基层工作的逐步了解和熟悉，加上各级领导对扶贫工作的高度重视，以及借母溪村、支两委对他的支持和当地群众对他的信赖，徐锋心中的担心和顾虑烟消云散。留存于心的是他对借母溪的融入与热爱，对脱贫的信心和坚定，对工作的激情和干劲儿，对使命的责任和担当。

乡村致富，要靠支部。驻村以来，徐锋遵循“懂扶贫、会帮扶、作风硬”的准则，自发自觉地学理论政策，让理论指导扶贫实践，打通政策落实的“最后一公里”。作为村、支两委班子里的“催化剂”，徐锋充实两委力量、优化班子结构，提高班子的政治理论水平和履职综合能力；作为“粘结剂”，他强化管理、建章立制、模范执行，将村、支两委建设成为“攥得起的拳头伸得开的手”，既有强大的组织力，又有坚强的凝聚力；作为“助力剂”，徐锋与村、支两委团结一心，发挥基层党组织的战斗堡垒作用，落实横到边、纵到底，将各项工作做细做实。2019 年 5 月，第一书记徐锋和村、支两委组织帮扶责任人进行走访，仅一个月内，就摸排扶贫领域问题 33 个、解决问题 28 个、上报问题 5 个；2019 年 6—8 月，根据“四支队伍集村部、干群同心谋脱贫”实施方案，先后进行 4 次大走访、3 次问题会商，发现扶贫领域问题 97 个、解决问题 94 个、上报问题 3 个；整理贫困户“一户一档”档案、填写审批表、整理村级扶贫台账、规范各行业扶贫台账；对全村“两不愁三保障”情况进行详细摸底……桩桩件件悬而未决的疑难杂症逐步得到落实解决，村民的满意度得到大幅提升。

中远不远，离贫困户很近。“我是借母溪的一分子，要服务借母溪，奉献借母溪。”徐锋就这样把自己当作了借母溪人，秉持着“扶贫有责、扶贫负责、扶贫尽责”的理念，对于扶贫工作中遇到的各类棘手问题，绝不捂盖子、撂挑子，坚决避免小事拖大、大事拖炸。通过关口前移，落实管好源头关、监测关、管控关、责任关，做到前置防线、前瞻治理、前端控制、前期处置，实现在源头上化解疑难杂症、从根本上清除障碍积弊，真正“零距离”地与老乡村民“同此凉热”。

随着扶贫工作的持续推进和不断深入，徐锋完成了从船舶工作到基层工作的转变，并深深爱上了基层工作。这种爱来自心底。“些小吾曹州县吏，一枝一叶总关情。”作为借母溪村的第一书记，这里的一枝一叶、一草一木都深深牵动着徐锋的心。“驻村第一书记，就是党组织插在乡村的一面旗帜。在哪里驻村，哪里就是我的家，村民就是我的家人。家里的困难解决一件是一件，尽我所能。”扎根基层，徐锋的信念是坚定的。越是深入，越深感责任重大、使命光荣，脱贫攻坚既迫在眉睫、又任重道远。在徐锋心里，脱贫攻坚有胜利的一天，但为人民服务没有终点，只有连续不断的起点。夜幕深沉、更深露重，忙碌了一天才回到驻地的徐锋，却仍然伏案桌前，沉下心、找抓手，制宜施策、务本精耕，踌躇满志地策划着借母溪的未来……

一年下来，徐锋变得黑了、瘦了，脚上起了泡，手上长了茧，但不变的，是他眼睛里闪耀的光，是心里始终装着百姓的执着。百姓的难，是他最大的难；百姓的痛，是他最深的痛。徐锋在自己的扶贫岗位上，认真履行第一书记职责，团结带领借母溪村、支两委开展脱贫攻坚工作，做好乡村发展的参谋和助手，不仅切实增强了村级组织的战斗堡垒作用，更获得了村民的认可与称赞。平凡孕育伟大，伟大诞生自平凡。一切平凡的人都可以书写不平凡的人生，一切平凡的工作都可以创造不平凡的成就。“沅陵县最美扶贫人”的称号，便是徐锋这位“第一书记”在平凡工作岗位上取得不凡成绩的最佳证明。

在借母溪深处，生长着一种被称为植物界“活化石”的植物——珙桐，每当这种稀有珍贵的落叶乔木繁花似锦时，头状花序下大小不等的白色苞片，恰如无数只白鸽栖满枝头，风吹花舞、形态动人，素有“中国鸽子花”的美誉。春去秋来，驻村第一书记徐锋就如同一棵珙桐，把自己的根深植于这方水土，把自己的繁茂年华奉献给这片苍穹。转眼又是“鸽子花开”时节，曾经“草盛豆苗稀”的借母溪，而今已然“田畴稻叶齐”，瓜果遍野飘香，四季游人如织。村里实现了脱贫的贫困户们，在“鸽子树”下给这位“沅陵县最美扶贫人”徐锋书记绘就了一幅生动的画像：知百家事、帮百家忙，胸中装满扶贫志，千斤重担肩上扛。条条田垄，是他致富一方的思维走向；片片庄稼，是他心中蕴藏的绿色希望；升腾于云霄的炊烟，是他豪迈的誓言——小康路上一个也不能少！脱贫攻坚，再苦再累也要上！

“带领人民创造美好生活，是我们党始终不渝的奋斗目标。必须始终把人民利益摆在至高无上的地位，让改革发展成果更多更公平惠及全体人民，朝着实现全体人民共同富裕不断迈进。”党的十八大以来，累计选派290多万名县级以上党政机关和国有企事业单位干部驻村，25.5万个驻村工作队实现了对建档立卡贫困村全覆盖。战斗在扶贫一线的广大扶贫干部们，带领群众攻破一个个贫困堡垒，筑起一道道防返贫堤坝。不同的面孔，一样的使命，构成了今天中国脱贫攻坚、实干兴邦的奋斗姿态，描绘出新时代最动人的脱贫画卷。

水有源，故其流不竭；树有根，故其生不衰。筑牢“源”与“根”的基层建设，方能有“家”与“国”的稳定繁荣。作为全面从严治党向农村基层延伸的重要抓手，第一书记们把“抓党建”同脱贫攻坚相结合，围绕“建强基层组织、推动精准扶贫、为民办事服务、提升治理水平”四项职责，强基础、兴产业、惠民生，为打赢脱贫攻坚战、建设社会主义新农村和决胜全面建成小康社会提供了新鲜经验，在扶贫工作实践中将脱贫减贫的制度优势转化为强大的治理效能。

面对未来，中远海运的扶贫事业初心不变，继续前行。进入2020年，所有人会发现，决战决胜脱贫攻坚，不仅意味着全面脱贫的梦想实现，更是美好生活的初绽，是通达“中国之治”崭新天地的历史开端！

六、倾 情 护 航

扶贫，固然是帮扶者的事业，但更是被帮扶者的新生。“震霆启寐、烈耀破迷”的王阳明，曾于明正德五年（1510 年），在沅陵虎溪山龙兴讲寺授业传道。作为集儒、道、佛三家之大成者，王阳明在寺内授《致良知》时，强调“心即是理”，提倡“知行合一”。“理”，化生宇宙天地万物，人承其秀，故人心秉其精。“理”，全在“心”。求天拜地，莫如依身靠己。心中有道，自然得道；心中无道，求道何成。贫困者，要从心理上“不畏贫、不惧贫”，行动上才能“真脱贫、脱真贫”。在这个过程中，需要人的意志和主观能动性，需要人的认知同步成长。

精神贫困是物质贫困的根源，人才匮乏是贫困地区致贫的重要原因，也是脱贫的重要制约因素。改革开放以来，中国社会步入经济发展的快车道，但经济发展的区域不平衡日趋明显。神州万里春风来，深谷芳菲始未开。山外忙着与国际接轨，山里却还被禁锢在“世外桃源”。地理位置隔绝不等同于文明的隔绝，改变行为简单，改变思想却不容易。“移风易俗”注定是一个“老大难”问题——老在千年遗风、大在千家万户、难在除旧布新。撼山易，撼思想难。而破解思想难题的“密码”，恰在于“教育”。

在沅陵的历史上，因一件大事的发生，而使得沅陵这座古城与书结缘，足以载入沅陵教育，甚至中国教育发展史册。公元前 213 年，发生于秦朝的“焚书坑儒”事件，险些令先秦文化毁于一旦。时任朝廷博士官的伏胜，冒诛九族之险，将千卷书简运入黔中郡今沅陵境内。觅得二酉山洞，藏书于洞中，至秦覆灭才将全部藏书启出献给汉文帝。“学富五车，书通二酉”的典故，即出于此。沅陵二酉藏书洞，自汉朝时就已经成为天下圣迹，是寒窗学子心系朝拜之地。然而时至今日，沅陵县的教育发展却依旧落后薄弱。

百年大计，教育为本。教育，乃民生之基，是提高劳动者基本素质的主要手段，也是阻断贫困代际传递的治标之本。时光荏苒，扶贫初心不改；岁月如梭，助学情怀不变。为了改善沅陵地区的教育条件，中远海运投入资金 100 万元，争取配套资金 200 万元，帮助军大坪九年一贯制学校新建“远航 · 追梦”综合教学楼、体育场、电教中心和物理生化实验室，并助力该校通过“合格学校”评比验收；投入 60 多万元用于更新县内 19 所学校的课桌椅，改善提升教学条件；投入 30 万元用于新增军大坪九校、枫香坪九校、简车坪九校多媒体教学设备、办公电脑、食堂设备等硬件设施；投入 30 万元用于建设两所“梦想中心”教室。同时，中远海运统筹协调，发挥集团系统协同效应，由地处长沙的湖南中远海运国际货运公司先后两次送来 50 多台“爱心电脑”，使得村里孩子也能与城里孩子同步，跟上信息化时代的浪潮。

“扶贫先扶志、扶贫必扶智。”坚持和完善教育制度的总体目标是要“构建服务全民终身学习的教育体系”，这也正是扶贫工作中“扶志”与“扶智”两者不可或缺的原因。教育扶贫，不仅要解决“有学上”的难题，更要实现“上好学”的愿景。“十年树木，百年树人。”在“扶智”的过程中，中远海运扶贫工作队坚持办老百姓满意的教育，推动乡村义务教育一体化发展，建立健全学前教育、特殊教育，完善职业技术教育，发展网络教育，创新教育和学习方式。

建设多媒体教室

军大坪九校综合教学楼奠基

中远海运援建的“远航追梦楼”

中远海运援建沅陵一中教学楼

秉持“扶贫必扶智，治贫先治愚”的理念，中远海运集团第五任沅陵帮扶驻点干部孙正阳，积极探索“硬件＋软件”的教育扶贫模式，一手抓教育设施改善，一手抓支教事业发展。到任初期，当地没有像样的教室和文体器材，教师普遍临近退休，很多课程没有专业的老师授课……孩子们一双双渴望的眼睛，深深地触动着扶贫干部孙正阳的内心，那是一种混杂着刺痛的焦虑，让人无法平静。怎样才能解决教育资源的缺失，突破教育贫困的瓶颈？根据特点、摸准痛点、找准支点，通过深入调研，孙正阳找到了可以撬动教育发展的“能量棒”——依托社会力量，借助媒体声音，广泛吸引资源，撬动教育发展。在任期间，孙正阳积极联系社会资源对留守儿童、贫困学生实行“一对一”帮扶；通过与“为中国而教”基金会合作，实施教育扶贫与助学励志项目，先后有70多名大学生志愿者分别到借母溪乡、北溶乡、清浪乡、陈家滩乡、大合坪乡、荔溪乡、盘古乡和明溪口镇等边远学校进行每批为期两年的支教；投资80万元设立“远航·追梦”励志奖学金，先后资助贫困学生720人次。

授人以鱼，三餐之需；授人以渔，终生之用。中远海运集团利用企业自身优势，搭建平台，开展航海专业人员“订单式”培训，实现“培训一个、就业一人、脱贫一家”的目标，斩断贫困惯性、切断贫困根源。通过发展“就业扶贫海员培训项目”，改变“有体力、无能力”的状况，打造出高素质的湘军海员品牌。截至2020年3月底，培训建档立卡贫困户学员363名，通过考证合格学员287名，已上船就业114人，待派71人，其余102名学员办妥相关证书后将陆续上船工作。“一人上船，全家致富”的社会效益，形成了良好的社会效应。新华社、湖南日报、中国交通报等新闻媒体相继对具有“海味”特色的扶贫工作进行宣传报道，全方位、多角度地展现出“海员就业扶贫”的优势所在。

就业，关系到老百姓家庭的饭碗，是天大的事。2020 年年初，一场史无前例的新冠病毒疫情席卷全球。受到疫情冲击影响，部分企业经营困难，就业形势严峻。新冠疫情，是管理能力优劣的“透视镜”，也是脱贫攻坚的“加试题”。中远海运扶贫工作队审时度势，加大对贫困劳动者的就业帮扶力度，大力实施就业优先政策，特别是完善重点群体就业支持体系，做好进城务工人员的就业指导服务工作，努力把疫情造成的损失补回来、把疫情耽误的进度抢回来，让“就业”这一民生之本扎得更深、立得更稳。

在“疫情大考”面前，不仅要稳“就业”，更要稳“民心”。面对疫情暴发期间防护物资紧缺的困难局面，中远海运扶贫沅陵的挂职干部陈奇光主动出击，利用集团的国际化优势打通资源调配渠道，逐一致电集团海外公司寻求物资帮助。功夫不负有心人，持续半个月的“攻关”终于奏效，首批从土耳其采购的 6 万只口罩及时送达沅陵抗疫一线人员手中。随后一个月内，扶贫工作队继续多方寻求资源，相继购入口罩和消毒液等防护物资。中远海运集团还专门拨付 50 万元专项资金用于支援沅陵的抗疫工作。当疫情逐步趋缓、企业陆续复工复产，扶贫工作队专办一批口罩，免费送给外出务工的村民，收获一大拨点赞。“这个礼物送得及时，让我进城打工、出入坐车都方便。”已赴石家庄务工的借母溪村民邓国炬特意给驻村第一书记徐锋打电话，感谢扶贫队“送罩”之情。

新冠病毒严重影响经济发展，对确保饭碗端得更牢、钱包撑得更鼓、米袋菜篮更满提出严重挑战。脱贫攻坚决胜在即，如何提高脱贫效果的持续性？如何确保“难啃的硬骨头”不再重现？扶贫纾困，不能流于“锦上添花”的面子，更要做好“雪中送炭”的里子。

“一县好山留客住，五溪秋水为君清。”寒来暑往，冬去春至。春天也许会迟到，但一定不会缺席。沅陵春光好，风景正宜人。有了中远海运这艘巨轮的“保驾护航”，沅陵人民涨了志气、足了底气、有了心气、提了士气。在奔赴小康的路上，行稳致远、扬眉吐气！

“中远海运自强班”师生合影

七、民生伴航

贫困，是社会发展的最大短板；扶贫，是补齐民生保障短板的重要途径。看一个国家的民生保障网是否牢固严密，一个关键指标，就是看扶贫托底的力度和成效。养老和医疗，是民生保障的重中之重，也是扶贫减贫的关键节点。民生无小事。老百姓的事，就是党的事，就是扶贫干部的事；为民办事、为民造福，是党最重要的政绩，是脱贫最实在的功绩。

曾经的沅陵借母溪，山里山外仿若两个世界，被贫困的现实硬生生地画上一道分割线。在山里守望的人，除了走不出贫瘠山村的儿童，还有无望孤独逐渐衰朽的老人。“善为国者，遇民如父母之爱子，兄之爱弟，闻其饥寒为之哀，见其劳苦为之悲。”中远海运人在决战脱贫攻坚的路上，严循谨记“老吾老，以及人之老”的古训，筹措资金290余万元兴建了“中远幸福苑”，让逾百位孤寡留守老人在此颐养天年，实现了“老有所养、老有所依、老有所乐、老有所安”。

习近平总书记指出，没有全民健康，就没有全面小康。人民的健康水平，是一个现代国家发展状况的晴雨表。随着乡村人民物质生活水平的显著改善，人们对自身健康的关注和追求越来越强烈。中远海运扶贫队员们虽并非是“白衣天使”，却同样拥有“仁爱之心”。他们积极开展各项医疗救治公益服务，联合借母溪乡卫生院开展送医上门、免费义诊、赠送常用药等医疗助困活动，关心关爱那些出行不便、却又地处偏远村组的老百姓。同时，确保贫困户在享受国家城乡医疗保险财政补贴、健康扶贫政策上不落一人。在持续改善借母溪乡卫生院医疗条件的基础上，2020 年年初，中远海运集团为该卫生院配备了一辆全新的救护车。这种配置在全县的乡镇医院中“首屈一指”，实现了“有温度的医疗 + 有速度的救助”，为建设“健康借母溪”提供了硬核的后勤支持。

社会保障，是民生安全网、社会稳定器、发展调节阀。完善覆盖全民的社会保障体系，需要把更多的群众、特别是贫困群众纳入保障范围。自扶贫以来，中远海运集团每年救助因意外灾害受影响的群众达百人以上，累计帮扶投入 120 余万元；慰问特殊贫困户、老党员、五保户及支教老师，帮助他们解决实际生活困难；通过中远海运慈善基金会联合中国残疾人福利基金会开展“集善工程——（中远海运）助听行动”的助残合作项目，在沅陵县人民医院设立专业测听室，捐赠 170 台助听器并免费为听障人士安装。通过多主体供给、多渠道保障，全面落实“社会保障兜底一批”的扶贫政策，实现低保标准和扶贫标准“两线合一”，实现应保尽保，真正将百姓民生保障落到实处。

人类社会是在矛盾运动中不断向前发展的，矛盾无处不在、无时不有。党带领人民持续向贫困宣战，实施大规模扶贫开发行动，在这一历史伟业的进程中，同样存在着各种各样的矛盾。看似是“兜底”的民生保障，做得实、做得好，得道多助；做得虚、做得差，失道寡助，甚至会加剧各类矛盾冲突。古人语：良医治未病！化解矛盾，重在预防矛盾。而预防的重点，在于民生保障最短板之处，也是贫困百姓最切肤之痛处。党的十九届四中全会提出，“坚持和完善统筹城乡的民生保障制度，满足人民日益增长的美好生活需要”。更好保障和改善民生，就必须以更新的理念、更高的标准、更实的举措满足人民多层次多样化需求，更好推动人的全面发展、社会全面进步。

上善若水，大爱无疆。在脱贫攻坚的跌宕征途中，不止于“疾风知劲草”，亦须“智者必怀仁”。困难和挑战始终不曾走远，民生领域尚存短板，要继续坚持在发展中保障和改善民生，谋民生之利，解民生之忧。不仅要摘掉现实贫困的“帽子”，更要褪掉心里贫困的“影子”。扶贫工作者要让百姓填饱肚子、装满袋子，而自己则俯下身子、甘当梯子。既要坚持“以民为本”的人文关怀，一举拔掉穷苦根，还要赋予乡村以“诗和远方”。百姓的笑，最甜；民生之美，最美。实现了民生保障的沅陵人民，从来没有像今天一样，稳稳地享受殷实丰裕的民生福祉，尽情地沐浴幸福生活的灿烂阳光。

中远海运幸福苑

八、筑 梦 远 航

“民亦劳止，汔可小康。惠此中国，以绥四方。”为国者以富民为本。这不仅是自古以来先贤的期盼，也是社会主义的本质要求。扶贫攻坚，党心所向，民心所望。在改革开放之前，我国扶贫主要依靠政府力量。而在改革开放之后，扶贫逐步从政府转向企业和社会各界。技术进步所产生的全新收入方式、国家精准扶贫的政策支持、企业的市场化执行力一经碰撞，立刻为扶贫事业的持续推进带来了无限可能。“不战而屈人之兵，善之善者也。”这恰与中国象棋有着异曲同工之妙。

中国象棋，是一项古老的益智游戏，最早雏形距今已有三千多年。象棋的魅力就在于：布局精妙、攻防有序。扶贫工作恰如棋局。关于如何下好下活“沅陵扶贫”这盘棋，中远海运集团运筹帷幄、布局谋篇，既全力而为，又因势利导，先后多次与沅陵县领导共同研讨，创新扶贫机制，助推产业发展，明则于心，精准发力；与湖南省签署战略合作框架协议，立足湖南“一带一路”倡议定位，发挥各自优势，实现双赢。在此过程中，攻克扶贫攻坚中的实际问题，进一步提升脱贫攻坚的对口帮扶力度。中远海运集团的一系列举措，是帮助沅陵走出脱贫棋局的妙步高招，步步为营，出奇制胜。

踏石留印，落子有声。2018年8月23日，中远海运集团党组书记、董事长许立荣专程带队到湖南沅陵详细考察定点扶贫工作，强调“质量是脱贫的生命”。秉持这一理念，中远海运对脱贫质量的要求贯穿扶贫工作始终。在扶贫思路上，改变大水漫灌的做法，采取精准扶贫的方式，真正做到有的放矢，实现“一把钥匙开一把锁”；在扶贫手段上，把资金扶贫与产业扶贫、教育扶贫、文化扶贫相结合，变纯粹“输血”为重在“造血”；在扶贫保障上，严格脱贫标准和程序，加强常态化督促指导；在扶贫巩固上，建立解决相对贫困的长效机制，防止摘帽人口再次返贫。通过扎扎实实的脱贫攻坚，沅陵地区贫困人口基本生产生活条件明显改善，贫困群众收入水平大幅提高，“两不愁”质量水平明显提升，“三保障”突出问题总体解决。这些实实在在的成效，是沅陵贫困群众最深切的感受，是中远海运扶贫工作经得起历史和人民检验的最鲜活体现，是盘活“沅陵脱贫”这盘棋最关键的绝招。

当许董事长亲自为中远海运集团投资700万元援建的借母溪村游客服务中心奠基，手起铲落、几抔新土盖住奠基石牌那一刻，亲身经历了家乡嬗变的村民们，由衷地鼓起掌来，发自心底的欢呼声震彻山谷。“乘着扶贫的风，驾着信心的浪，我们跟着‘中远海运集团’去远航。奔小康的蓝图已写上风帆，求富民的号角已在船头吹响，我们不再怕山高路远，胜利驶向幸福的海洋……”悠悠扬扬的土家歌谣，唱出的是动听的歌声，更是沅陵老百姓的心声。

沅江滚滚奔腾不息，湘西大地物换星移。在沅陵浩浩荡荡的历史洪流中，2010年、2011年……2020年，这些时间年轮上的节点如实诉说着发生在沅陵这片土地上的沧桑巨变——

十年沐雨栉风，中远海运扶贫工作队在筚路蓝缕中艰难起步，在僵化羁绊中勇毅破局，在严峻考验中守正创新，在困难斗争中砥砺前行；

十年同舟共济，饮水思源的沅陵人民永远不会忘记这些可敬可佩的人——唐旭东、柴全顺、许荣模、朱建良、孙正阳、陈奇光、傅勤勇、徐锋，以及所有为沅陵脱贫攻坚只争朝夕、不负韶华的扶贫勇士们；

十年波澜壮阔，中远海运集团与沅陵的脱贫发展、同借母溪的勃勃生机，紧密相系、相伴而行、休戚与共。

喜看稻菽千重浪，沅陵峥嵘胜昔年。因为中远海运，因为脱贫攻坚，沅陵的每一座山川都有了自己的梦想，每一滴溪水都有了自己的方向，山山水水焕发出绚烂的光芒，照亮着脱贫攻坚最后一公里“航程”。

“其作始也简，其将毕也必巨。”脱贫攻坚已经到了最后冲刺阶段，越到最后，越要咬紧牙关，不能有丝毫松劲儿懈怠，不能有半点儿麻痹大意。中远海运扶贫工作队以“黄沙百战穿金甲，不破楼兰终不还”的豪迈，以不获全胜决不收兵的顽强意志，以一鼓作气乘胜而上的奋勇姿态，坚决夺取沅陵脱贫攻坚战的全面胜利——

无论是驻村书记还是扶贫县长
都一头扎在乡下
把工作地点当成自己的故乡
把乡亲们当成兄弟姐妹、自己的爹娘
心往一处想、劲往一处使、汗往一处淌
屋里火炕旁，讨论脱贫的方法
田间地头上，找准致富的方向
实现贫困人口全部脱贫
这是一场硬仗
越到最后

越要咬紧牙关迎难而上
决战决胜
沅陵大地到处都是脱贫攻坚的主战场
收官之年的关键之战
打出声威、打出力量
不获全胜绝不收兵
扶贫队员壮志满腔
千山起舞千风笑
万户菱花万里芳
春满沅江、福满沅江
情在沅江、富在沅江
勤劳勇敢的沅陵儿女
必将把美好的明天
书写得壮丽、辉煌……

从全党全国对扶贫工作的广泛关注到习近平总书记在十八洞村正式提出“精准扶贫”的重要论述，从贫困人口的数据推算到建档立卡，从大面积脱贫到啃“硬骨头”攻坚拔寨，从扶到“点上、根上”到“脱真贫、真脱贫”，2019 年沅陵实现 5480 户 17734 人脱贫，33 个贫困村出列，贫困发生率降至 0.73%，区域性整体贫困基本得到解决。

2020 年 2 月 29 日，湖南省人民政府宣布：沅陵县脱贫摘帽！

今日之沅陵，后发赶超、薪火相承。自然与人文媲美，商旅与物资皆盈，文化为经济喝彩，历史予未来壮行。沅陵“脱贫摘帽，问题清零”的背后，是党中央的正确领导，是湖南省委、省政府和怀化市委、市政府的殷切关怀，是67万沅陵人民的凌云壮志，是一批批扶贫干部的奉献牺牲，是神州大地、中华儿女的攻坚征程。

“天下将兴，其积必有源。”十年来，中远海运集团在沅陵累计投入资金5590万元，带动地方资金8000万元，从最初单纯的“输血式”扶贫到“造血式”扶贫，从山、水、林、田、路的综合治理到发展特色经济和支柱产业，启动实施项目超过80个，协作领域不断拓宽、成果不断涌现，成为“产业扶贫模式”最鲜活的注解。

青山静穆，沅水深流。十年扶贫“航程”，中远海运集团派驻的一任任扶贫干部以心换心、用情筑情，在借母溪书写“山海相助”的“船”说，在沅陵铸就撼天动地的“船”奇。悠悠十载，天风浩荡。中远海运人将“扶贫大考”的文章扎扎实实地写在了沅陵这片悠远美丽的土地上，写在了山水之间、田垄地头，写在了老百姓绽放的笑容里和暖暖的心坎儿上。“不要人夸好颜色，只留清气满乾坤。”扶贫工作有结束之时，但扶贫工作者与当地百姓结下的深情厚谊却如沅江之水，永续绵长！

十年沧桑，星移斗转，变化的是沅陵的溪畔山峦，不变的是扶贫的使命初心；

十年风雨，砥砺奋战，书写的是一支队伍和一个山村的故事，传唱的是几个人和一群人命运的交响乐；

十年求索，扶贫答卷，展现的是中远海运这艘“诺亚方舟”不辱使命的担当，镌刻的是扶贫工作队前赴后继、勇往向前的“航程”之碑。

“潮平两岸阔，风正一帆悬。”古老与现代，开放与包容，创新与发展，绿色与共享，千年古邑，大韵天成。沅陵，不仅仅属于历史，更属于未来。沅陵，一个在沈从文笔下“美得令人心痛的地方”，正继往开来，为荣耀昨天、荣耀今天，去创造一个更加荣耀的明天！

“让贫困人口和贫困地区同全国一道进入全面小康社会是我们党的庄严承诺。”

——习近平

本文作者：**李 琳**

女，现任职中国远洋海运集团所属中远海运散货运输有限公司，曾多次在集团及省市各类征文、朗诵、演讲比赛中获奖，现为中远海运作家协会会员。

中远海运集团扶贫援藏干部

张清海

挂职单位及职务：
县委常委、副书记

挂职时间：
2002—2004

樊 华

挂职单位及职务：
县委常委、常务副县长

挂职时间：
2002—2004

石庆贺

挂职单位及职务：
县委常委、副书记

挂职时间：
2004—2006

王居仁

挂职单位及职务：
县委常委、常务副县长

挂职时间：
2004—2006

马高亮

挂职单位及职务：
县委常委、副书记

挂职时间：
2006—2007

王 平

挂职单位及职务：
县委常委、常务副县长

挂职时间：
2006—2007

左振永

挂职单位及职务：
县委常委、副书记

挂职时间：
2007—2008

王文胜

挂职单位及职务：
县委常委、常务副县长

挂职时间：
2007—2008

祝孝福

挂职单位及职务：
县委常委、副书记

挂职时间：
2008—2010

王　珂

挂职单位及职务：
县委常委、副书记

挂职时间：
2008—2010

张　进

挂职单位及职务：
县委常委、副书记

挂职时间：
2010—2012

叶　勇

挂职单位及职务：
县委常委、副书记

挂职时间：
2010—2012

张克敌

挂职单位及职务：
县委常委、副书记

挂职时间：
2012—2013

丁乾坤

挂职单位及职务：
县委常委、副书记

挂职时间：
2012—2013

徐 步

挂职单位及职务：
县委常委、副书记、昌都市政府副秘书长

挂职时间：
2013—2019

李奕钊

挂职单位及职务：
县委常委、副书记

挂职时间：
2013—2016

张登波

挂职单位及职务：
县委常委、常务副县长

挂职时间：
2016—2019

胡 桅

挂职单位及职务：
县委常委、常务副县长

挂职时间：
2019—

余贵兵

挂职单位及职务：
县委常委、常务副县长

挂职时间：
2016—2019

董建华

挂职单位及职务：
县委常委、常务副县长

挂职时间：
2019—

龚 亮

挂职单位及职务：
县人民政府县长助理

挂职时间：
2006—2007

高伟燔

挂职单位及职务：
县人民政府县长助理

挂职时间：
2006—2007

王 军

挂职单位及职务：
县人民政府县长助理

挂职时间：
2007—2008

殷海军

挂职单位及职务：
县人民政府县长助理

挂职时间：
2007—2008

陈 坤

挂职单位及职务：
县人民政府县长助理

挂职时间：
2008—2009

吴 冰

挂职单位及职务：
县人民政府县长助理

挂职时间：
2008—2009

张　力

挂职单位及职务：
县人民政府县长助理

挂职时间：
2009—2010

朱宋行

挂职单位及职务：
县人民政府县长助理

挂职时间：
2009—2010

任汉鑫

挂职单位及职务：
县人民政府县长助理

挂职时间：
2010—2011

沈红峰

挂职单位及职务：
县人民政府县长助理

挂职时间：
2010—2011

卢　军

挂职单位及职务：
县人民政府县长助理

挂职时间：
2011—2012

姚宏智

挂职单位及职务：
县人民政府县长助理

挂职时间：
2011—2012

王玉洲

挂职单位及职务：
县人民政府副县长

挂职时间：
2012—2013

李　颖

挂职单位及职务：
县人民政府副县长

挂职时间：
2012—2013

张　帆

挂职单位及职务：
县人民政府副县长

挂职时间：
2013—2014

郑茂增

挂职单位及职务：
县人民政府副县长

挂职时间：
2013—2014

周泽彬

挂职单位及职务：
县人民政府副县长

挂职时间：
2014—2015

刘　超

挂职单位及职务：
县人民政府副县长

挂职时间：
2014—2015

程华志

挂职单位及职务：
县人民政府副县长

挂职时间：
2015—2016

鄢　冰

挂职单位及职务：
县人民政府副县长

挂职时间：
2015—2016

龙　恩

挂职单位及职务：
永安社区党总支第一书记

挂职时间：
2015—2017

郭庆东

挂职单位及职务：
县人民政府副县长

挂职时间：
2016—2017

秦　松

挂职单位及职务：
县人民政府副县长

挂职时间：
2016—2017

黄居富

挂职单位及职务：
永安社区党总支第一书记

挂职时间：
2017—2019

莫韦嶙

挂职单位及职务：
县委副书记

挂职时间：
2017—2019

兰 岳

挂职单位及职务：
县人民政府副县长

挂职时间：
2017—2019

刘建强

挂职单位及职务：
县委副书记

挂职时间：
2019—

林 勇

挂职单位及职务：
县人民政府副县长

挂职时间：
2019—

常 雷

挂职单位及职务：
德党镇忙见田村第一书记

挂职时间：
2019—

湖南·安化

苗圣英

挂职单位及职务：
县委常委、副县长

挂职时间：
2010—2011

宋新建

挂职单位及职务：
县委常委、副县长

挂职时间：
2011—2012

杨敬茂

挂职单位及职务：
县委常委、副县长

挂职时间：
2012—2013

罗　健

挂职单位及职务：
县委常委、副县长

挂职时间：
2013—2014

王文召

挂职单位及职务：
县委常委、副县长

挂职时间：
2014—2015

杨惠兴

挂职单位及职务：
县委常委、副县长

挂职时间：
2015—2017

蔡华建

挂职单位及职务：
县委常委、副县长

挂职时间：
2017—2019

陶广昭

挂职单位及职务：
马路镇党委副书记
严家庄村第一书记

挂职时间：
2016—2019

徐国信

挂职单位及职务：
县委常委、副县长

挂职时间：
2019—

唐旭东

挂职单位及职务：
县委常委、副县长

挂职时间：
2010—2012

柴全顺

挂职单位及职务：
县委常委、副县长

挂职时间：
2012—2014

许荣模

挂职单位及职务：
县委常委、副县长

挂职时间：
2014—2015

朱建良

挂职单位及职务：
县委常委、副县长

挂职时间：
2015—2017

付勤勇

挂职单位及职务：
借母溪村第一书记

挂职时间：
2015—2016

孙正阳

挂职单位及职务：
县委常委、副县长

挂职时间：
2017—2019

徐　锋

挂职单位及职务：
借母溪村第一书记

挂职时间：
2018—

陈奇光

挂职单位及职务：
县委常委、副县长

挂职时间：
2019—

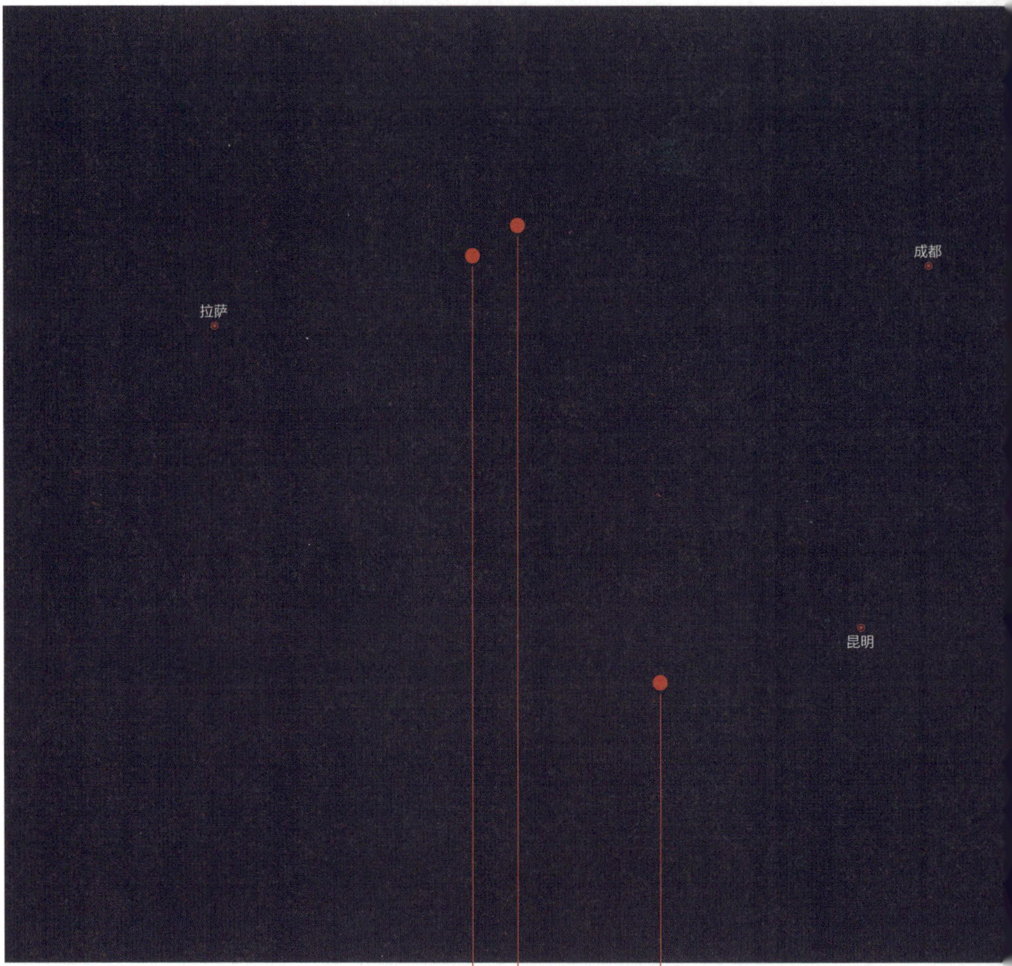

云南省临沧市永德县
2020 年 5 月 16 日脱贫摘帽

西藏自治区昌都市类乌齐县
2018 年 9 月 28 日脱贫摘帽

西藏自治区昌都市洛隆县
2019 年 1 月 29 日脱贫摘帽

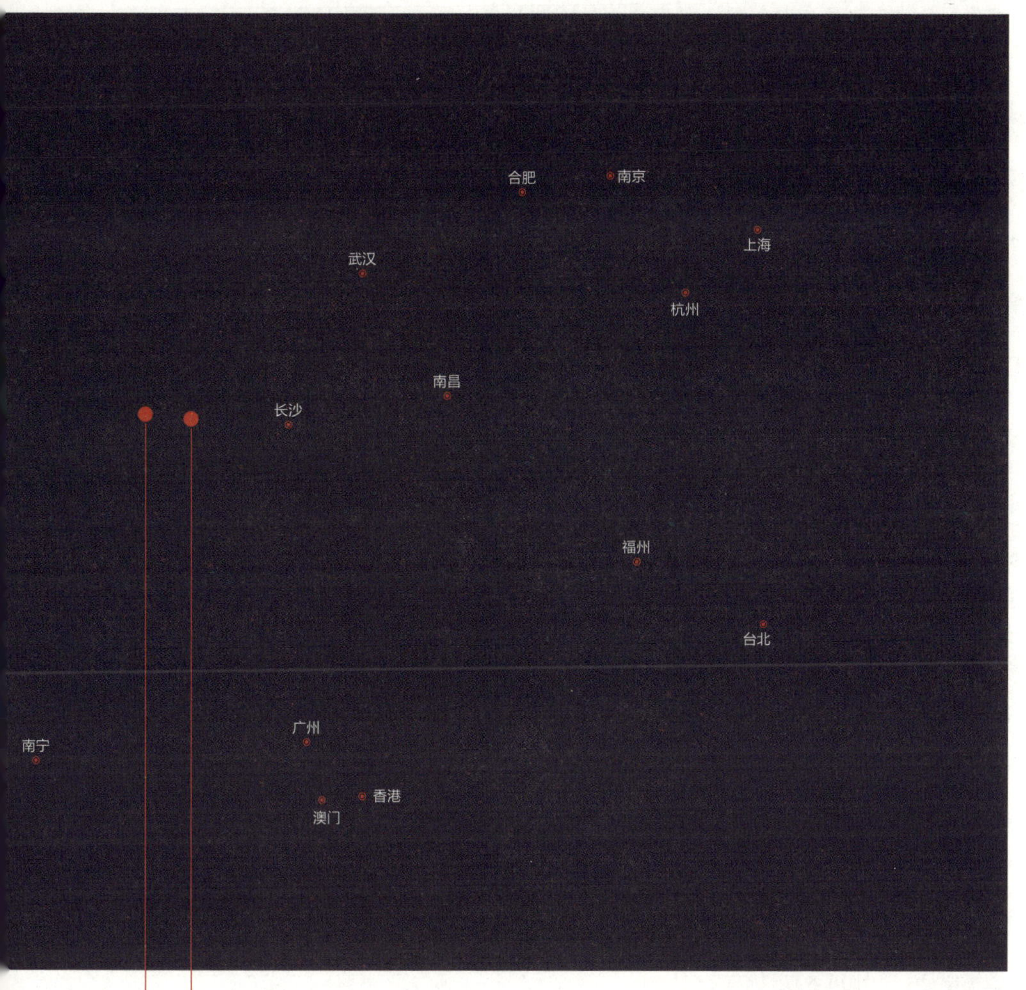

湖南省益阳市安化县
2018 年 12 月 31 日脱贫摘帽

湖南省怀化市沅陵县
2020 年 2 月 29 日脱贫摘帽

累计投入帮扶资金 4.59 亿元

募集职工捐款 594.74 万元

实施帮扶项目 691 项

帮助近 184 万人实现脱贫

内 容 提 要

本书以报告文学的形式真实回顾了中国远洋海运集团多年来对口援助西藏昌都市洛隆县、类乌齐县，对口帮扶云南永德县，湖南安化县、沅陵县的艰辛历程，书写了历届扶贫干部倾情投入、无私忘我的奋斗精神，彰显了中远海运集团作为负责任央企，心系祖国、大爱无疆的担当意识，谱写出一曲感人至深的扶贫攻坚赞歌。

本书可为国有企业履行政治经济责任、加强企业文化建设提供参考，是一本激励党员干部职工不忘初心、牢记使命、担当作为的有益教材。

图书在版编目(CIP)数据

此爱跨越山海：脱贫攻坚中的央企情怀 / 中共中国远洋海运集团有限公司党组编 .—北京：人民交通出版社股份有限公司，2021.2

ISBN 978-7-114-17053-9

Ⅰ.①此… Ⅱ.①中… Ⅲ.①报告文学—中国—当代 Ⅳ.① I25

中国版本图书馆 CIP 数据核字（2021）第 017308 号

Ci Ai Kuayue Shanhai——Tuopin Gongjian zhong de Yangqi Qinghuai

书 名：此爱跨越山海——脱贫攻坚中的央企情怀
著 作 者：中共中国远洋海运集团有限公司党组
责任编辑：李 刚
责任校对：赵媛媛
责任印制：张 凯
出版发行：人民交通出版社股份有限公司
地 址：（100011）北京市朝阳区安定门外外馆斜街 3 号
网 址：http：//www.ccpcl.com.cn
销售电话：（010）59757973
总 经 销：人民交通出版社股份有限公司发行部
经 销：各地新华书店
印 刷：北京印匠彩色印刷有限公司
开 本：720 × 960 1/16
印 张：21.5
字 数：246 千
版 次：2021 年 2 月 第 1 版
印 次：2021 年 2 月 第 1 次印刷
书 号：ISBN 978-7-114-17053-9
定 价：98.00 元